Le réveil de
David
DIANA COPLAND

Le réveil de
David
DIANA COPLAND

Publié par
DREAMSPINNER PRESS

5032 Capital Circle SW, Suite 2, PMB# 279, Tallahassee, FL 32305-7886 USA
www.dreamspinnerpress.com

Le réveil de David
Copyright de l'édition française © 2018 Dreamspinner Press.
Titre original : David, Renewed
© 2016 Diana Copland.
Première édition : septembre 2016
Traduit de l'anglais par Marie A. Ambre.

Illustration de la couverture :
© 2016 Anne Cain.
annecain.art@gmail.com
Les éléments de la couverture ne sont utilisés qu'à des fins d'illustration et toute personne qui y est représentée est un modèle

Édition e-book en français : 978-1-64405-127-6
Édition imprimée en français : 978-1-64405-128-3
Première édition française : octobre 2018
v 1.0

Édité aux États-Unis d'Amérique.

Pour Brandon, Dunkyn et Dolan,
parce que c'est pour les garçons que Boots et Scooter existent.

Remerciements

À Saritza Alicia Hernandez qui n'a jamais abandonné. À Elisabeth North pour avoir donné une maison à ces garçons. À Betsy qui doit être fatiguée de répéter «je te l'avais dit». À Rick R. Reed pour son soutien et ses encouragements constants et à Becky Condit qui les a aimés depuis le début.

Merci à vous tous, du fond du cœur.

I

DAVID NE pensait pas qu'il pourrait en supporter beaucoup plus.

Sur un caprice né du désespoir, il avait acheté la jolie maison de style Art déco dans la rue où il avait grandi, mais si un autre problème apparaissait, il était prêt à verser de l'essence autour du bâtiment et à craquer une allumette.

La petite vieille dame à qui il avait acheté la maison semblait si sincère. Au cours de sa première visite, il avait été charmé par les planchers en bois massif d'origine et les armoires encastrées autour de la cheminée dans le salon. Il pouvait s'imaginer s'asseoir dans un fauteuil confortable près d'un feu rugissant, lire un livre et siroter une tasse de thé chaud par une nuit froide. L'image accueillante lui plaisait, surtout maintenant que tout lui avait été arraché. Il était perdu et blessé et n'avait aucune raison d'acheter une maison.

Il avait pensé que le pire qu'il aurait à affronter était un papier peint floral vraiment hideux dans l'une des chambres et un carrelage bleu dans la salle de bains. Il avait même eu hâte de tout arracher, de peindre les murs et de remettre en état les belles boiseries autour des portes et des fenêtres. Il décida qu'il serait un entrepreneur du week-end, aussi amusant que ces amis trouveraient cela.

Il avait accepté de ne pas respecter le délai de trente jours parce qu'il ne pouvait plus vivre dans un hôtel, même un jour de plus. L'appartement qu'il avait acheté avec Trevor n'était certainement plus une option. Chaque fois que David pensait à l'appartement haut de gamme sur la rivière, il voyait son partenaire depuis cinq ans sur leur canapé en cuir noir, une expression béate sur le visage alors qu'un jeune homme aux épais cheveux blonds hirsutes et de larges épaules de nageur lui offrait une fellation. Il n'oublierait jamais la vision de la queue de son amant dans la bouche de quelqu'un d'autre. La rougeur sur les joues de Trevor s'était répandue dans son cou lorsqu'il l'avait aperçu debout dans l'embrasure de leur porte d'entrée, et il s'était dépêché de repousser la tête du blond de ses genoux et de remonter sa fermeture éclair.

— Tu es censé être à Seattle.

— Ça a été annulé.

— Mais…

David s'était enfui.

Il était rentré à la maison pour faire une surprise à Trevor qui était supposément à la maison avec un rhume et il avait prévu de lui faire la soupe, de gonfler ses oreillers. Trevor avait gonflé, mais cela n'avait rien à voir avec les oreillers et David avait été très surpris.

Il était si heureux que le voyage ait été annulé, ressentant le besoin d'être auprès de son amant. Son père bien-aimé était décédé le mois précédent et Trevor s'était senti un peu négligé pendant que son compagnon s'occupait de ses obligations familiales. Il avait voulu essayer de se rattraper et la bile envahissait le fond de sa gorge à l'idée que Trevor avait voulu le tromper alors qu'il était déjà si mal.

— Que fais-tu ? demanda Trevor en arrivant sur le seuil, les mains sur ses hanches étroites.

David ne répondit pas.

— David ? insista-t-il en faisant deux pas dans la pièce.

Trevor tendit la main vers lui, mais le regard que David lui lança le stoppa net.

— Ne me touche pas, dit ce dernier, d'une voix tremblante, mais clairement résolue.

— Tu sais que je ne le ferais pas, pas comme ça, protesta-t-il, l'air blessé.

Mais David ne le savait pas. Il y avait eu ces bleus sur son poignet une fois, sa nuque une autre fois. Les cacher avec des manches longues et un col roulé lui avait donné l'impression de mentir à ses amis et à sa famille. Le dernier petit ami de Trevor avait coincé David dans les toilettes pour hommes peu de temps après qu'ils se furent mis ensemble, et il lui avait dit que Trevor avait « une tendance à devenir physique » lorsque les choses ne se passaient pas comme il le voulait. Il ne l'avait jamais frappé, mais même après cinq ans, sa colère effrayait David.

— Juste… recule, Trevor. Je suis sérieux.

Son compagnon recula à contrecœur et croisa les bras sur sa poitrine.

— Bon sang, David. Cela ne voulait rien dire.

— Cela ne voulait rien dire ? demanda-t-il d'une voix basse et à vif. On aurait dit que cela avait de l'importance.

— C'était juste une fellation. Merde, tu réagis toujours de façon excessive.

2

David, énervé, continua à fourrer ses affaires dans le sac. Il s'était toujours demandé ce qu'un homme comme Trevor voyait en lui. Il était un geek efféminé avec des cheveux blonds soigneusement peignés et des lunettes rectangulaires de designer qui cachaient surtout ses yeux verts. Son corps n'avait rien d'extraordinaire non plus. Il avait conservé la minceur de son adolescence, mais même la fréquentation assidue pendant six mois d'une salle de sport n'avait pas réussi à lui donner des muscles et il avait abandonné. Lorsque Trevor, le magnifique tombeur, lui avait fait des avances pour la première fois dans un bar, il avait cru que c'était une blague. L'homme était tout en cheveux noirs, larges épaules et hanches étroites et David n'arrivait pas à imaginer pourquoi il le remarquait au milieu des autres personnes. Cependant, Trevor avait insisté. David était flatté et ravi et ils avaient été ensemble pendant cinq ans. Il avait été prêt à oublier les rages occasionnelles parce que Trevor s'était toujours excusé par la suite. Il pensait qu'ils étaient sur la même longueur d'onde après tout ce temps. Il avait même prévu de faire sa demande en mariage à Noël, dans trois mois ; l'anneau de platine qu'il avait choisi pour l'élégance qu'il aurait sur le long doigt élancé de Trevor était déjà en attente chez le bijoutier.

Il se détourna, prit une inspiration aussi profonde que sa poitrine serrée le lui permettait et recommença à rassembler ses affaires. Il n'était plus frénétique, mais méthodique, plaçant ses vêtements dans sa valise avec précaution, effrayé de s'effondrer totalement s'il recommençait à lancer des objets. En dépit des protestations de Trevor et de ses excuses maladroites, il déménagea cet après-midi-là dans un Embassy Suites près de son bureau du centre-ville. Deux nuits sur des draps raides à écouter des gens se promener dans les couloirs à toute heure l'avaient convaincu qu'il devait faire quelque chose d'autre rapidement.

Il avait été extrêmement prudent avec l'argent durant ses sept années à gravir les échelons chez *A.F Intérieurs*. Il avait accédé à un poste de haut niveau et ses économies durement gagnées atteignaient confortablement les cinq chiffres. Trevor avait même plaisanté sur le fait qu'il était, de n'importe qui de sa connaissance, celui qui avait le plus de mal à se séparer d'un dollar. Puis, un après-midi d'impulsivité, il avait jeté son bon sens à la poubelle et avait complètement ignoré tous les conseils qui mettaient en garde de ne pas prendre de grandes décisions après un événement traumatique de la vie. Il avait vu la charmante maison à vendre juste en face de chez sa mère et quelque chose en lui avait simplement dit « mienne ».

Après avoir sauté la période des trente jours, il était dans sa nouvelle maison. Il n'avait pas grand-chose. Trevor était déterminé à se comporter comme le plus grand enfoiré possible et avait réclamé le canapé et les chaises achetés par David lorsqu'ils avaient emménagé dans l'appartement. Il avait même gardé la chambre à coucher que ses parents lui avaient achetée lorsqu'il avait obtenu son diplôme universitaire. Trop blessé et humilié pour le combattre, David avait acheté un matelas et un sommier queen size et il utilisait un carton comme table de nuit. Sa mère lui avait fait don d'un fauteuil vraiment laid pour son salon et il avait récupéré un parpaing près du garage pour en faire une table d'appoint. Il avait acheté une lampe chez Target et c'était tout l'ameublement dont il disposait dans la maison de six cents mètres carrés. Il avait prévu de faire ses achats le premier samedi après la signature de la vente. Mais alors, tout avait commencé à aller de travers.

Il y avait d'abord eu la douche qu'il prit le deuxième matin après son emménagement. Cela commença chaud, mais devint très froid à mi-chemin. Il glapit comme une petite fille, puis se rendit compte qu'il devait y avoir un problème avec le vieux chauffe-eau au sous-sol. C'était agaçant, mais pas très surprenant. Il en achèterait un dans un magasin qui installerait le nouveau et reprendrait l'ancien. David connaissait ses forces et l'installation d'un chauffe-eau n'en faisait pas partie. Après avoir mangé quelques gaufres grillées pour le petit déjeuner en se tenant debout près du plan de travail de sa cuisine, il ouvrit le lave-vaisselle pour y mettre son couvert et la porte tomba. Il s'appuya contre le mur et réalisa qu'il devait commencer une liste de ce qui n'allait pas. Il avait déjà plusieurs lignes à inscrire.

Lorsqu'il rentra du travail, ce soir-là, il remarqua que la porte du garage pendait bizarrement. Il avait garé sa nouvelle Toyota Yaris rouge dans l'allée parce que l'agent immobilier lui avait dit que la télécommande de la porte du garage avait disparu. Il avait prévu de faire venir quelqu'un afin de lui commander une nouvelle télécommande et lui demander de programmer un nouveau code. Il se rendit compte ensuite qu'il n'avait jamais pris la peine de regarder dans le garage.

Il contourna la petite structure, à nouveau charmé par les magnifiques parterres de fleurs et la pelouse verdoyante. L'érable étalé qui gardait toute la cour à l'ombre la majeure partie de la journée avait été un énorme argument de vente et il comprit qu'une fois qu'il l'avait vu et avait été enchanté, l'agent immobilier n'avait pas eu besoin de faire grand-chose pour le détourner du garage. Il essaya de tourner la poignée de la porte d'accès au garage et elle lui resta dans la main.

— Charmant, marmonna-t-il.

Il y avait une fenêtre sale dans la porte et il essaya de frotter un endroit afin de pouvoir regarder à travers. Une lumière tamisée filtrait juste assez à travers les murs et le plafond pour qu'il puisse voir que toute l'unité d'ouverture de la porte de garage avait disparu. Il donna un coup de poing pas vraiment efficace sur le côté du garage et ajouta cela à sa liste de choses à faire.

Il franchit la porte d'entrée et même aussi fatigué et irrité qu'il soit, il aimait toujours la pièce. La lumière de la fin d'après-midi filtrait à travers les fenêtres et les ombres des feuilles agitées par le vent sur les deux grands arbres de sa cour avant tombaient sur le plancher en bois brut, le calmant. Il ôta son costume de travail et enfila un Levi's et un vieux sweat-shirt à capuche Dolly Parton. Il était couleur pourpre passée et une couronne en strass était nichée dans les énormes boucles blondes de la chanteuse. Son père le lui avait acheté dans un magasin vintage et il le faisait sourire. Il avait l'habitude de le porter tout le temps, mais Trevor le détestait, alors il avait arrêté. Il baissa les yeux et son sourire s'affadit un peu alors qu'il fronçait les sourcils. Cette connerie ne se reproduirait plus jamais.

Il planifiait de se faire un plat au micro-ondes et de boire un coca light froid, mais lorsqu'il ouvrit la porte du réfrigérateur, il ne s'éclaira pas et le contenu était à température ambiante. Il s'assura qu'il était branché, mais il était clair que l'appareil ne recevait plus de courant. Son cœur s'affaissa et il prit son bloc-notes dans son porte-documents. Il se fit un sandwich avec la dinde et la mayonnaise qu'il allait devoir jeter et ouvrit une canette de soda pas fraîche.

Le fauteuil hideux était une horreur, mais il était confortable. Il se donna un moment pour profiter de son cadeau réconfortant. Les ombres jouaient dans la pièce maintenant et il alluma la lampe posée sur le bloc de béton. Elle s'éclaira, mais un bruit fort retentit presque immédiatement et la lumière s'éteignit à nouveau.

— Ça n'a pas l'air bon, dit-il à voix haute.

Il posa son dîner sur le sol et tenta à nouveau d'allumer. Il se força à se lever et tenta sa chance avec la lumière du porche, mais elle ne s'éclaira pas non plus. Il se déplaça dans la maison qui s'assombrissait rapidement, essayant tous les interrupteurs, mais sans résultat jusqu'à ce qu'il arrive dans la cuisine. Ironiquement, la lumière fonctionna dans cette pièce. L'armoire électrique était accrochée sur le mur du porche de service, donc il se dirigea vers la petite pièce et ouvrit la porte métallique sur le mur.

Tout un côté de la boîte à fusibles était noirci comme s'il y avait eu un incendie. Même lui savait que cela ne pouvait pas être bon. Il savait lorsqu'il avait choisi de renoncer à l'inspection que c'était une erreur, mais cela aurait reculé la vente de quinze jours et il ne voulait pas attendre. Il se demandait ce qu'il devait faire lorsqu'il y eut un autre bruit sourd juste devant lui accompagné d'une pluie d'étincelles. Il couina et sauta en arrière. Son cœur battit la chamade lorsque la lumière de la cuisine s'éteignit.

— Oh, bon sang.

Il n'avait toujours aucune idée de ce qu'il devait faire, mais il avait entendu dire que tous les interrupteurs devaient être en position d'arrêt. Il pouvait au moins accomplir cela.

Il retourna vers le salon en grondant, attrapa son bloc-notes, son crayon et sa nourriture, puis il se rendit sur le porche avant.

C'était une soirée douce. Il s'assit sur la première marche et prit une autre gorgée de son soda à température ambiante. Cela prit quelques minutes, mais la brise douce et les alentours avec leurs arbres matures abondants et leurs belles pelouses vertes l'apaisèrent, lui rappelant pourquoi il avait acheté cet endroit. Les parterres de fleurs, des impatiens pourpres et des pensées de toutes les couleurs de l'arc-en-ciel, qui bordaient les marches et les fondations étaient en fleurs, les lourdes têtes rondes d'un hortensia blanc se balançaient dans la brise et une des treilles d'une clématite rose grimpait les marches. Des lys jaunes à floraison tardive embrassaient les fondations en pierre de rivière et leur odeur douce dérivait vers lui. Le bâtiment était une vraie maison Art déco avec ses lignes austères et élégantes compensées par la roche noire rugueuse indigène à la région. David n'était pas fou de la peinture grise, mais il aimait la riche bordure bordeaux. La maison avait une belle ossature. Un peu comme sa relation ratée, pensa-t-il avec une grimace. Elle avait semblé belle de l'extérieur, mais l'intérieur était un vrai bazar.

Un jeune couple passa sur le trottoir, poussant une poussette et tenant un joyeux corgi aux yeux brillants en laisse. Ils le saluèrent d'un geste de la main, lui adressant un sourire amical. Il espéra que celui qu'il leur retournait paraissait plus enthousiaste que ce qu'il ressentait. Ils s'arrêtèrent.

— Avez-vous acheté la maison à madame Howser ? demanda la jeune femme.

— Oui.

— Nous sommes les Yosts. Nous habitions deux numéros plus loin.

— David Snyder. Je suppose que nous sommes voisins, répondit-il en souriant au petit chien qui lui lança un sourire tordu et remua son petit croupion où une queue aurait dû se trouver. Il était mignon comme tout.

— Est-ce qu'elle vous a parlé de l'égout ? demanda le jeune homme.

— L'égout ? dit-il en fronçant les sourcils.

— La conduite d'égout principale entre la maison et la rue est cassée. Du moins, c'est ce que lui a dit un employé de Roto-Rooter. Désolé, mais je pense que vous deviez le savoir. L'agente immobilière d'Evelyn lui a dit de n'en parler à personne, mais c'est louche.

David était d'accord, mais que pouvait-il faire maintenant ?

— Selon le plombier, il en coûtera environ six mille dollars pour la réparer. C'est l'une des raisons pour lesquelles elle a vendu l'endroit.

La nouvelle l'estomaqua. La décision de se passer de l'inspection était clairement une manœuvre stupide et il allait payer pour cela.

— Mais, c'est une belle maison, dit rapidement la femme. J'aime les planchers et les armoires dans la salle à manger.

— Moi aussi, acquiesça-t-il faiblement.

— Ravie de vous avoir rencontré, dit-elle en tirant la manche de son mari. Nous devons rentrer chez nous et mettre le bébé au lit.

— Moi de même, répondit-il avec un signe de la main, les regardant jusqu'à ce qu'ils entrent dans l'allée deux maisons plus bas.

— Je vois que tu noues des liens amicaux avec les voisins.

Il secoua la tête, surpris. Sa sœur, Beth, marchait sur sa pelouse et il ne l'avait même pas remarquée.

— Merde, dit-il en posant sa main sur sa poitrine, sur son cœur battant. Tu m'as fait peur.

— Tu étais trop occupé à flirter avec le chien des voisins pour me remarquer, répliqua-t-elle en souriant.

— Que fais-tu ici ?

— Je suis passée voir maman.

Elle monta les marches et s'assit à côté de lui. Beth avait six ans de plus que lui, mais ils avaient toujours été proches.

— Je viens lui apporter le dîner deux fois par semaine. Sinon, elle mange des toasts et c'est tout. Elle a perdu neuf kilos depuis la mort de papa.

Beth vivait carrément de l'autre côté de la ville et David se sentit coupable. Même lorsqu'il était dans l'appartement, il avait vécu plus près de leur mère que sa sœur.

— Je n'avais pas remarqué, murmura-t-il.

— Elle le cache plutôt bien, assura-t-elle en s'appuyant contre son épaule. Ne t'en veux pas. Tu as eu tes propres problèmes à gérer.

— Pas avant cette semaine.

— Je ne parle pas de Trevor l'enfoiré. Bien qu'il puisse être renversé par un autobus.

David sentit un sourire réticent étirer ses lèvres.

— Ça a été dur pour toi, poursuivit sa sœur. De perdre papa.

David déglutit pour desserrer sa gorge brusquement nouée. Cela ne servait à rien de le nier. Beth savait toujours lorsqu'il mentait de toute façon. Son père et lui avaient été proches. Leur relation n'avait pas souffert lorsqu'il avait fait son coming out, ce dont il avait eu peur à partir du moment où il avait compris qu'il était gay. Lorsqu'il l'avait dit à son père, celui-ci l'avait simplement regardé et lui avait dit : « Donc, un gendre au lieu d'une belle-fille. Je peux faire avec ça. » David ne pensait pas qu'il pouvait aimer plus son père à ce moment-là.

— Cela a été dur pour nous tous, dit-il en baissant les yeux sur ses tennis blancs usés.

N'importe quoi pour ne pas regarder les yeux de sa sœur et voir la tristesse calme reflétant la sienne.

— Mais, sérieusement, dit sa sœur en posant une main sur son bras et changeant, heureusement, de sujet. Comment ça va avec la maison ? J'ai toujours aimé cet endroit.

Elle regarda autour du large porche qui courait le long du front, affichant une expression nostalgique.

— C'est le porche parfait pour une balancelle, continua-t-elle. Je me demande pourquoi elle n'en a jamais eu.

— Probablement parce qu'elle avait peur que le toit ne s'effondre, répondit-il sur un ton sombre et elle le fixa, une question dans les yeux verts qui ressemblaient tellement aux siens. Disons que je n'aurais pas dû me dispenser de l'inspection.

— Je me suis posé la question, répondit-elle en grimaçant. Mais, tu semblais si sûr... à quel point est-ce mauvais ?

— Eh bien, d'après le voisin, la conduite principale d'égout est rompue, ce qui coûtera environ six mille dollars. Tu peux y ajouter le chauffe-eau qui ne fonctionne pas, le système d'ouverture manquant de la porte du garage et la porte du lave-vaisselle qui est tombée. Oh, et le réfrigérateur ne fonctionne pas. Il n'y a plus de courant dans la moitié de la maison et le panneau des disjoncteurs semble avoir été incendié récemment, dit-il, l'expression de sa sœur passant à l'horreur alors qu'il parlait.

— Oh, merde, Davy. C'est *Une baraque à tout casser.*

Il avait regardé le film avec Beth lorsqu'ils étaient enfants. Avec Tom Hanks et Shelley Long. Ils avaient acheté un vieux manoir où tout était de travers. Il rit à contrecœur.

— À part la taille, c'est vrai, acquiesça-t-il en se passant une main dans les cheveux. Merde, papa m'aurait botté les fesses pour avoir sauté l'inspection.

Elle enveloppa son bras autour de ses épaules et ses cheveux, du même blond miel que les siens, caressèrent sa joue dans la brise.

— Oui, il l'aurait fait. Alors que vas-tu faire ?

— La réparer, je suppose, répondit-il en haussant les épaules. Me servir de mes économies.

— Tu ne t'en sers pas déjà pour payer deux crédits ?

Il ne répondit pas et elle se renfrogna.

— Est-ce que ce bâtard va commencer à payer pour vivre dans ton appartement ?

— Il est aussi sur l'hypothèque.

— La seule raison pour laquelle il ne paye pas lui-même, c'est parce qu'il sait que tu es le seul à avoir besoin de conserver une bonne cote de crédit, gronda-t-elle. Merde, je déteste vraiment ce type.

— Tu ne l'as jamais aimé, répliqua-t-il en lui lançant un regard ironique.

— Non, mais maintenant je le déteste. Tu as mangé ?

— J'ai mangé un sandwich.

— Je t'ai demandé si tu avais dîné, pas si tu avais pris un encas, dit-elle en le scrutant. Tu as déjà perdu assez de poids.

Elle avait pris au moins quinze kilos en vieillissant et sa petite silhouette était confortablement rembourrée. Par conséquent, elle pensait toujours qu'il était trop mince et qu'il devait manger. Il ne l'admettrait jamais, mais il avait remarqué que ses pantalons devenaient trop grands à la taille.

— Viens, dit-elle en se levant avant de brosser l'arrière de son pantacourt en jean. J'ai apporté un demi-rôti braisé et des légumes à maman et elle ne mangera pas tout.

Le rôti avait l'air merveilleux, mais il y avait autre chose. Il aimait sa sœur, mais elle le harcelait plus qu'il le souhaitait.

— J'ai déjà mangé.

— Arrête de discuter avec moi. Ferme ta maison obscure et viens rendre visite à ta famille.

Il lui lança un regard exaspéré.

— Que vas-tu faire ? Rester assis ici jusqu'à ce qu'il fasse nuit, puis t'asseoir à l'intérieur dans le noir ? As-tu au moins des bougies ?

Il ne répondit pas, mais elle connaissait la réponse.

— Bouge tes fesses et ferme cet endroit. Je vais dire à maman que tu viens voir si elle a des bougies, conclut-elle en descendant les marches.

— Beth, bon sang, je ne suis plus un enfant.

— Alors, cesse d'agir comme si tu en étais un, rétorqua-t-elle en souriant. Viens, maman et moi pourrons t'embêter. Ce sera amusant.

David grimaça. Il ne savait pas si ce serait très amusant, mais il ne pouvait pas prétendre avoir d'autres projets. Il se leva et ramassa son assiette et son bloc-notes. Beth était encore debout au pied de l'escalier, légèrement amusée, et il lui adressa un regard interrogateur.

— Quoi ?

— C'est agréable de revoir Dolly, dit-elle en pointant son sweat-shirt du doigt. Je pensais qu'elle avait disparu depuis longtemps.

Trevor parlait beaucoup des pièces les plus flamboyantes de la garde-robe de David et il n'avait pas caché qu'il les haïssait. Voulant désespérément lui plaire, David avait banni non seulement Dolly, mais aussi tous les vêtements aux couleurs vives qu'il aimait dans la chambre d'amis. Il était heureux d'avoir pensé à les prendre lorsqu'il était parti et il passa tendrement sa main sur la photo fanée.

— Je le pensais aussi. Je l'ai trouvée au fond du placard dans la chambre d'amis.

— Personne ne devrait mettre Dolly au placard, répliqua sa sœur avec un plus grand sourire.

Elle battit des cils et il leva les yeux au ciel lorsqu'elle rit. Il abandonna, posa le bloc-notes et l'assiette à l'intérieur, puis il ferma la porte à clé et descendit l'escalier. Beth sourit lorsqu'il la rejoignit, posa son bras sur le sien et ils traversèrent sa pelouse, donnant des coups de pieds dans les premières feuilles d'automne, le soleil faisant scintiller les strass dans les cheveux de Dolly.

II

DAVID CLIGNA des yeux lorsque son alarme se déclencha. Il roula sur le dos et regarda le plafond. L'air froid effleura son visage, mais le pâle soleil matinal peignait la pièce d'une lumière douce et moelleuse. Il apprécia les belles boiseries et la couleur beurre doux sur les murs, pensant que c'était la seule pièce de la maison qui n'avait pas besoin d'être refaite. Son alarme retentit à nouveau. Il soupira et passa son doigt sur l'écran, l'éteignant.

Il était revenu de chez sa mère avec une lampe de poche, un sac plein de bougies et d'allumettes et un sac Ziploc rempli de biscuits aux pépites de chocolat faits maison. Elle avait essayé de le persuader de rester dans son ancienne chambre, mais il avait insisté sur le fait que tout se passerait bien. Il se leva et sortit du sac de couchage qu'il possédait depuis qu'il avait été louveteau et la chair de poule éclata au-dessus du col de son sweat-shirt. Il frissonna, enroula ses bras autour de lui et se dirigea vers la salle de bains. Il faisait froid dans la maison et il n'était pas pressé de se retrouver sous une douche glacée. Il aspirait à une tasse de café chaud et se reprocha de ne pas avoir accepté l'invitation de sa mère.

— Tu es un âne, marmonna-t-il. Et têtu.

Il avait voulu rester dans sa maison, même si cela signifiait que son sexe se ratatina à la taille d'une saucisse cocktail lorsqu'il passa sous la coulée arctique dans sa douche.

Trente minutes plus tard, il frissonnait encore, même complètement habillé. Il traversa rapidement la maison et s'arrêta devant l'armoire de la salle à manger afin de prendre ses clés. Son regard tomba sur une carte de visite isolée, le carton écru pâle ressortant sur le bois sombre. Sa mère la lui avait tendue lorsqu'il était assis à sa table, hier soir. Il avait mangé plus de rôti de sa sœur qu'il ne voulait l'admettre et dégustait une part du gâteau au chocolat de sa mère.

— Qu'est-ce que c'est? demanda-t-il en s'essuyant la bouche avant de lire l'écriture soignée, même sur la carte de visite. Jackson Henry, Artisan. Artisan? Qu'est-ce que ça veut dire?

— Un homme bricoleur, plaisanta Beth. Autant je t'aime, mon cher frère, autant tu ne l'es pas.

Il lui lança un regard noir.

— D'accord, grand garçon, comment comptes-tu résoudre ton petit problème électrique ? Engager un électricien ? Cela ne te coûtera qu'une centaine de dollars par heure. Pourquoi ne pas appeler ce type ? demanda-t-elle.

— Tais-toi, marmonna-t-il.

Cependant, elle avait raison. Il pouvait décorer magnifiquement une maison, mais réparer des câbles ? Pas vraiment.

— D'ailleurs, continua-t-elle avec un sourire rusé. Tu ne le regretteras pas.

— Elisabeth.

Il était impossible de rater le regard de reproche que leur mère lança à sa sœur. Beth se tut, pinça ses lèvres et détourna le regard.

— C'était subtil, dit-il d'une voix traînante. Quoi, il a deux têtes ?

— Eh bien… commença sa sœur, ses lèvres tremblantes.

— Elisabeth Anne ! gronda leur mère, avec des yeux rieurs, cependant. Tiens-toi bien !

— Très bien, vous êtes bizarres toutes les deux, dit-il en repoussant sa chaise. Je sais qu'il est temps de partir lorsque ça commence.

— Si tu ne restes pas cette nuit, reviens au moins pour le petit déjeuner, dit sa mère en se levant. Tu ne pourras même pas te faire un café là-bas.

Elle avait raison. Sa machine Keurig en édition limitée était posée sur le plan de travail dans l'appartement de l'autre côté de la ville. Avec Trevor.

— J'irai chez Starbucks, maman, dit-il en se penchant pour l'embrasser.

La douceur de sa peau et son parfum floral emplirent ses sens, le submergeant de nostalgie. Elle avait porté le même parfum toute sa vie. Youth Dew. Son père le lui achetait chaque Noël. Il se sentit un peu perdu lorsqu'il réalisa que ce serait lui qui devrait se rendre chez Macy's cette année.

— Ça ira, conclut-il.

Il avait d'abord reposé la carte de visite sur l'étagère. Sa mère et sa sœur avaient agi beaucoup trop bizarrement et ce n'était jamais une bonne chose. Cependant, au dernier moment, il avait un peu mieux réfléchi et avait glissé la carte dans la poche de son pantalon alors qu'il se dirigeait vers la porte.

AU MOMENT où il rentra dans son allée, le soleil descendait au-dessus des arbres et les lampadaires s'éclairaient. Il était près de dix-neuf heures et il était fatigué et irrité après avoir passé la journée à traiter avec un fabricant qui bloquait une grosse installation à Boise. Six mois après le début du projet, le fournisseur de meubles avait brusquement décidé qu'il n'appréciait pas les termes de son contrat. Ajoutez à cela un appel téléphonique exaspérant de quelqu'un prétendant être l'avocat de Trevor, le menaçant d'intenter une action en justice s'il n'effectuait pas le paiement de la prochaine mensualité sur l'appartement, et il avait vécu un vendredi infernal.

Il fixa la porte du garage, les lèvres serrées. L'idée d'entrer dans la maison froide et sombre n'avait aucun attrait. Il glissa la main dans sa poche et sortit la carte de visite. Jackson Henry. Cela lui faisait penser à un homme barbu hétéro et costaud, portant une chemise de flanelle sur débardeur côtelé sale, un Levi's bas et une ceinture d'outils, et une saine raie des fesses lorsqu'il se penchait. David grimaça. On lui avait dit plus d'une fois dans sa vie qu'il était difficile et il supposait qu'il pouvait admettre cela, mais il aimait ses hommes minces et rasés de près avec au moins une connaissance minimum du style. Comme Trevor, lui fournit inutilement son esprit. La façon dont Trevor était si joliment habillé était une des choses qui avaient attiré David au début. Cependant, il avait besoin de quelqu'un pour réparer son chauffe-eau, pas d'un rencard.

Il fusilla du regard la porte du garage en frappant la carte contre le volant, puis il sortit son téléphone de son support sur le tableau de bord et tapa le numéro de téléphone avant de pouvoir s'en dissuader. Il y eut quatre sonneries et il était sur le point de raccrocher lorsqu'on lui répondit brusquement.

— Ici Henry.

David cligna des yeux. La voix était profonde et douce et elle envoya une petite étincelle de plaisir dans sa colonne vertébrale.

— Euh, bonjour, réussit-il à dire.

Puis, il ne sut pas trop quoi dire de plus.

Le silence s'allongea maladroitement.

— Bonjour, dit enfin l'homme. Aussi fascinant que ce soit, je suis occupé. Qui est-ce ?

David sentit la chaleur envahir son visage. Si l'homme avait semblé se moquer, il aurait probablement raccroché. Mais, en fait, il avait l'air… amusé.

— Je m'appelle David Snyder, dit-il réussissant finalement à se ressaisir. Ma mère m'a donné votre carte.

Il grimaça.

— Qui est votre mère ?

David entendit des bruissements venant du téléphone, comme si Henry avait recommencé à travailler.

— Beverley Snyder. Elle vit sur la seizième au sud.

— Madame Snyder, bien sûr. Une gentille dame. Que puis-je faire pour vous ?

— J'ai acheté une maison dans le même quartier et je découvre que ce que les gens disent des vieilles maisons est vrai.

— Beaucoup de petits problèmes, déclara Jackson d'un ton entendu.

— Eh bien, quelques grands aussi, j'en ai peur, répondit-il en déglutissant avant de se forcer à continuer. Je me demandais si vous aviez un peu de temps pour passer et regarder les problèmes.

— Un instant, dit son interlocuteur.

Il y eut plus de bruissements. Puis, la voix revint, un peu essoufflée.

— Est-ce que demain matin vous irez ?

David ne pouvait pas imaginer commencer une autre semaine sans lumière et avec une douche froide.

— Absolument. Quelle est l'heure qui vous conviendrait le mieux ?

Un léger rire traversa la ligne et la chair de poule hérissa la peau de ses épaules. David ne se souvenait pas d'avoir eu une réaction si viscérale à une voix. Si l'homme correspondait à ce rire sexy… Non, il ne pouvait pas penser ainsi. Impossible que ce type soit gay. De plus, son dernier choix avait été un tel désastre qu'il avait besoin de rester célibataire pendant un moment. Un long moment. Peut-être pour toujours.

— Que diriez-vous de neuf heures ? demanda Jackson Henry, attirant l'attention de David sur son téléphone. Je commence habituellement vers sept heures, mais c'est samedi et je pourrais dormir deux heures de plus.

— C'est très bien.

Il lui donna l'adresse de la maison et raccrocha, espérant que sa mère savait de quoi elle parlait. Après la semaine qu'il venait de vivre, il voulait juste que quelque chose, n'importe quoi, aille bien. Il remit la carte dans sa poche, récupéra sa sacoche et sortit de la voiture. Son estomac gargouilla bruyamment alors qu'il montait les marches de son porche et il aurait aimé avoir pensé à s'arrêter dans un fichu drive-in sur le chemin du retour.

Bon sang, il espérait que cet homme pourrait procéder à des réparations.

III

DAVID SE leva à huit heures et décida de se passer de la douche froide. Ses cheveux semblaient corrects et la légère barbe pâle semblait plus stylée que celle d'un «sans-abri derrière une benne à ordures». *Quelle importance cela avait-il, d'ailleurs ?* Il étudia son visage dans le miroir de la salle de bains. Ce n'était pas un rendez-vous, merde. Il peignit ses cheveux, redressa le col de son polo vert très brillant, un autre rescapé qu'il avait trouvé en faisant ses bagages, et sortit de la salle de bains.

Il faisait tellement froid dans la maison qu'il parierait qu'il y avait du givre sur l'herbe.

Ce n'était pas rare à la fin octobre. Il avait tenté de se servir du thermostat, mais il n'y avait aucun bruit provenant de la chaudière. L'agent immobilier lui avait parlé de l'unité lorsqu'elle lui avait montré la maison, mais il ne pouvait pas se rappeler exactement ce qu'elle avait dit. Il inclina les épaules et croisa les bras sur sa poitrine, mais cela ne l'aida pas. Le sweat-shirt Dolly était accroché derrière la porte de la salle de bains et il l'enfila. Et si, entre le polo flashy et le sweat-shirt lavande incrusté de strass, il enfilait Nellie Queen ? Au moins, il aurait chaud.

Il entra dans le salon presque vide, les bras croisés sur la poitrine, et alla observer le quartier à travers l'immense baie vitrée. Deux enfants emmitouflés pour se protéger du froid faisaient du vélo et une fumée blanche s'élevait gracieusement de la cheminée de la maison de l'autre côté de la rue. David la regarda, puis fixa sa propre cheminée. Elle était située sur le mur à sa droite entre deux hautes fenêtres, avec un beau manteau. L'intérieur du foyer sombre était d'une propreté scrupuleuse, la grille vide. Il avait vu un tas de bois de chauffage sur le côté du garage. Il n'hésita même pas. La cheminée de l'appartement était au gaz, mais il avait grandi avec une à bois et son père lui avait appris à faire du feu lorsqu'il était petit. Il déverrouilla la porte d'entrée et se dépêcha de descendre les marches, son souffle se précipitant dans un nuage lorsque l'air froid frappa son visage, ce qui renforça sa décision. Il avait un journal dans la maison, sur le plan de travail dans la cuisine, et il attrapa une poignée de brindilles plus petites, puis trois bûches de taille moyenne. Le bois semblait sec dans ses mains,

17

ce qu'il savait essentiel pour qu'un feu brûle proprement. Une fois qu'il l'aurait démarré, il pourrait revenir afin de prendre une plus grosse bûche. Il avait besoin de se réchauffer les mains. Elles étaient si froides qu'elles étaient douloureuses.

Il retourna à la maison, jeta la brassée de bois sur le foyer et se dirigea vers la cuisine pour récupérer le journal. Il revint et se baissa pour s'asseoir en tailleur sur le sol. Il s'assura ensuite que l'écran de cheminée en treillis métallique était déployé de chaque côté. Après avoir roulé le papier, il le poussa sous la grille, mis les brindilles dessus et utilisa le briquet des fournitures d'urgence de sa mère pour enflammer le papier. Il s'embrasa immédiatement et commença à brûler avec un son satisfaisant. Il tendit ses mains vers le feu en soupirant de soulagement lorsqu'il sentit que la chaleur commençait à l'atteindre. Voulant plus de chaleur bénie, il plaça deux des bûches fendues sur les brindilles qui brûlaient joyeusement, pensant que c'était un feu dont même son père aurait été fier.

Puis, il commença à fumer.

— Oh, merde.

De la fumée sale, grise commençait à se répandre dans la pièce. Il n'avait pas vérifié le conduit de cheminée.

Il se mit à genoux en grimaçant, surveillant les flammes, et il s'approcha de la cheminée. Il trouva la poignée en fonte du conduit, tira dessus et elle vint avec un bruit sourd. Il sentit de l'air froid sur ses mains et avec un woosh, la fumée fut aspirée dans la cheminée et disparut.

— Dieu merci, s'exclama-t-il en s'asseyant sur le plancher en bois brut en frottant la suie sur ses mains.

Son soulagement fut de courte durée.

La fumée revint dans la pièce en quelques minutes. Seulement au lieu de quelques filets anémiques, elle envahit la pièce comme un nuage nocif pendant que la bûche brûlait.

Il se releva, essayant de se rappeler si son père avait un jour parlé d'un feu fumant. Il pensait peut-être avoir entendu parler d'ouvrir une fenêtre s'il y avait trop de fumée, alors il se précipita dans la cuisine et ouvrit la fenêtre au-dessus de l'évier. Mais lorsqu'il retourna dans le salon, les émanations de fumée s'étaient aggravées et sa gorge et ses yeux commencèrent à brûler.

Ce n'était pas bon. Le feu brûlait vivement maintenant, mais on avait l'impression qu'aucune fumée ne sortait par la cheminée. Il se précipita dans la pièce, ouvrant les fenêtres en toussant, puis dans la salle à manger pour faire de même. Une pensée sinistre lui traversa l'esprit : que se passerait-il s'il tirait les bûches en feu au milieu de la pièce et laissait ce maudit endroit brûler du sol au plafond ? Il savait qu'il risquait de se retrouver avec des brûlures au troisième degré et en prison pour fraude à l'assurance. À quoi pensait-il en achetant cet endroit ?

Il n'avait pas pensé, se rappela-t-il en se penchant par la fenêtre ouverte et prenant une profonde inspiration d'air glacial. Il avait été blessé et en colère et il avait acheté la maison dans le but de remplacer celle qu'il avait perdue. Il cligna rapidement des yeux et il ne savait pas si c'était la fumée ou si ses émotions avaient finalement eu raison de lui, mais il était sur le point de pleurer. Il avait été si engourdi par la perte de son père qu'il n'avait pas pleuré une seule fois à cause de la mort de sa relation, mais il avait peur d'être sur le point de le faire. Des larmes glissèrent sous ses cils et sa poitrine se resserra de plus en plus jusqu'à ce qu'il ait l'impression d'être pris dans un étau. La sonnette retentit et il réussit à sortir un rire désespéré.

— Parfait.

Génial. Il était sur le point de rencontrer l'artisan avec ses yeux rouges d'avoir pleuré. Il espéra que cela pourrait passer comme étant le résultat de la fumée. Il arracha ses lunettes et frotta son visage avec sa manche pendant qu'il se précipitait dans la maison enfumée pour ouvrir la porte d'entrée.

Il eut une impression fugitive d'un homme d'à peu près sa taille avec des cheveux brun foncé et des yeux bleus effrayés.

— Bon sang, la maison est-elle en feu ?

Il poussa David dans le salon et se dirigea directement vers la cheminée. David pouvait à peine le distinguer à travers la brume épaisse, mais il réussit à le voir entrer dans la cheminée pour attraper la poignée du conduit.

— Je l'ai déjà ouvert, appela-t-il en toussant.

L'homme revint, une image apparaissant dans le brouillard, et il attrapa le bras de David. Il le tira par la porte d'entrée ouverte et le porche, trébuchant sur les marches menant à la pelouse. David haleta d'être ainsi manipulé et inhala une bonne dose de fumée âcre pour son effort. Il ferma sa gorge et toussa, plié en deux.

Il entendit un bruit métallique retentir derrière lui. Il posa ses mains sur ses genoux et leva les yeux à temps pour voir un homme très en forme dans un Levi's usé et une veste en jean noir le dépasser en portant une longue échelle en aluminium. Il l'étendit sur la pelouse, tira dessus pour l'agrandir, puis la leva et l'appuya contre le bord du toit. David voulut offrir de la tenir, mais il ne pouvait pas s'arrêter de tousser et ça n'aurait pas eu d'importance de toute façon. L'homme grimpa à l'échelle comme un écureuil à un arbre. Et même s'il toussait encore, plié en deux, David ne put s'empêcher de remarquer les cuisses fortes et le très joli cul qui s'échappaient de sa vue.

Affaibli et se sentant comme un idiot complet, David se laissa tomber sur la pelouse, la tête entre les genoux. De forts claquements venaient de son toit et même s'il ne pouvait pas voir la cheminée de son point de vue, il sut qu'elle fonctionnait lorsque la fumée cessa de s'échapper par la porte quelques minutes plus tard. Maintenant, elle s'élevait de la maison vers le ciel dans une spirale rebondie et inoffensive.

Au lieu d'être soulagé, il se sentait encore plus idiot. À quoi pensait-il en sautant l'inspection ? Il ne connaissait pas la moindre chose au sujet des réparations d'une maison, sauf qu'elles étaient susceptibles de lui coûter une petite fortune.

Des pas calmes descendirent les barreaux de l'échelle et David jeta un coup d'œil lorsque l'homme s'avança sur la pelouse, mais il avait le soleil dans ses yeux qui lui faisaient encore mal et tout ce qu'il eut fut une impression de cheveux bruns soulevés par le vent. Des pas le dépassèrent.

Quelques minutes plus tard, il faillit sauter au plafond en sentant qu'on lui touchait doucement l'épaule. Il laissa échapper un cri de surprise qui le fit tousser à nouveau.

— Désolé, dit une voix grave au-dessus de sa tête. Je ne voulais pas vous faire peur.

— Non, ça va, répondit-il en clignant rapidement des yeux.

— Tenez.

Une main apparut dans sa ligne de vision, tenant une bouteille d'eau glacée. Il la prit.

— Merci, dit-il en dévissant le bouchon avant de prendre une grande gorgée.

L'eau froide avait le goût du paradis dans sa gorge à vif et il soupira.

— Pensez-vous que vous devez être examiné pour l'inhalation de fumée ?

David fronça les sourcils et secoua la tête.

— Il ne faut pas jouer avec ça. L'inhalation de fumée peut être néfaste pour vos poumons. Même conduire à une pneumonie.

— Non, vraiment, assura David en luttant pour se relever de l'herbe.

Il se sentit encore plus comme une demoiselle en détresse lorsqu'il s'aperçut qu'il ne semblait pas capable de se lever. Une main forte apparut devant son visage et il vit la large paume, les callosités sur les doigts et le

20

large bracelet de cuir autour d'un poignet tanné. David hésita un moment, puis il prit la main offerte et se remit facilement debout.

— Merci. Je vais…

Il regarda enfin le visage de l'homme et sa bouche s'assécha.

—… bien, réussit-il à dire.

— Je suis Jackson Henry. Je suppose que vous êtes David Snyder ?

David acquiesça.

Merde, l'homme devait ressembler à un mannequin pour la couverture du magazine mensuel du Bricoleur. Il ne savait pas si une telle revue existait, mais si c'était le cas, il était leur homme. Ils étaient à peu près de la même taille, mais c'était là que toute similitude entre eux prenait fin. Jackson Henry avait des pommettes hautes, tranchantes, et une mâchoire carrée assombrie par l'ombre d'une lourde barbe. Ses yeux étaient perçants et du même bleu pâle que les tâches de ciel d'automne qui se montraient entre les arbres au-dessus d'eux. Son nez était droit et fort, mais une légère déformation montrait qu'il avait été cassé une fois et ses cheveux, couleur acajou, se soulevaient dans la brise. Il avait un haut du corps solide, des hanches étroites et il tenait un bloc-notes et un crayon dans sa main libre. Ses sourcils noirs et arqués étaient froncés alors qu'il étudiait le visage de David.

— Est-ce que vous allez bien ?

Sa voix profonde coula sur les nerfs à vif de David comme de la mélasse chaude. Cela aurait été apaisant s'il n'avait pas été si humilié.

— Oui. Merci, dit-il en levant la bouteille. Cela a aidé.

— Bien, dit-il en continuant à le regarder comme s'il avait peur qu'il meure dans la minute.

— Alors, euh, dit David en bougeant, mal à l'aise sous le regard fixe de ses yeux perçants. Que s'est-il passé ? J'ai ouvert le conduit de cheminée, j'ai même senti une bouffée d'air quand je l'ai fait.

— Il y avait un bouchon sur la cheminée. Je pense qu'à l'origine, c'était pour empêcher les pommes de pin de tomber dans l'ouverture, expliqua-t-il en pointant du doigt les trois arbres à feuilles persistantes qui se dressaient à côté de la maison. Mais je serais prêt à parier que ça fait des années que personne ne l'a vérifié. Il était complètement bloqué par des aiguilles de pomme de pin.

— Comment l'avez-vous débouché ?

— J'ai arraché le chapeau, répondit-il, un sourire relevant les commissures de ses lèvres pleines. Il était tellement rouillé qu'il s'est cassé

21

dans mes mains lorsque j'ai tiré dessus. Vous feriez mieux de mettre un écran, en tout cas.

Il haussa les épaules, puis baissa les yeux sur son bloc-notes et écrivit une note rapide d'une écriture irrégulière.

— Merci, dit David en tentant de sourire lorsque Jackson leva les yeux. Je suppose que ça veut dire que vous êtes engagé.

L'homme renifla doucement.

— Pourquoi ne pas faire une visite avant de vous engager?

— Oh, bien sûr.

David eut à nouveau l'impression d'être un idiot, mais il conduisit Jackson sur le porche, puis passa avec lui la porte d'entrée ouverte.

La maison sentait encore la fumée, mais le nuage âcre avait disparu. Jackson fit une pause et regarda autour de lui, appréciant visiblement la vue.

— Avez-vous une idée de qui était l'architecte?

David cligna des yeux à la question inattendue.

— Absolument pas, mais j'imagine que je pourrais trouver l'information. Pourquoi?

— Cela ressemble à une des maisons d'Andrej Janic, dit-il en se dirigeant vers les bibliothèques encastrées autour de la cheminée.

Il tendit une main pour caresser presque avec révérence le vitrail sur la façade des armoires. Il passa ensuite sa main sur le bois lisse du manteau et David vit qu'il avait de belles mains aux longs doigts et aux ongles propres et nets. Pour une raison quelconque, il ne s'était pas attendu à cela d'un artisan.

— Le nom me dit quelque chose.

La façon dont Jackson avait passé sa paume sur le bois était presque… séduisante.

— C'était un immigrant hollandais qui s'était installé ici dans la dernière partie du XIXe siècle. Il travaillait pour Langdon et Fils Architectes.

— C'est un nom que je reconnais, affirma David.

Ils avaient conçu la mairie et le seul hôtel cinq étoiles du centre-ville. Il s'agissait d'un grand bâtiment ancien, plein de détails victoriens et de vitraux. Un peu lourd sur le rococo à son goût, mais beau quand même.

— Il y a travaillé jusqu'en 1914, puis il s'était lancé seul. La plupart des maisons style Art déco de la ville sont de lui ou sont des copies, expliqua-t-il en pénétrant dans la salle à manger.

Son pas était d'une légèreté trompeuse compte tenu des lourdes bottes de travail qu'il portait. Il soupira de bonheur en voyant la salle à manger et les appliques en verre ambré. Il fit une pause et étudia le petit lustre rectangulaire au milieu de la pièce, une combinaison masculine de bras en fer forgé surmontés d'abat-jour en verre ambré. Il le toucha légèrement.

— Si c'est un original, cela vaut probablement cinq mille dollars.

David leva les yeux vers le luminaire. Il l'avait trouvé cool, mais avait supposé que c'était une reproduction.

— Merde, dit-il en se frottant la mâchoire. Je fais des intérieurs et je n'en avais aucune idée.

— Vous faites des intérieurs ? commenta-t-il en jetant un coup d'œil entendu sur le fauteuil inclinable et la lampe sur le parpaing, les sourcils haussés. J'ai déjà vu une décoration minimaliste avant, mais cela est peut-être un peu poussé.

— Mauvaise rupture, répondit David, se sentant rougir.

— Ah, répondit Jackson en hochant la tête. Je suppose que l'autre partie a obtenu la garde des meubles.

— Il a la garde de… eh bien, à peu près tout, dit David en reniflant.

Il retint son souffle, attendant de voir comment l'entrepreneur réagirait à son commentaire. Mais celui-ci gronda doucement et continua sa visite par la cuisine, David derrière lui. Il regarda les appareils des années cinquante, ouvrant le four massif blanc émaillé avec une expression joyeuse. Il jeta un coup d'œil à l'ancien réfrigérateur Philco avec sa lourde poignée extérieure chromée, puis s'approcha de la porte du lave-vaisselle appuyée sur le mur.

— Ce n'est pas bon, dit-il en se penchant pour inspecter les charnières. Ça a l'air pourri. Cela pourrait être moins cher de le remplacer.

— Je me posais la question, répondit David.

Il n'aimait pas le lave-vaisselle rose de toute façon. Le réfrigérateur et la cuisinière en émail blanc étaient bien si on pouvait les remettre en état de fonctionner, mais cette monstruosité rose devait disparaître. Il aimait les plans de travail en billot de boucherie et la crédence en style métro blanc étincelant, ainsi que le lavabo lourd en style ferme qui semblait être aussi un original.

— Le réfrigérateur ne fonctionne pas, mais j'espère que c'est parce que le courant est coupé, ajouta-t-il.

— Depuis combien de temps, le courant est-il coupé ? demanda Jackson en le regardant.

— Deux jours. Le boîtier électrique se situe sur le porche de service.

— Avez-vous appelé Inland Power ?

David sentit ses joues chauffer. C'était l'un des désavantages d'être aussi pâle que lui. Tout ce qu'il pensait finissait en rougissement sur son visage.

— Je n'y ai même pas pensé.

L'entrepreneur gronda doucement et David grimaça. Il le mena sur le porche de service, puis se recula lorsqu'il trouva la boîte grise et ouvrit la porte.

— Oh, bon sang, s'exclama-t-il, un mélange d'émerveillement et d'inquiétude colorant sa voix. Quand ont-ils mis à jour le câblage?

— Aucune idée.

— Je dirais dans les années cinquante, commenta-t-il, son regard suivant une ligne de suie jusqu'à l'endroit où un dégât des eaux avait décoloré le plafond. Ça n'a pas l'air bon.

Il commença à étudier la boîte et le mur décoloré au-dessus et prit des notes rapides sur son bloc-notes.

— Est-ce réparable? demanda David en regardant par-dessus son épaule les fusibles démodés en verre.

— Tout peut être réparé, répondit Jackson, toujours en train d'examiner les dégâts. Cela dépend de combien vous voulez dépenser. D'abord, ce panneau doit être remplacé afin de passer des fusibles aux disjoncteurs.

— Pouvez-vous faire ça?

— J'ai les autorisations. Nous devons d'abord comprendre ce qui se passe avec le toit. Vous avez une fuite, expliqua-t-il en utilisant le crayon pour pointer la grande tache brunâtre sur le plafond. Nous devons également vérifier l'intérieur de ce mur pour la moisissure.

— Une idée du montant? demanda David, le mot le faisant reculer.

Jackson mâcha le coin de sa lèvre inférieure en étudiant la boîte endommagée par le feu.

— La boîte ne devrait pas être trop chère, selon le câblage. Cinq, six cents. J'en saurai plus quand je verrai le toit. Cela doit être fait avant que le mauvais temps s'installe. Mais si vous avez de la moisissure… dit-il en secouant la tête. L'éradication des moisissures est coûteuse et je ne le fais pas. Vous aurez besoin d'une équipe professionnelle pour cela.

Son cœur sombra.

— Le chauffage ne fonctionne pas non plus. J'ai essayé de le mettre en fonctionnement ce matin et rien. L'agent immobilier m'a dit qu'il avait été remplacé en 2006 et l'unité semble saine, dit-il se sentant soulagé de se souvenir de cela.

— Gaz ou électricité ? demanda Jackson en regardant la bouche d'air près du plafond.

— Gaz à air pulsé.

— Où est votre thermostat ?

David le ramena dans la cuisine, puis dans le couloir et lui montra la petite boîte en plastique sur le mur.

— Votre problème est là, dit Jackson en prenant une autre note sur son bloc-notes. Thermostat électrique, chauffage au gaz. Du moins, c'est ce que je parierais. Nous ne le saurons pas avec certitude avant que le courant soit rétabli.

— D'accord. Une idée du délai… ?

— Deux jours.

— Oh.

La déception le submergea. Deux jours ? Il supposait que cela signifiait retourner à l'hôtel ou prendre son ancienne chambre chez sa mère et l'un comme l'autre sonnait comme un échec.

— C'est un problème ? s'enquit Jackson, les sourcils levés.

David déglutit et secoua la tête. Le mouvement sur les parois de sa gorge envoya un coup de semonce de douleur et il prit une autre gorgée de la bouteille d'eau dans sa main.

— Non, répondit-il lorsqu'il réalisa que l'entrepreneur le regardait toujours. C'est très bien. Hum, il y a aussi un problème avec le chauffe-eau.

— D'accord. Où est-il ?

— Au sous-sol, dit David avant d'ouvrir la voie.

AU MOMENT où ils remontèrent l'escalier, David savait deux choses : il aurait probablement besoin d'une deuxième hypothèque pour couvrir toutes les réparations et Jackson Henry allait le rendre fou.

La zone dans le sous-sol où se trouvait le chauffe-eau était étroite, située entre le grand réservoir et l'unité carrée de l'appareil de chauffage. Jackson jeta un coup d'œil sur cette dernière et indiqua que le pilote était allumé et qu'il semblait être en bon état, la première bonne nouvelle que David entendait, mais il avait ensuite tempéré la déclaration en disant qu'il ne le saurait pas vraiment jusqu'à ce que le courant soit rétabli. Il pensait aussi que le chauffe-eau était probablement une cause perdue.

Il s'était accroupi pour regarder en dessous et même s'il n'y avait pas eu d'aperçu sur le pli entre ses globes fessiers, il y avait eu cinq ou six centimètres de peau ferme et hâlée au-dessus du jean et une mince bande de caleçon noir qui semblait être doux au toucher. David pouvait également voir une partie d'un tatouage sur le côté droit de son dos au-dessus de la ceinture, quelques lignes et une touche de rose foncé disparaissant sous la taille de son jean. La plus grande partie de la forme était cachée et il fut immédiatement intrigué. Le petit espace forçait aussi David à se rapprocher et comme le sous-sol était le seul endroit qui ne sentait pas la fumée, il pouvait sentir Jackson pour la première fois. L'odeur d'eau de Cologne acidulée sur un homme propre était sa kryptonite et il le savait. L'homme sentait un matin d'automne clair et craquant combiné avec du cèdre et l'odeur alla directement dans le sexe de David. Il essaya de faire un pas en arrière, mais l'espace était trop petit et il était reconnaissant que le sweat à capuche surdimensionné qu'il portait tombe sur ses hanches, car il était à peu près sûr qu'il était plus qu'à moitié en érection. De plus en plus nerveux en présence de l'homme, il respira superficiellement jusqu'à ce qu'ils remontent l'escalier bancal du sous-sol qui, selon Jackson, devrait probablement aussi être remplacé. David perdit la trace des réparations de l'escalier et il perdit ce qui restait de son esprit lorsqu'il suivit son entrepreneur jusqu'au premier étage et se retrouva avec les yeux au niveau des muscles ondulants dans les fesses de ce dernier. Il n'avait jamais voulu enfoncer ses dents dans le cul de qui que ce soit, mais il en mourait d'envie à présent.

ILS REVINRENT une fois de plus dans le salon et Jackson fixa silencieusement sa liste pendant plusieurs minutes, si longtemps que David eut l'impression qu'on tapait ses nerfs à vif avec un diapason.

— Eh bien, dit-il enfin, le plus urgent est de remettre le courant, vérifier le toit, s'assurer qu'il n'y a pas de moisissure dans le mur entre la cuisine et le porche arrière et remplacer le chauffe-eau. Les choses moins importantes comme le lave-vaisselle et l'escalier du sous-sol peuvent être faites plus tard au cours des prochains mois. Comme ça, votre compte en banque sera moins impacté. Nous avons une petite fenêtre pour le toit. Nous ne devrions pas commencer à avoir de la neige avant encore six semaines, mais c'est la météo qui décide, donc on ne sait jamais. Je dois aussi vous informer que si le toit est entièrement à refaire, je ne fais pas cela. Mais je connais un type qui sera correct.

— Oh, j'ai oublié, dit David en serrant les dents. Un voisin a dit qu'il pourrait y avoir un problème avec la plomberie.

— C'est-à-dire ?

— Il a dit que l'ancienne propriétaire avait été avertie que la canalisation d'égout entre la maison et le trottoir était rompue.

— Si c'est vrai, c'est cher, dit Jackson en sifflant doucement entre ses dents. Je ne fais pas ça non plus. Mais je connais aussi quelqu'un qui le fait.

— C'est bien, dit David, se sentant un peu défaillir.

Quelle importance avait l'argent, de toute façon ? Il pouvait toujours prendre un bout de carton, écrire dessus « en faillite suite aux réparations d'une maison » et s'installer à un coin de rue pendant sa pause de midi. Il se battit contre un rire un peu hystérique,

— Cela semble bien, réussit-il finalement à dire.

Puis, il s'alarma. Il n'avait aucune idée de la somme sur laquelle il s'était engagé alors qu'il savait habituellement combien il avait l'intention de dépenser à l'épicerie avant de passer la porte.

Jackson sembla prendre conscience de sa panique.

— Écoutez, je sais que c'est un peu accablant, surtout que vous venez d'acheter l'endroit, dit-il avant de faire une pause. Avez-vous eu une inspection ? Parce que j'ai du mal à croire que le porche arrière soit passé.

David secoua lamentablement la tête.

— J'aurais dû être plus avisé, dit-il en passant une main sur sa tête, peignant ses cheveux avec ses doigts. J'ai agi impulsivement. Je vivais dans un hôtel et j'ai vu le panneau… J'ai grandi dans ce quartier. Cela semblait être une bonne idée sur le moment.

Il savait qu'il avait l'air idiot, mais Jackson sourit vaguement.

— Avez-vous au moins regardé le porche ?

— Assez longtemps pour savoir que je devrais acheter une machine à laver et un sèche-linge.

Le sourire de Jackson s'étira suffisamment pour qu'une fossette apparaisse près de sa bouche. Bon sang, en plus de tout le reste, l'homme avait des fossettes. David étouffa un autre soupir.

— Je sais que cela ne me regarde pas, dit-il, semblant timide pour la première fois. Mais, puis-je vous demander combien vous l'avez payée ?

— Cent soixante-cinq mille, révéla David en serrant les dents, souhaitant qu'un trou l'engloutisse.

Jackson arqua un de ses sourcils, mais il ne le connaissait pas assez pour savoir si c'était une bonne ou une mauvaise chose.

— Si ça peut aider, si c'est une des maisons de Janic, elle vaut sûrement plus que ça, dit-il avant de regarder sa longue liste. Bon, je peux vous facturer un travail à la fois, si cela peut vous aider. Sans passer pour un crétin, je ne gonfle pas les coûts de la main-d'œuvre et je suis bon.

David sentit son visage chauffer et il espéra vraiment qu'il n'affichait pas en quoi son imagination traîtresse envisageait que Jackson était bon. Il allait devoir dépasser cette attraction. Il sortait d'une relation de cinq ans. Il était trop tôt pour qu'il bave sur un homme comme un adolescent. Si l'homme restait ici pendant un moment, il pourrait profiter du paysage, mais c'était tout.

— Voudriez-vous un peu de temps pour y réfléchir? demanda ce dernier, le front plissé lorsque les pensées de David tournèrent plus longtemps qu'elles ne l'auraient dû.

— Je… non, répondit-il finalement, sachant qu'il rougissait.

Encore. Avec la quantité de fois que son sang s'était précipité sur son visage au cours de la dernière heure, il était surpris de ne pas s'être évanoui.

— Non, c'est très bien, reprit-il. Quand pouvez-vous commencer?

— Eh bien… répondit Jackson en jetant un coup d'œil à la montre sur son poignet. Je peux travailler quelques heures aujourd'hui si vous le souhaitez. Je devrais partir à seize heures, mais cela devrait me donner au moins le temps de diagnostiquer le problème du boîtier électrique. Je peux également commander un nouveau chauffe-eau.

— Ce serait génial, déclara David avec emphase. Le plus tôt sera le mieux.

— Très bien, alors, acquiesça l'entrepreneur. Je vais chercher mes outils et je reviens tout de suite.

— Parfait.

David le regarda passer par la porte d'entrée, puis il s'effondra dans le fauteuil hideux au milieu de la pièce, les mains sur sa tête. Il ne se souvenait pas de la dernière fois où il avait été si intensément conscient de la présence d'un homme. Il jeta un coup d'œil par la fenêtre de devant. Jackson se penchait sur une boîte à outils ouverte à l'arrière de son camion et sa veste remontait sur son corps élancé.

David était vraiment curieux à propos du reste de ce tatouage.

PENDANT QUE des bangs et des cliquetis mystérieux provenaient de son porche de service, David jeta une vieille couverture sur le sol afin de protéger le plancher du salon, puis il amena deux autres parpaings et un morceau d'étagère en bois qu'il trouva dans le garage. Il posa le bois sur les parpaings et se fabriqua un bureau de fortune devant le fauteuil inclinable. La planche se trouvait au-dessous du niveau de ses genoux et c'était gênant, mais il devait bien trouver une solution. Il était temps de faire preuve de réalisme en ce qui concernait ses finances, surtout s'il devait prendre les services d'un avocat. Il examina ses relevés et ses factures mensuelles, les catalogua en piles posées sur le sol autour de la chaise et se rendit compte qu'il allait devoir équiper un bureau. Le classeur et le bureau de l'appartement lui manquaient, mais il était surpris de ne rien regretter d'autre. Y compris Trevor. Il se laissa aller dans son fauteuil, regarda par la fenêtre et laissa cette réalité l'imprégner. L'appartement près de la rivière ne lui manquait pas, pas plus que les meubles que Trevor avait choisis pour le meubler. Ce n'était pas son style. Le canapé en cuir noir et l'art moderne onéreux sur les murs, les tables chromées et la table basse en verre. Tout était prétentieux, rien qu'il n'aurait choisi. Il aimait le bois, le tissu et la chaleur. Il aimait une maison qui ressemblait à un foyer et non pas à un appartement d'exposition. Il avait décoré un siège social haut de gamme qui avait plus de personnalité que son propre appartement et il se demandait encore s'il avait vraiment été si désireux de plaire à Trevor qu'il s'était rallié à cela, renonçant à ses propres goûts dans un effort pour lui plaire. Il ressentit une sensation de naufrage dans la poitrine, sachant que c'était ce qu'il avait fait.

Il avait rencontré Trevor dans un bar gay du centre-ville juste au moment où il quittait l'université. Timide et douloureusement peu sûr de lui, il n'en avait pas cru ses yeux lorsque le beau et suave Trevor Blankenship s'était concentré sur lui. Il était tellement excité par l'attention de l'homme séduisant qu'il aurait fait n'importe quoi pour le garder. Y compris se transformer en paillasson.

— Plus jamais, marmonna-t-il. Foutrement plus jamais.

Les rayons de soleil passaient par la vitre de la fenêtre dans un angle bas donnant à la pièce un aspect doré. Des pas résonnèrent derrière lui et David se retourna pour voir Jackson entrer dans le salon, sa veste en jean drapée sur son bras et les manches de sa chemise à carreaux bleus et marron enroulées sur ses avant-bras. Ils étaient épais et saupoudrés de poils foncés et David dut se forcer à ne pas les fixer. Il avait un faible pour les avant-bras des hommes.

— Cette pièce est vraiment belle, dit-il en s'avançant.

Son visage s'était adouci et la transformation de ses traits était spectaculaire. Cela le rendait plus accessible.

— Oui, répondit David en regardant autour de lui. J'aime le bois.

— Moi aussi, dit Jackson en haussant les épaules avant d'ouvrir le col de sa chemise en denim foncé. Le câblage est entièrement en cuivre, pas en aluminium, donc je vais pouvoir changer la boîte sans trop de problèmes. J'en achèterai une lundi. J'ai arraché une partie de la cloison sèche. Je n'ai pas vu de moisissure, ce qui est la meilleure nouvelle de la journée.

— Oh, super, s'exclama-t-il, presque étourdi par le soulagement.

— Oui, approuva son entrepreneur. Vous avez eu de la chance. La cloison sèche était encore humide, donc j'ai le sentiment que la fuite n'est pas très ancienne, ce qui est une bonne nouvelle. Cela veut dire que cela ne dure pas depuis des années et que cela n'a pas compromis la structure. J'ai l'impression que la seule raison pour laquelle le boîtier à fusibles n'a pas mis le feu à la maison, c'est que le mur au-dessus était encore mouillé.

David sentit un frisson descendre le long de sa colonne vertébrale. La maison aurait pu brûler pendant qu'il dormait. Il n'y avait pas un seul détecteur de fumée à cet endroit, un autre élément qui serait apparu lors d'une inspection.

— La fuite a pu se produire lors de la dernière tempête, poursuivit Jackson

Il venait juste d'acheter la maison lorsqu'il y avait eu un violent orage avec des pluies torrentielles et des rafales de vent à plus de cent kilomètres à l'heure. Il avait été heureux qu'aucun des vieux arbres massifs sur le côté de la maison n'ait été arraché du sol et ne se soit effondré sur le toit. D'autres endroits dans la ville n'avaient pas eu cette chance.

— J'en saurai plus lundi lorsque je monterai sur le toit, dit Jackson pour finir.

— D'accord, répondit-il en lui adressant un léger sourire.

Ils se regardèrent fixement, puis Jackson se racla la gorge.

— Je déteste réclamer, mais… j'aurais besoin d'une avance si je dois acheter du matériel.

— Oh, bon sang, bien sûr, s'exclama David.

Il déplaça quelques papiers, trouva son chéquier et prit un stylo sur son poste de travail improvisé avant de se retourner vers l'autre homme.

— De combien avez-vous besoin? demanda-t-il en levant les yeux vers Jackson, dans l'expectative.

— Trois cents devraient suffire pour l'instant, répondit celui-ci. Je vous informerai lundi du prix du chauffe-eau.

David lui fit un chèque de huit cents dollars à la place, le déchira du carnet et le lui tendit.

— Merci, répondit Jackson en rangeant le chèque.

— Si vous avez besoin de plus d'argent, dites-le-moi.

— D'accord. À quelle heure partez-vous au travail le matin ?

La question surprit David et il cligna des yeux avant de répondre.

— Vers sept heures trente en général. Pourquoi ?

— Eh bien, à moins que vous ne vouliez me donner une clé de votre maison, je dois être là avant que vous partiez, répondit-il en haussant les épaules, l'air un peu embarrassé. Donc, à lundi, sept heures trente.

— D'accord. À lundi.

L'homme lui fit un signe de tête, puis il partit.

David le regarda, pensant que quel que soit le temps qu'il faudrait pour que les réparations de la maison soient terminées, ce ne serait pas assez long pour qu'il se lasse de cette vue.

IV

Après avoir étudié toute sa situation financière, David décida qu'il pouvait faire tous les travaux de la maison sans toucher à ses fonds de retraite, tant qu'il économisait partout ailleurs. Tant aussi que Trevor réglait les mensualités de l'appartement. Par conséquent, il décida que rester avec sa mère jusqu'à ce que l'eau chaude et l'électricité soient rétablies était une sage décision. Elle l'accueillit à bras ouverts et ne voulut même pas entendre parler de la possibilité qu'il participe à payer les courses. Il savait que son père avait fait en sorte que sa femme soit à l'abri du besoin, mais il avait décidé de l'inviter à dîner un soir par semaine si elle continuait à refuser qu'il règle une partie des frais. De plus, dormir dans son ancienne chambre et s'asseoir à sa table lui rappelait combien il appréciait sa compagnie. La relation entre Trevor et sa famille avait toujours été froide et ce dernier ne voulait pas passer plus de temps avec eux qu'il n'en fallait pour Thanksgiving et Noël.

Il devrait trouver un avocat lundi prochain. Il devait séparer ses finances de celles de Trevor. Son ex-compagnon avait un travail décent. Il était représentant pour un distributeur d'alcools haut de gamme et avait les moyens de payer l'appartement. Il n'avait tout simplement jamais eu à le faire et de toute évidence, il ne voulait pas que cela change. David avait reçu plusieurs textos venant de lui ces derniers jours, tout sur le même thème : *tu sais que cela ne voulait rien dire, tu sais que je t'aime.* Envahi par la colère, il décida que Trevor avait à peu près prouvé le contraire et que s'il n'assurait pas les paiements de l'appartement, il serait vendu.

Il prit son petit déjeuner avec sa mère dimanche matin à la même table de cuisine où il avait mangé ses céréales lorsqu'il était enfant. Elle lui faisait des pancakes et il la regardait se déplacer en buvant une tasse de café puisqu'elle avait refusé son aide. Personne ne faisait un meilleur café que sa mère, pas même la Keurig dont il avait perdu la garde.

Elle posa une assiette devant lui et se servit une tasse de café avant de tirer une chaise et s'asseoir en face de lui.

— Tu ne manges pas ? demanda-t-il en versant du sirop sur ses pancakes.

Sa mère avait choisi le bon, celui dans une petite cruche venant directement du Vermont.

— J'ai mangé plus tôt, répondit-elle.

— Un toast ? demanda-t-il en arquant un sourcil.

— Tu as écouté ta sœur, s'exclama-t-elle en le foudroyant du regard.

— Manger un toast n'est pas suffisant pour le petit déjeuner, maman. Tu me l'as répété pendant des années.

— J'ai aussi mangé un yaourt. Ne t'inquiète pas, dit-elle en le fixant d'un air tranquille. Alors que penses-tu de Jackson ?

C'était certainement un moyen efficace de changer de sujet. David prit son couteau et sa fourchette, puis coupa les pancakes moelleux. Son estomac gronda face à l'odeur qui s'en dégagea.

— Eh bien, il est magnifique, finit-il par dire.

— N'est-ce pas ? répliqua sa mère en lui adressant un sourire malicieux par-dessus sa tasse de café.

— J'espère qu'il est aussi bon dans ce qu'il fait que dans sa façon de remplir son Levi's.

— Eh bien, il semblait très efficace lorsqu'il était ici, dit sa mère en riant.

— Que lui as-tu fait faire ?

Il prit une bouchée de ses pancakes et ses yeux roulèrent de félicité dans ses orbites. Cela fondait sur sa langue et c'était comme tous les matins de Noël de son enfance en une bouchée. La chaleur l'envahit et il se rendit compte qu'il n'avait pas passé assez de temps avec sa mère au cours des cinq dernières années.

— C'est incroyable, maman, dit-il lorsqu'il eut avalé. Merci.

— De rien. Pour répondre à ta question, la porte du garage a cessé de fonctionner il y a six mois.

Le commentaire désinvolte rappela à David son propre système d'ouverture manquant et qu'il devait le dire à Jackson.

— Ton père n'avait pas vraiment envie de s'embêter avec ça et j'avais entendu parler de Jackson, alors je l'ai appelé. Il l'a réparé en une heure et ne m'a même pas fait payer, dit-elle avec un sourire grandissant. Je lui ai fait des cookies.

Il sourit et elle haussa les épaules.

— Tu n'es pas le seul à apprécier les beaux mecs, mon cher, conclut-elle.

— Où as-tu entendu parler de lui ? demanda-t-il en riant.

— Je connais sa mère, expliqua Beverley avant de prendre une autre gorgée de son café. Elle a une superbe roseraie ; Jackson l'a aidée à l'installer. Tu devrais lui parler de cela. Des rosiers seraient magnifiques sur le côté de ton allée.

C'était peut-être un peu trop d'entretien pour quelqu'un qui travaillait autant que lui, mais il ne le dit pas.

— Il est gay, au fait.

Il s'étouffa avec son pancake et sa mère tapota son dos pendant qu'il bafouillait et prenait une gorgée de son café.

— Comment le sais-tu ? dit-il d'une voix un peu rauque.

— Je connais sa mère. Nous parlons.

— De la vie sexuelle de vos fils ? s'exclama-t-il en sentant la chaleur lui monter au visage, craignant que sa voix sonne comme s'il n'avait pas encore atteint la puberté.

— Non, répliqua sa mère en lui lançant un regard aiguisé. Mais nous parlons de nos enfants, y compris de ce que font nos fils pour vivre.

— C'est pour cela que Beth et toi étiez si bizarres l'autre soir, parce qu'il est gay, dit-il en soupirant. Eh bien, il est très professionnel. Je n'ai rien vu du tout. Il ne m'a même pas dragué une fois.

Il prit une bouchée de son petit déjeuner.

— Merde, dit-il pour finir, la bouche pleine de pancakes.

Il plaisantait, mais la pensée était en fait décevante.

Elle sourit, mais cela ne dura pas et elle sembla troublée pendant un moment.

— Que veut dire cette expression ?

— T'es-tu demandé pourquoi il était artisan, pourquoi il travaillait seul ? lui demanda-t-elle en soupirant doucement.

— Pas vraiment. Certaines personnes aiment travailler seules, répondit-il en étudiant le visage pensif de sa mère. Mais j'ai la sensation qu'il y autre chose.

— C'est le cas. Il a déménagé pour aider à s'occuper de sa mère. On lui a récemment diagnostiqué une sclérose en plaques, révéla-t-elle en soupirant. C'est tellement dommage. Parfois elle va bien, mais…

Elle haussa les épaules.

— C'est dur, murmura-t-il.

Il ne pouvait pas imaginer, en fait. Après avoir vu son père mourir lentement, l'idée qu'on diagnostique une maladie débilitante à sa mère lui donnait la chair de poule.

— Elle a deux autres enfants et ils vivent dans la région, mais ils sont occupés, dit sa mère avec un reniflement qui indiqua à son fils ce qu'elle pensait de cela. Comme si Jackson ne l'était pas. Mais il est le seul à ne pas avoir d'enfants. Il vivait sur la côte, mais dès que sa mère a dit qu'elle avait besoin d'aide, il est revenu ici. Là-bas, il travaillait avec une grande entreprise de construction et gagnait beaucoup d'argent. Mais ici…

— Il y a des sociétés de construction ici, dit-il en fronçant les sourcils. Je vois tout le temps des équipes qui travaillent en ville. Il n'est pas syndiqué ?

— Il l'est. Mais il ne se cache pas, Davy. Sur ce qu'il est, sur rien.

— Ah, grimaça-t-il en comprenant. Le bon vieux réseau des hétérosexuels.

La ville comptait plus de quatre cent mille habitants, mais l'attitude prédominante était celle d'une très petite ville et conservatrice. Pas particulièrement amicale envers les gays. Il aurait dû le savoir. Il avait grandi en étant l'objet de toutes les blagues gays et de tous les préjugés imaginables. De bons vieux hétérosexuels avaient élevé des enfants comme eux.

— Il n'a pas été engagé. Puis, un soir, quelqu'un s'est attaqué à son camion avec une batte de base-ball dans l'allée derrière la maison de sa mère. Toutes les vitres ont été brisées, les pneus crevés. Quelqu'un a écrit « Tapette » au pistolet à peinture sur le côté. C'était horrible et très cher à réparer.

David sentait une lente et frémissante colère monter en lui. Il n'avait qu'un vague souvenir du véhicule dans son allée, mais il pouvait imaginer le coût des vitres et des pneus. On l'avait traité de pédé depuis la fin de l'école primaire et tout au long de ses études secondaires, mais cela ne faisait pas partie de sa vie professionnelle. Bien sûr, il travaillait dans un secteur où son orientation sexuelle ne posait pas de problème et puisqu'il était à la tête de son département, si quelqu'un avait un problème, il était assez intelligent pour le garder pour lui. Mais pour Jackson…

— C'est un crime de haine. Il a appelé la police ?

Beverley acquiesça.

— Ils ont fait un rapport, mais il n'y avait pas grand-chose à faire. Il n'y avait pas de témoins. C'était une façon lâche de lui souhaiter la bienvenue.

— Sans blague, gronda-t-il.

Elle lui adressa un regard de reproche, mais il s'en moquait.

35

— Ceci est mal de tant de façons, dit-il en secouant la tête.

Il repoussa son assiette. Il avait mangé la moitié de ses pancakes, mais son appétit s'était envolé.

— Pourquoi ne m'as-tu pas parlé de Jackson avant ?

Beverley fixa la table et joua avec les bords d'une serviette en papier avec son ongle. Après une longue pause, elle le fixa dans les yeux.

— Je voulais que tu le rencontres d'abord et que tu l'engages si tu pensais qu'il pouvait t'aider avec la maison. Je ne pense pas qu'il voulait que la principale raison soit parce qu'il était gay.

David pensa à l'homme avec qui il avait passé des heures la veille. Il hocha la tête. Elle avait raison. Mais c'était souvent le cas.

À SEPT heures trente, lundi matin, David sortit de la maison de sa mère et entama la courte marche vers sa maison Art déco, un pâté de maisons plus loin. Il faisait froid et il était content d'avoir enfilé son long manteau de laine noir et d'avoir enroulé une écharpe autour de son cou. Une douce brise fit voleter sa frange et remua les brillantes feuilles d'automne qui formaient une voûte au-dessus de la rue. Il aimait cette saison ; il ferma les yeux et inhala les senteurs de la fumée du bois et des lys tardifs. Un autobus scolaire le dépassa, formant une petite rafale de feuilles séchées sur son passage, et il vérifia des deux côtés avant de traverser la rue.

Un pick-up argenté avec des échelles suspendues de chaque côté était garé devant sa maison. Jackson était assis derrière le volant, sirotant une tasse d'une quelconque boisson chaude. La vapeur montait, s'enroulant autour de sa tête. David fit un signe de la main et l'autre homme hocha la tête en réponse avant de sortir de son véhicule au moment où David l'atteignait.

— Bonjour, dit David en jetant un coup d'œil à l'ancien modèle GMC.

Il vit à quel point il était impeccable et se souvint de ce que sa mère lui avait dit au sujet du vandalisme. Cela le bouleversa à nouveau.

— Bonjour, répondit Jackson en l'étudiant avec un léger froncement de sourcils. Tout va bien ?

David refoula son irritation. Il n'avait jamais pu cacher quoi que ce soit, ses émotions s'inscrivant sur ses traits au moment où il les ressentait.

— Oui, tout va bien. C'est juste… lundi, improvisa-t-il.

L'entrepreneur acquiesça lentement, mais David comprit qu'il ne le croyait pas vraiment.

— Alors, je vous fais entrer, dit-il en commençant à contourner l'avant du pick-up.

— À quelle heure rentrez-vous habituellement ? demanda Jackson en marchant à côté de lui.

— C'est variable, répondit-il en sortant ses clés de la poche de son pantalon pendant qu'ils traversaient la pelouse. Pourquoi ?

— J'ai pu trouver un chauffe-eau à un bon prix, mais je vais devoir aller le chercher. Je dois aussi récupérer le nouveau boîtier électrique. Je ne pense pas que vous apprécieriez que je quitte la maison sans fermer à clé.

— Dieu nous en préserve, s'exclama David en riant. Quelqu'un pourrait voler le fauteuil.

— Mais vous ne voulez pas perdre le matériel et les accessoires, répliqua Jackson, les lèvres recourbées par un sourire.

David réfléchit en se mordillant la lèvre. Après un moment, il ôta la clé de sa maison de son porte-clés.

— Tenez, comme ça, vous n'aurez pas à vous soucier de savoir si je suis là ou pas.

— Pardon ? dit-il en regardant fixement la clé, une drôle d'expression sur le visage. Vous êtes sûr de vouloir faire cela ?

— Oui. J'en suis sûr, répondit David en inclinant la tête sur le côté.

— Vous êtes plutôt confiant. Comment savez-vous que je n'ai pas des vues sur le luminaire de la salle à manger ?

— Ma mère est assez douée pour juger les caractères et elle vous apprécie, répondit-il en étudiant le beau visage et les yeux bleu vif. Je vais prendre le risque.

Un lent sourire recourba les lèvres de l'entrepreneur et une chaleur correspondante commença à remplir la poitrine de David.

— Je convoite un peu votre fauteuil, dit Jackson en prenant la clé et lorsque leurs doigts se frôlèrent, David dut se battre pour dissimuler un frisson.

— Si jamais je trouve autre chose pour m'asseoir, je vous le donnerai en prime, assura David en riant.

Ses joues chauffèrent lorsque l'autre homme arqua un sourcil ironique. Avait-il l'air d'un crétin ? Il n'en était pas sûr.

— Ajoutez la boîte en carton et la lampe et nous pourrions tomber d'accord. Voulez-vous que je la laisse quelque part ? demanda-t-il en levant la clé. Je pourrais la rendre à votre mère.

— Non, gardez-la jusqu'à ce que les travaux soient terminés, répondit David avec un petit rire soulagé. J'en ai une autre et vous pourrez aménager vos propres horaires.

— Merci, acquiesça-t-il. Je dois parfois partir à l'improviste et cela m'aide.

— Bien sûr, répondit David, l'état de santé de la mère de Jackson à l'esprit.

Ils se séparèrent à l'entrée du porche et David s'offrit le luxe de regarder son entrepreneur grimper les marches avant de faire demi-tour. Il ouvrit sa portière et monta dans sa voiture froide. Il alluma le chauffage en frissonnant, car peu importe le nombre de couches de vêtements qu'il portait, les sièges en cuir étaient toujours froids. Il recula dans l'allée et freina dans la rue alors qu'une voiture passait, jetant un coup d'œil absent à l'arrière du pick-up de Jackson. Il y avait deux autocollants sur le lourd pare-chocs noir. L'un était un petit cœur arc-en-ciel et l'autre, noir et blanc, représentait un Jésus irrité avec un texte indiquant « Seigneur, je déteste les sa-lopettes ».

Il éclata de rire et son sourire s'attarda presque jusqu'à son travail.

V

Il étaIt épuisé au moment où il reprit sa voiture et remonta la colline vers la maison. Les lundis étaient toujours durs et celui-ci ne faisait pas exception. En fait, il était probablement pire que la normale.

Lorsqu'il était arrivé à son bureau, ce matin, son assistant, Michael, lui avait sauté dessus dès qu'il avait franchi la porte, avec une grimace irritée.

Il avait rencontré Michael Crane deux ans auparavant lorsque celui-ci était venu pour un entretien d'embauche et, à présent, il ne savait pas ce qu'il ferait sans lui. Michael connaissait mieux son emploi du temps que lui. Il intervenait lorsque des clients avaient épuisé toute la patience de David. Un jeune homme séduisant avec une tendance à porter des pulls surdimensionnés, des foulards volumineux et des jeans, mais ce look était adapté à son corps mince. Il dressait ses cheveux en une fausse crête avec du gel et portait des lunettes noires un peu grandes qui ne nuisaient en rien à ses traits fins et réguliers. Michael était aussi son ami et le nuage noir qui sillonnait actuellement son front n'était pas de bon augure.

— Qu'est-ce qui ne va pas ?

Michael lui prit sa besace, l'accrocha à son épaule, secoua la tête et fit des gestes vers un petit groupe de femmes se tenant à proximité. David comprit et se dirigea vers son bureau. Une fois la porte refermée derrière eux, il se tourna vers son assistant.

— Alors ? demanda-t-il en déroulant l'écharpe autour de sa gorge avant de l'accrocher au portemanteau derrière sa porte.

— Trevor était là tout à l'heure, répondit Michael en accrochant le sac à côté de l'écharpe.

— Quand ? dit David en s'arrêtant d'enlever ses gants.

— Il était là lorsque je suis arrivé à sept heures trente, expliqua-t-il avec un regard entendu vers le bureau de son chef. Il fouillait ton bureau.

David écarquilla les yeux. Il n'y avait rien de personnel dans son bureau et les contrats en cours se trouvaient dans un classeur verrouillé, mais Trevor n'avait aucune raison d'être dans son bureau. Il ne s'inquiétait pas vraiment pour les dossiers. Il ne laissait jamais rien sur son bureau et le débarrassait complètement tous les jours lorsqu'il partait. Pourtant, il sentait battre son cœur à la base de son cou et se sentait violé, en quelque sorte.

— Je lui ai dit de sortir ou j'appelais la sécurité.

Il leva les yeux vers son assistant qui se tenait devant le bureau, les bras croisés, les lèvres pincées.

— Qu'a-t-il dit ?

— Pas grand-chose, répondit Michael en inclinant la tête. Il m'a demandé ta nouvelle adresse et je lui ai dit non. Il m'a ensuite dit de me barrer.

— Je suis désolé, Michael, dit-il, le cœur serré.

— Ne t'excuse pas pour cet enfoiré, David, s'exclama son assistant en lui jetant un regard irrité. Tu n'as rien fait de mal. Je me suis assuré que la sécurité était au courant de son intrusion et ils ont promis que cela n'arriverait plus.

Michael lui adressa un regard direct avant de continuer.

— David, je sais que tu ne veux pas, mais tu dois engager un avocat. Je pense aussi que tu devrais aussi envisager de le signaler à la police.

— Tu crois que c'est nécessaire ? demanda-t-il en s'asseyant dans son fauteuil, les sourcils froncés.

— Je crois qu'il ne comprend pas du tout les limites. Il était dans ton bureau. Là où tu travailles. Ce n'est pas correct.

— Non, ça ne l'est pas du tout, soupira David en laissant tomber sa tête. Laisse-moi m'assurer que rien ne manque. Je vais y réfléchir.

Michael n'eut pas l'air satisfait de cela, mais il n'insista pas. Il donna ses messages à David et quitta le bureau, mais ce dernier savait que ce n'était pas terminé pour son assistant. Il lui redemanderait.

Il se pencha sur son bureau et fixa la porte fermée. Il détestait l'idée que Trevor se soit introduit dans son bureau à son insu, mais voulait-il vraiment le dénoncer à la police ?

Plus tard dans la matinée, il fit ce qu'il ne souhaitait pas et engagea un avocat. Après s'être entretenu avec deux d'entre eux au téléphone et avoir failli s'étouffer en entendant le prix de deux cent cinquante dollars de l'heure, il donna le nom de l'avocate de Trevor à Karen Ridgeway, sa nouvelle avocate. Une fois qu'il l'eut informée de ce qui se passait, elle lui indiqua qu'elle connaissait sa consœur et qu'elle lui passerait un coup de fil courtois avant de sortir les griffes. Elle lui suggéra également d'envisager une ordonnance restrictive, mais la décision lui revenait en dernier ressort. Il raccrocha, l'appréciant plus à cet instant.

Il était donc épuisé lorsqu'il sortit de l'immeuble de bureaux. Il roula vers son quartier, pris dans la circulation aux heures de pointe, et se demanda si Jackson était encore dans sa maison. Non seulement la vue de l'homme avec ses manches de chemise relevées le mettait de bonne humeur parce qu'il était beau à regarder, mais la seule chose qui lui manquait vraiment était d'avoir quelqu'un chez lui. Avoir Jackson là-bas, ce n'était pas comme rentrer avec quelqu'un qui l'aimait, mais c'était mieux qu'une maison vide. Il prendrait peut-être un chien, un corgi, pourquoi pas, comme celui des voisins deux maisons plus loin. Le syndic de l'immeuble avait interdit les chiens en disant qu'ils mettraient le désordre dans la propriété. Maintenant qu'il possédait une maison, il pouvait avoir un chien s'il en voulait un. L'idée le fit sourire et il sourit encore plus lorsqu'il tourna dans sa rue et vit le camion de Jackson toujours garé devant.

Il entra dans l'allée et se gara derrière une grande plaque de contreplaqué posée sur deux chevalets avec une sorte de grande scie fixée au-dessus. Jackson était penché sur la table de fortune, ses lunettes protégeant ses yeux alors qu'il utilisait la scie bruyante, de la sciure dans les cheveux et un crayon entre les dents. Était-il étrange qu'il envie le crayon ?

Il sortit de la voiture. Jackson leva les yeux et le gémissement de la scie s'arrêta brusquement. Il ôta le crayon de ses lèvres et remonta les lunettes dans ses cheveux.

— Salut, dit David, son moral remontant en flèche à sa vue.

Sa veste avait disparu et aujourd'hui, il portait un Henley gris ajusté. Il y avait des muscles impressionnants sous le tissu confortable et David était content que sa propre veste volumineuse cache le fait qu'il n'avait pas la même forme à afficher. Il était un décorateur d'intérieur qui passait de longues heures à son travail et peut-être un jour par mois à la salle de gym, et ça se voyait. Il n'y avait pas de poids en trop sur sa silhouette élancée ; en fait, Beth avait raison, il était trop mince, mais il savait que son tonus musculaire n'était pas franchement impressionnant. C'était son côté mignon qui avait toujours bien fonctionné pour lui. Il n'y avait pas vraiment grand-chose de mignon à propos de Jackson Henry.

— Salut, répondit celui-ci en souriant, faisant disparaître une grande partie de la fatigue de David. J'ai quelque chose à vous montrer.

Le sourire de l'homme était contagieux et David lui sourit en retour.

Jackson le conduisit dans sa maison. Ils enjambèrent des cloisons sèches et il se dirigea vers le panneau d'alimentation gris acier sur le mur. David le fixa, puis il se retourna vers l'entrepreneur, n'ayant manifestement pas compris. Le sourire de ce dernier s'élargit et il fit basculer un interrupteur sur le mur à sa droite. David ne comprit que lorsque le plafonnier s'éteignit. Puis, Jackson bascula à nouveau l'interrupteur, inondant de lumière le petit porche.

— Oh, bon sang, s'écria David. Vous l'avez réparé.

— C'est mon travail, répliqua Jackson avec un sourire ironique. Je l'ai rebranché, j'ai remplacé les fusibles par des disjoncteurs. Venez ici, il y a autre chose.

Il s'avança dans la cuisine et passa dans l'entrée avant de s'arrêter.

— Que ressentez-vous ? demanda-t-il.

David regarda autour de lui, le front légèrement froncé. La température à l'intérieur de la maison était agréable, ne passant pas à un froid arctique comme les deux dernières fois qu'il s'était trouvé à l'intérieur et il réalisa ce que Jackson voulait dire.

— Le radiateur !

— C'était juste à cause du problème électrique. Comme je vous l'ai dit, le thermostat ne fonctionne pas sans électricité. Il n'y a aucun problème avec le chauffage.

Les genoux de David tremblèrent sous l'effet du soulagement. Il avait eu tellement peur de devoir remplacer l'ensemble de l'appareil et quelques recherches sur Internet la veille lui avaient donné des sueurs froides en voyant les prix.

— Je pourrais vous embrasser, Jackson.

Ce dernier eut l'air surpris. Ce fut seulement lorsqu'il se raidit que David réalisa ce qu'il avait dit.

— Oh, je suis désolé. C'était…

Sa voix s'éteignit et il souhaita disparaître dans un nuage de fumée.

— Flatteur, termina Jackson avec un petit sourire. Ne vous inquiétez pas pour ça. Souhaitez-vous que j'inclue la porte de garage dans mon offre ? Parce que vous pourriez vouloir un endroit pour garer cette mignonne petite voiture avant que la neige arrive.

David en eut le souffle coupé.

Jackson avait adouci le malaise sans effort.

David sentit son désir de l'embrasser grandir encore plus.

MAINTENANT QUE ses lumières fonctionnaient à nouveau, qu'il faisait chaud dans la maison, que le réfrigérateur refroidissait et qu'une autre crainte d'avoir à remplacer un appareil majeur avait disparu, David était prêt à courir jusqu'à l'épicerie. Il demanda à Jackson s'il avait besoin de quelque chose. L'homme secoua la tête et le remercia.

Il fut surpris à son retour de voir que le camion de l'entrepreneur était toujours là. On aurait dit, cependant, qu'il terminait de ranger. La scie lourde avait disparu du poste de travail de fortune dans l'allée et les débris de bois et de cloison sèche avaient disparu de la pelouse. David ouvrit son coffre en sortant de la voiture et Jackson sortit par la porte arrière, enfilant sa veste.

— Vous travaillez de longues heures, dit-il en sortant trois sacs en plastique de son coffre. J'ai l'impression d'être un fainéant.

— Quiconque quitte sa maison à sept heures quarante-cinq et ne rentre à la maison qu'après dix-huit heures n'est pas vraiment un fainéant, déclara-t-il. Je prends habituellement quelques heures pour déjeuner au milieu de la journée, donc ça s'équilibre. Je voulais vous dire que je vais chercher le chauffe-eau demain. Je l'installerai et je transporterai le vieux à la décharge pour vous.

— Avez-vous besoin de plus d'argent ? demanda David.

— Non, c'est bon, répondit-il en glissant ses mains dans les poches de sa veste. J'ai regardé le toit aujourd'hui et d'après ce que j'ai vu, c'est seulement cet endroit qui a l'air endommagé. J'ai aussi parlé à un ami plombier au sujet de votre canalisation et il ne peut pas venir avant une semaine. Souhaitez-vous que j'essaye de trouver quelqu'un d'autre ?

— Est-ce que cela posera un problème si je prends des douches ?

— Pas tant que vous n'avez pas de refoulement sur vos orteils, répondit Jackson en lui lançant un regard ironique.

— Aïe, dit-il en frissonnant. Je devrais peut-être me doucher chez ma mère.

— C'est peut-être une bonne idée puisqu'elle est si proche.

Ce n'était pas ce qu'il voulait entendre, mais ce n'était pas si gênant. Il ferma le coffre et souleva un des sacs.

— Vous êtes sûr que je ne peux pas vous offrir un Coca ?

— Non, je dois rentrer chez moi. On se voit demain.

David le regarda jusqu'à ce qu'il disparaisse, admirant les muscles mouvants des fesses de son entrepreneur. Il ne se lasserait jamais de cette vue.

VI

David posa sa voiture chez sa mère et ne se rendit pas chez lui le lendemain matin. Il se sentait un peu idiot d'avoir laissé échapper le commentaire « je pourrais vous embrasser » et il ne voulait pas que Jackson pense qu'il était un taré le traquant. Le véhicule de l'artisan était déjà dans l'allée et il entendit le bruit de la scie lorsqu'il passa.

Mardi était un autre de ces jours où son travail semblait plus difficile que cela n'en valait la peine. Les clients étaient frileux et même si la dernière récession semblait derrière eux, les cordons de la bourse des sociétés étaient serrés. Ils voulaient que quatre hôtels de quatre cents chambres soient meublés et décorés, mais ils ne voulaient pas payer pour cela. Il avait dû être subtil avec les clients et superviser la décoration de leurs espaces. Au moins, lorsqu'on faisait la maison d'une personne, on voyait son plaisir à la fin. Il y avait très peu de réactions positives impliquées dans la majorité de ce qu'il faisait et cela le fatiguait. Vraiment, vraiment beaucoup.

Lorsqu'il rentra ce soir-là, le pick-up de Jackson était toujours là. David sortit de sa voiture, des papillons voltigeant dans son estomac. Il se traîna péniblement à travers la pelouse avant de s'arrêter pour regarder autour de lui. La brise légère déferlant presque tous les soirs portait l'odeur de fumée de bois d'une cheminée des alentours ce soir et les lampadaires projetaient des ombres tachetées sur l'asphalte. Il frissonna de malaise. C'était peut-être un reste de Trevor entrant par effraction dans son bureau, mais il n'en était pas sûr. Il frotta ses bras couverts de chair de poule et s'apprêtait à entrer dans la maison lorsqu'un cliquetis rapide s'approcha de lui. Quelques instants plus tard, un petit chien trapu avec un grand sourire et des oreilles dignes d'une chauve-souris courait vers lui à travers les ombres.

— Qu'est-ce que tu fais ici, mon pote ? dit David en s'accroupissant pour enfoncer ses doigts dans la fourrure épaisse et douce du corgi.

Le petit chien lui lécha la main et lui adressa un autre sourire de chien, le faisant sourire à son tour.

— Bon sang, tu es tellement adorable.

Il le gratta sous le menton et le chien grassouillet roula sur le dos, agitant ses pattes carrées minuscules avec leurs chaussettes blanches dans

45

les airs. Le sourire de David se transforma en rire et il gratta joyeusement le ventre poilu.

— Que fais-tu ici ? Je suis sûr que tu dois manquer à quelqu'un.

Alors que les mots quittaient sa bouche, le porche de la maison se trouvant deux numéros plus loin s'éclaira et la porte d'entrée s'ouvrit.

— Oh, tu as des problèmes maintenant.

Le petit chien ne sembla pas s'en soucier. Il poussa la main de David avec sa truffe et lui lécha le poignet.

— Bootsy ? appela la voisine.

— Bootsy ? Bon sang, pas étonnant que tu te sauves loin de chez toi, dit-il en grimaçant.

Il regarda vers la maison de ses voisins avant d'appeler.

— Il est ici.

La femme sortit sur le porche, croisa ses bras et il se leva, tapotant sa jambe en se dirigeant vers elle. Bootsy roula sur ses pattes et le suivit, la langue pendant de sa gueule souriante, haletant joyeusement. La voisine le regarda approcher, son chien sur les talons.

— Merci de l'avoir ramené à la maison. Il a été agité et a gémi toute la soirée, expliqua-t-elle en baissant les yeux sur le petit chien. Alors, tu te sauves dans la rue, maintenant ?

— Eh bien, il m'a offert un gentil comité d'accueil tout à l'heure, répondit David en riant. J'ai eu une journée désagréable et il est si mignon.

— Il est friand d'attention.

— J'ai remarqué ça.

Le chien s'assit à côté des pieds de David et s'appuya contre son mollet, les yeux levés vers lui.

Il sentait les yeux de la femme sur lui. Elle l'observait et il commença à se sentir mal à l'aise sous son regard.

Finalement, elle décroisa ses bras et descendit les marches.

— Vous êtes le fils de Beverley, n'est-ce pas ? demanda-t-elle en le fixant.

— C'est moi, répondit-il sur un ton vif.

Il sentait une sensation ramper entre ses omoplates et pensait savoir où tout cela menait.

Oh, regardez qui arrive. Le fils « pédé » de Beverley.

Dans l'immeuble en copropriété, il y avait eu plusieurs couples gays, mais, ici, dans cette banlieue bourgeoise, il était presque sûr d'être le seul. Sa prudence était instinctive.

Elle hésita encore un moment, puis lui tendit la main.

— Bonsoir, je suis Jordyn.

— David.

Son sourire timide lui permit d'évacuer la tension dans ses épaules et le soulagement prit sa place. Il supposa qu'il avait gardé ses cicatrices d'adolescent et qu'elles le mettaient en garde. Il accepta donc la main tendue.

— C'est vraiment agréable de vous rencontrer, dit-elle après qu'ils se furent serré la main. Une fois que vous serez installé, nous serions ravis de vous inviter à dîner. Votre mère et vous.

— Merci. Je suis sûr qu'elle apprécierait cela.

Boots, il ne pouvait pas appeler le pauvre chien Bootsy, poussa un soupir chaleureux et David rit.

— Je suis désolé, on t'ignore ? dit-il en se penchant pour lui gratter la tête.

— Je vous l'avais dit, soupira Jordyn en les regardant avec un sourire indulgent. Il a besoin d'attention.

— Si vous avez besoin de quelqu'un pour le garder, dites-le-moi.

— Je pourrais vous prendre au mot.

La brise forcissant ébouriffa ses cheveux et il vit Jordyn frissonner.

— Vous devriez rentrer, dit-il. Il commence à faire très froid.

— C'est vrai. Viens, Bootsy.

Boots se leva et trotta vers elle, David aimant à penser que c'était à contrecœur. Ils montèrent les marches et elle lui ouvrit la porte. Il trottina à l'intérieur en secouant ses petites fesses.

— Bienvenue pour votre retour dans le quartier, David, dit-elle en lui jetant un coup d'œil.

— Merci.

Il décida que c'était une bonne sensation, puis il retourna chez lui. C'était drôle comme quelques mots amicaux pouvaient défaire les nœuds que sa journée avait noués dans ses épaules. Il songea aussi à trouver un chien adulte au refuge local, même s'il eut aimé avoir un petit corgi. Il devait y réfléchir. Il travaillait pendant de trop longues heures pour avoir du temps pour un chiot. Il se mit en marche et remarqua que la lampe de sa véranda brillait, ce qui n'était pas le cas lorsqu'il s'était garé dans l'allée. La vue lui remonta le moral. Il était fatigué, mais pas aussi émotionnellement épuisé qu'auparavant, et il déverrouilla sa porte d'entrée. La seule lumière à l'intérieur semblait venir du porche arrière et il appuya sur l'interrupteur de la lampe à côté du fauteuil inclinable en passant.

Il se dirigea ensuite directement vers la cuisine. Du bruit provenait de l'arrière et il jeta un coup d'œil par la fenêtre au-dessus de l'évier. La lumière était allumée dans le garage et le haut de la tête de Jackson était visible à travers la fenêtre sale de la porte latérale du bâtiment. Il jeta un coup d'œil à sa montre. Dix-neuf heures quarante-cinq. Pas de doute, son entrepreneur travaillait vraiment tard.

Il envisagea pendant un moment de sortir et de le saluer, mais il se sentait quand même un peu mal à l'aise à propos de toute cette histoire de «je pourrais vous embrasser». Il prit un Coca Light dans le réfrigérateur avant de retourner dans le salon pour s'enfoncer dans le vilain fauteuil inclinable.

Il ouvrit sa canette et prit une gorgée, se relaxant dans le fauteuil, les yeux fermés, pendant qu'il savourait le goût et les bulles.

La sonnette de la porte résonna dans la maison vide et il posa la boisson gazeuse sur le sol en soupirant d'irritation.

Il ouvrit la porte et dut prendre sur lui pour ne pas la refermer en la claquant aussitôt.

— Alors, c'est là que tu es, s'exclama Trevor en lui lançant un regard renfrogné. Ce petit minet qui travaille pour toi n'a rien voulu me dire.

— Le petit minet s'appelle Michael, répondit David en retournant à son fauteuil. Il ne t'a donné aucune information parce que je lui ai demandé de ne pas le faire.

Il se réinstalla dans son siège et reprit sa boisson.

— C'est agréable, David. Du Coca Light ? Tu sais que l'aspartame est mauvais pour toi.

Son expression hypocrite encouragea David à le saluer avec la canette.

— Ce qui ne nous tue pas et tout ça, répliqua-t-il, les lèvres tordues.

Trevor lui lança un regard moqueur, puis entra dans le salon et regarda autour de lui avec dégoût, les mains sur les hanches.

— C'est adorable, vraiment. Comment appelles-tu cela ? Ghetto chic ?

— Comment m'as-tu trouvé ? demanda David en le dévisageant.

— Comment crois-tu ? s'exclama son ex en le regardant comme s'il était un idiot. Je t'ai suivi.

— Tu m'as suivi ? s'écria David en lui adressant un regard incrédule.

L'idée que Trevor l'avait suivi, puis était resté assis dans le noir à le regarder pendant qu'il parlait à sa voisine le fit frissonner.

— Tu es aussi entré dans mon bureau, tu as fouillé dans mes affaires. On peut dire que c'est du harcèlement, n'est-ce pas ?

— Eh bien, si tu cessais d'agir comme un enfant et que tu répondais à mes textos ou à mes appels, cela ne serait pas nécessaire, rétorqua Trevor en croisant les bras sur sa poitrine.

David fixa l'homme avec lequel il avait vécu pendant cinq ans et pensa qu'il l'avait aimé. Il fixa ses cheveux bruns et son profil patricien, ses vêtements coûteux et ses chaussures de créateur, et se demanda s'il l'avait connu un jour. D'une manière ou d'une autre, il ne le pensait pas.

— Va te faire voir.

— Charmant, rétorqua Trevor en haussant les sourcils. As-tu développé un nouveau vocabulaire ? Cela ne te ressemble pas.

— Je ne pense pas que tu connaisses quoi que ce soit à propos de ce que je suis. Je crois avoir commencé à développer un nouveau vocabulaire le jour où je suis rentré à la maison pour te voir te faire sucer par quelqu'un dans mon salon.

— Tu ne lâcheras jamais, n'est-ce pas ? dit-il en soupirant.

— Non, je ne crois pas, répondit-il en prenant une autre gorgée de son soda. Je sais que tu ne vois pas les choses comme moi. Mais, pour moi, se faire sucer par quelqu'un d'autre que moi, c'est me tromper. Je me demande combien de fois c'est arrivé avant. Vas-tu oser me dire que c'était la première fois ?

— Oui, répondit-il sans hésitation en le fixant.

Cependant, David étudia son visage et sut qu'il mentait. Trevor l'avait probablement trompé pendant des années et il avait vécu heureux, pensant qu'ils étaient amoureux. Il s'était même convaincu que l'insistance de son compagnon à utiliser toujours des préservatifs était une idiosyncrasie personnelle, qu'il voulait être sûr. Il ne faisait pas confiance aux tests.

Brusquement trop fatigué et trop chagriné pour se disputer, David posa la canette de soda avec précaution sur le sol près de son pied.

— Pourquoi es-tu ici, Trevor ?

— Je suis ici parce que mon avocate a apparemment reçu un appel de ton avocate, dit-il d'une voix glaciale. Je ne savais pas que tu en avais une.

— Tu ne m'as pas laissé le choix, répondit David en haussant ses épaules qui frottèrent le vieux tissu.

— Nous n'étions pas obligés de nous confronter. C'est de ta faute.

— Donc, je devrais ignorer ce que j'ai vu et continuer à payer les factures ? demanda-t-il en le fixant.

— Tu as choisi de partir.

David eut un rire amer et Trevor serra ses mâchoires.

— Je n'accepterai pas de vendre l'appartement, assena-t-il.

— Je n'ai pas dit à mon avocate de te demander de vendre, répondit David. Je lui ai demandé de dire à ton avocate que si tu voulais rester, tu devrais le refinancer et reprendre les paiements.

— Tu sais que je ne peux pas me permettre de faire ça.

— Tu pourrais si tu arrêtais de manger à l'extérieur et d'acheter des vins onéreux, s'exclama David, la colère surpassant son épuisement. Sans parler de ces chaussures à cinq cents dollars.

— Je ne changerai pas mon style de vie et je ne serai pas forcé de quitter ma maison, dit Trevor en faisant un pas en avant menaçant.

David ressentit une pointe de peur, mais il ne se permit pas de reculer.

— Alors, rachète l'hypothèque et enlève mon nom de l'acte de propriété. Je te laisserai les meubles et tout ce que j'ai payé. Mais je ne payerai pas pour un endroit où je ne vis pas.

— Ce truc d'être la partie lésée devient lassant, David. Tu sais que lorsque l'appartement sera vendu, tu feras un profit décent.

— Donc, je dois régler maintenant dans l'éventualité d'un profit éventuel ? Non, Trevor, je ne le ferai pas, répliqua-t-il en secouant la tête.

Trevor eut l'air surpris. Il fit un pas vers David qui se raidit.

— Ne t'approche pas plus. Je n'excuserai plus jamais les bleus. Touche-moi et j'appelle la police.

Il resta là où il était comme s'il testait la résolution de David. Finalement, il se recula et le jeune homme se battit pour ne pas s'affaisser de soulagement.

— J'irai au tribunal.

— Que diras-tu ? Qu'après que tu m'as trompé, j'ai refusé de payer tes factures ? Nous ne sommes pas mariés. Tu n'as pas le droit à une pension alimentaire.

— Mon avocate pourrait être en désaccord avec toi. Il existe cette petite chose appelée concubinage.

— Penses-tu que cet argument va marcher parce que nous vivions ensemble ? Nous ne nous sommes jamais déclarés comme concubins, répliqua-t-il en soupirant d'exaspération avant de se pencher afin de prendre sa boisson. Ton avocate peut parler avec la mienne. Laissons-les régler cela. C'est ta façon civilisée de procéder, n'est pas ? Restons civilisés quoiqu'il se passe.

Il leva sa canette et salua son ex.

— Quand es-tu devenu un enfoiré ?

— Je dirais que cela coïncide probablement avec le fait de réaliser que j'avais partagé la vie de l'un d'eux pendant cinq ans, commenta David avec un rire incrédule et amer. Te trouver avec ton pantalon autour des chevilles et un gamin accroché à ta queue était la cerise sur le gâteau.

— Cela ne mérite même pas une réponse, dit Trevor en se tournant vers la porte.

— Oh, je suis désolé, dit David à l'arrière de sa tête. Devions-nous rester dignes ? Je déteste te le dire, mais je crois que c'est trop tard pour ça.

Bon sang, il se sentit libéré en prononçant ces mots. Il arrivait à peine à croire qu'il avait eu le culot de les dire.

Trevor ne répondit pas. Il sortit et laissa la porte d'entrée ouverte derrière lui. David le regarda s'en aller et fut surpris de voir qu'il ne ressentait que de la fatigue. Cinq ans de sa vie venaient de prendre fin et il ne ressentait que... du vide.

— C'est l'ex ?

La voix le fit sursauter et il se retourna pendant que Trevor partait en faisant rugir sa Mini Cooper. Un autre luxe qu'il avait aidé à payer. Visiblement, son niveau de crédulité ne connaissait aucune limite.

Jackson se tenait à l'entrée de la cuisine et regardait vers l'extérieur. Il portait un tee-shirt cintré, noir celui-ci, et un Levi's avec une ceinture à outils attachée bas sur ses hanches, ses lunettes de protection transparentes remontées sur ses cheveux pleins de sciure.

— Oui, répondit enfin David, pouvant sentir le regard de l'autre homme même s'il essayait d'éviter de le regarder. Trevor Blankenship.

— C'est un abruti, n'est-ce pas ?

Jackson traversa la salle à manger et passa devant afin de refermer presque doucement la porte d'entrée, stoppant le froid qui s'insinuait dans la pièce. Il s'appuya dessus, croisa les bras et examina son client.

— Je ne voulais pas espionner, dit-il. Mais j'ai entendu des voix...

— C'est bon, affirma David avec un soupir avant de laisser tomber sa tête contre l'appuie-tête. Nous n'étions pas vraiment silencieux.

Il y eut un long silence.

— David, dit finalement Jackson. Puis-je dire quelque chose même si cela ne me regarde vraiment pas ?

— Bien sûr, répondit-il en levant les yeux pour trouver des yeux bleu clair fixés sur son visage.

51

Jackson enroula sa main autour de son propre biceps, des longs doigts autour de son bras.

— Je ne vous connais pas très bien, mais tout ce que j'ai vu me dit que vous êtes un homme bon. Un peu impulsif, peut-être, mais je pense que je comprends pourquoi vous avez acheté la maison comme vous l'avez fait, à présent. Mais vous êtes quelqu'un de bien. Personne ne mérite que son partenaire le trompe. Nul ne mérite que son compagnon lève la main sur lui. Personne.

Une vague de chaleur gênée déferla sur le visage de David, puis il le regarda, sentant la tristesse l'envahir en vagues tranquilles.

— Parlez-vous d'expérience ? demanda-t-il.

Pour une raison ou une autre, sa gorge se serra à l'idée que l'autre homme puisse ressentir la même chose que lui.

— Personne n'a jamais levé la main sur moi de colère, mais disons que je peux compatir.

Il leva les yeux et David eut l'impression que le regard gentil et direct le caressait.

— Rappelez-vous une chose. Vous n'avez rien fait. C'est lui.

— Je sais. Je ne cesse de me le répéter. Mais je pensais… Peu importe ce que je pensais. Mais cela m'a certainement fait douter de mon jugement. De tout, dit-il en secouant la tête avec un geste désabusé vers la pièce.

— Eh bien, cette décision en particulier pourrait vous être bénéfique, dit Jackson en s'éloignant de la porte.

Il mit la main dans la poche arrière de son jean et en sortit un petit carré de papier qu'il déplia.

— J'ai fait des recherches, expliqua-t-il à David en lui tendant le papier. Voici la liste de toutes les maisons qu'Andrej Janic a conçues en ville. Quatrième.

Effectivement, la quatrième de la liste était une petite photo en noir et blanc de sa maison avec l'adresse.

— Où avez-vous trouvé cela ?

— Par Internet, sur le site de la société historique locale.

— Qu'est-ce que ça veut dire ?

— Eh bien, vu que presque tout ce qui est à l'intérieur est encore d'origine, toutes les boiseries et le reste, je dirais qu'elle vaut probablement dans les trois cent cinquante mille.

— Sérieusement ?

— C'est une estimation, en fait. Une autre non loin d'ici s'est vendue à près de quatre cent mille l'an dernier.

— C'est… incroyable, dit-il, sentant un rire étourdissant monter en lui.

— Vous devriez vous sentir considérablement mieux de l'avoir achetée. En plus, lorsque vous aurez fini les travaux nécessaires pour la mettre aux normes, elle vaudra encore plus.

— Je me demande si je n'ai pas trompé la vieille dame à qui je l'ai achetée, avoua-t-il en mordant sa lèvre inférieure avec une grimace.

Jackson rit. C'était un son merveilleux, un rire profond et roulant qui fit apparaître la chair de poule sur les épaules de David.

— Quoi ?

— Ne pensiez-vous pas avoir trop payé pour ça ?

— Eh bien, oui, mais… dit-il en sentant son visage rougir. Elle était gentille.

— Elle vous a laissé un bordel à gérer. Je doute qu'elle pouvait se permettre les améliorations nécessaires et la valeur aurait continué à diminuer aussi longtemps qu'elle en était propriétaire. Vous lui avez rendu service.

David regarda les étagères encastrées qu'il aimait et le beau bois dur et il sourit lentement. Il se sentait déjà plus à l'aise dans la maison que dans l'appartement.

— Non, je crois que c'est elle qui m'en a rendu un. Maintenant, j'ai juste besoin d'acheter des meubles pour une maison entière. Rien de grave, dit-il en riant d'un air ironique.

— Il y a une possibilité que je puisse vous aider pour ça aussi, répondit Jackson en accrochant ses pouces dans sa ceinture à outils.

— Sérieusement ? s'exclama David en arquant un sourcil d'intérêt. Qui êtes-vous ? Le père Noël ?

L'homme rit encore. C'était un joli son et David voulait l'entendre de nombreuses fois.

— Laissez-moi vous apporter un Coca et vous pourrez m'en parler, dit-il en se levant de son fauteuil.

Il prit la canette vide par terre et vit que Jackson le regardait avec une drôle d'expression sur le visage.

— Je suis désolé, dit-il rapidement. Vous devriez sûrement être ailleurs à cette heure-là.

Jackson partait en général vers dix-huit ou dix-neuf heures et l'heure était largement dépassée.

David laissa les mots flotter et attendit. Après ce qui sembla un long moment, son entrepreneur secoua la tête.

— Pas ce soir. Un Coca serait très bien.

— Excellent, dit David en ouvrant la voie, accompagné par le doux son des bottes de Jackson sur le plancher en bois massif.

VII

VENDREDI MATIN, David sortit de chez lui planifiant de faire un arrêt au Starbucks pour la dernière fois. Il aimait bien leurs lattes à la citrouille et aux épices, mais en acheter un tous les jours lui semblait un peu trop complaisant à une époque où il n'était pas sûr de pouvoir se le permettre. Il était déterminé à s'arrêter chez Target et à s'acheter une machine à café qu'il pourrait payer en ne se rendant pas au Starbucks pendant une semaine et demie. Il serra son écharpe autour de son cou et verrouilla sa porte d'entrée. Après avoir descendu les marches en courant, il se dirigea vers sa Yaris rouge grenade brillante et se figea, regardant fixement la petite voiture qu'il possédait depuis à peine deux mois. Il sentit le froid l'envahir comme si on l'avait trempé d'eau glacée.

La vitre du conducteur avait disparu. Des éclats de verre trempé jonchaient l'allée, brillants sous le soleil et scintillants comme des diamants. Les restes s'accrochaient au cadre comme des dents pointues. Le mot PÉDÉ était peint en blanc sur la porte avec un petit symbole gravé en dessous. Cela ressemblait à un œuf avec un éclair, mais David n'arrivait pas à comprendre. Il ne réalisait pas. Cela ne semblait pas réel. Il regardait toujours la voiture, une main sur sa bouche, lorsque le camion de Jackson se gara devant la maison.

Le claquement d'une portière retentit dans la cour et David regarda Jackson tourner autour de sa camionnette.

— David, qu'est-ce qui ne va pas ?

— J'allais au Starbucks parce que je n'ai pas de cafetière…

Il réalisa à quel point il avait l'air ridicule.

— Ma voiture…

— Qu'est-ce que…

Il s'arrêta à côté de lui et David le vit enregistrer les dommages causés à la portière.

— Fils de pute.

Il fouilla dans sa poche et sortit son téléphone, puis il arracha un gant avec ses dents et fit défiler ses contacts.

— Qu'est-ce que tu fais ?

55

— J'appelle la police.

David regarda à nouveau la voiture, se sentant dangereusement proche des larmes. Il savait que c'était stupide, c'était juste une voiture. Mais cela faisait des années que l'on n'avait pas utilisé ce mot en parlant de lui et il avait l'impression qu'il pourrait vomir en le regardant. Jackson enroula son bras autour de ses épaules et David s'appuya contre son corps dur.

— Inspecteur Mitchell, dit Jackson au téléphone et après quelques instants, une voix faible et profonde lui répondit. Jackson Henry, monsieur. J'appelle pour signaler un autre crime de haine.

David se raidit et regarda le profil implacable de Jackson. C'était un crime de haine? Il regarda à nouveau la portière défigurée et il se rendit compte que oui. Un frisson traversa son corps et Jackson serra son bras autour de ses épaules.

Il parla quelques minutes de plus, donnant l'adresse de David à l'autre bout de la ligne. Une fois son appel terminé, Jackson le tourna doucement vers la maison.

David réalisa pour la première fois qu'il tremblait. Il ne savait pas si c'était à cause du froid ou d'une réaction à retardement, mais rentrer à l'intérieur semblait être une bonne idée.

— As-tu touché à quelque chose? demanda Jackson en prenant sa clé afin d'ouvrir la porte d'entrée.

David fronça les sourcils.

— Sur la voiture, David. As-tu touché à quelque chose sur la voiture?

— Oh, non. Je l'ai trouvée juste avant ton arrivée. Je voulais aller au Starbucks et puis…

— Oui. Viens, dit-il en le dirigeant vers le fauteuil inclinable et s'accroupissant devant lui. As-tu des sachets de thé? Je peux te préparer quelque chose de chaud?

David regarda dans les yeux bleus, essayant de réfléchir s'il en avait ou pas.

— Je crois que oui.

— Je trouverai quelque chose, assura Jackson en frottant le genou du jeune homme, ses longs doigts caressant la coiffe osseuse.

Il entra dans la cuisine et David entendit des placards s'ouvrir, puis de l'eau couler. Il regarda fixement la porte d'entrée, essayant d'appréhender à nouveau les dommages causés à sa voiture.

Qui ferait cela. Quand cela avait-il été fait pour qu'il ne puisse pas l'entendre? Après le départ de Jackson, la veille, il avait réchauffé un plat surgelé dont il avait jeté la majorité à la poubelle. Puis, il avait pris un sachet de cookies aux pépites de chocolat et s'était mis au lit pour regarder *New York, police judiciaire*. Il n'avait pas réussi à se concentrer, cependant. Il s'était probablement endormi vers vingt-deux heures trente et même alors, il était agité. Il était encore trop en colère contre Trevor pour se calmer.

Trevor.

Il se raidit. Son ex-compagnon aurait-il pu faire ça à sa voiture ? Il dut admettre que Trevor pouvait faire n'importe quoi lorsqu'il n'avait pas ce qu'il voulait. Oui, il aurait pu exploser la vitre de sa voiture.

Jackson revint, tenant une tasse. David la prit avec des mains tremblantes et l'odeur chaleureuse du cidre chaud s'en échappa. Il enveloppa sa main autour du contenant chaud avec reconnaissance.

— C'était un truc emballé, dit Jackson en mettant ses mains dans ses poches arrière. C'est tout ce que j'ai pu trouver.

— Merci. Je pense que ma mère m'a donné cette boîte lorsqu'elle a eu peur que je meure de faim si elle me laissait faire.

— Comment te sens-tu ?

— Le choc s'estompe. Maintenant, je suis plutôt énervé.

— Bien. C'est la réponse appropriée. Tu devrais être en colère. Je l'étais lorsque quelqu'un a fracassé mon camion, j'ai été franchement furieux pendant une semaine.

— J'imagine. Je déteste ça, mais je me demande si c'était Trevor.

— L'ex ? dit-il en haussant les sourcils.

— Oui.

— Je ne sais pas, David. Il est sûrement assez crétin pour casser la fenêtre, mais il est gay. Pourquoi aurait-il écrit « pédé » sur ta voiture s'il est gay aussi ?

David sentit son visage chauffer. Expliquer serait embarrassant, mais le regard fixe de Jackson était irrésistible.

— Trevor a toujours ressenti que les mots comme pédé s'appliquaient davantage aux hommes gays comme moi.

— Comme toi ?

— Tu sais, plus… flamboyants, dit-il en fixant son cidre.

Jackson ne dit rien pendant plusieurs secondes. Sa voix était dure lorsqu'il parla.

— Comment se décrirait-il alors ?

— Il n'a pas de problème avec gay ou homo. Il dit, tu sais, des mots comme tapette ou tante…

Il haussa les épaules, mal à l'aise.

— Je comprends, dit Jackson d'une voix coupante. Bon sang, c'est un idiot.

La sonnette de la porte retentit et Jackson répondit, puis il présenta David à un homme grand et chauve qu'il nomma Inspecteur Mitchell.

Le reste de la matinée fut consacrée à l'enquête policière. Ils prirent des dizaines de photos, ouvrirent la porte et vérifièrent les connexions au moteur et au système électrique. David n'avait jamais pensé que quelqu'un aurait pu trafiquer son moteur, mais tout semblait en bon état de marche. L'inspecteur sembla particulièrement intéressé par le petit symbole griffonné sous l'insulte et il en prit plusieurs gros plans.

— Cela ressemble presque à la signature d'un gang, dit-il en s'accroupissant afin de l'étudier.

— Il y avait quelque chose de semblable sur mon camion, dit Jackson.

David le regarda, surpris.

— Je me souviens, dit Mitchell en se redressant lentement. Celui-ci est plus clair, probablement parce que le vôtre a été fait à la bombe et celui-là…

Il tendit la main et frotta son doigt sur la peinture. Lorsqu'il gratta avec son ongle, cela s'enleva.

— Humm. Ce doit être une sorte de marqueur temporaire, reprit-il en jetant un coup d'œil à David. Je déteste dire que celui qui a fait cela a fait preuve de considération, mais c'est une chance, monsieur Snyder. De cette façon, cela devrait se détacher et ne pas vous obliger à repeindre votre voiture.

— J'ai l'impression que je devrais vous le dire, répondit David, trouvant enfin le courage de l'exprimer. J'ai des problèmes avec mon ex.

— Ce type est vraiment un âne, intervint Jackson. Il ne savait pas où David avait déménagé, alors il l'a suivi à la maison la nuit dernière.

— Quel est son nom ? demanda Mitchell en sortant un petit bloc-notes.

David lui donna les informations pertinentes, y compris le fait qu'il s'était introduit dans son bureau et les multiples textos. Il se sentait déchiré. Si c'était Trevor, il voulait qu'il soit arrêté. Mais si ce n'était pas le cas, le fait que la police se présente pour l'interroger pourrait le mettre en colère.

L'inspecteur finit par partir et David appela Michael afin de l'informer qu'il ne serait probablement pas en mesure de venir travailler, mais qu'il lui expliquerait plus tard. Il appela sa compagnie d'assurances et prit des dispositions pour son agent le retrouve au centre-ville, chez le concessionnaire Toyota. Quelques instants après la fin de l'appel, Jackson apparut avec un petit bac de quelque chose qu'il avait pêché dans la boîte à outils à l'arrière de son pick-up. Il s'agenouilla à côté de la porte, ouvrit le couvercle, puis commença à appliquer la pâte épaisse sur la porte avec une grande éponge en mouvements vigoureux. Après quelques passages de pâte, les lettres commencèrent à disparaître.

— Oh, merde, Jackson. Merci, s'exclama David qui s'était résigné à traverser la ville avec « pédé » griffonné sur sa portière et était soulagé de ne pas avoir à le faire. Qu'est-ce que c'est ?

— Du Turtle Wax, répondit-il en se servant d'une petite serviette pour enlever la cire.

Toute la peinture temporaire venait avec et le soulagement remplit la poitrine de David. Il posa une main sur l'épaule de Jackson.

Celui-ci leva les yeux vers lui et pendant un instant, David ne put que le regarder fixement.

— Merci, réussit-il finalement à dire. Pour tout.

L'homme lui offrit un petit sourire et David fut sûr d'apercevoir du rose sur ses joues bronzées.

— De rien, répondit-il en se levant avant de retourner rapidement à son véhicule. Lorsqu'il sortit sa ceinture à outils et l'attacha autour de ses hanches, David se dit que c'était son signal.

UNE DES choses que son père avait toujours ancrées en lui, en même temps que la façon de faire un feu, était d'avoir une assurance bien adaptée en cas d'urgence. Par conséquent, il n'eut qu'à payer sa franchise pour le remplacement de la vitre et comme sa voiture était pratiquement neuve, le concessionnaire l'avait en stock. Il s'assit et discuta avec son agent d'assurances, le même homme qui avait été l'agent de son père et s'occupait encore du contrat de sa mère, pendant que la vitre était changée.

Il était près de quinze heures lorsqu'il revint chez lui et les ombres s'étendaient sur toute la cour avant, témoignant des couchers de soleils de l'automne. Il remonta le col de son manteau afin de se protéger du froid avant de sortir de la voiture. Jackson était perché sur une échelle dans le garage ouvert et il descendit pendant que David sortait de sa voiture.

— Vitre réparée ?

— Oui. Relativement indolore aussi.

— C'est une bonne chose, il y a eu assez de douleur ce matin. Tu n'en avais pas besoin de plus.

David lui adressa un faible sourire, sachant que Jackson l'étudiait.

— Tu vas bien ? demanda-t-il enfin.

— Je vais bien, répondit-il en haussant les épaules. J'ai l'impression que c'est arrivé à quelqu'un d'autre, en fait.

— Je comprends.

Entre tous, Jackson était bien placé pour ça.

— Mais j'ai de bonnes nouvelles, continua-t-il avec un sourire en ramassant quelque chose sur le banc le long du mur avant de sortir pour le rejoindre. Tu arrives juste à temps pour que je puisse le tester.

Il tenait une télécommande. Il la pointa vers la porte du garage et appuya sur un bouton. La porte se referma instantanément, presque en silence. Il appuya de nouveau et elle s'ouvrit facilement.

— Jackson, haleta David.

— Maintenant, tu peux garer ta voiture à l'intérieur, dit-il en lui donnant la télécommande.

David ne savait pas quoi dire. Il regarda son entrepreneur, la gorge serrée.

— Merci, réussit-il finalement à dire d'une voix étranglée.

— Une chose de moins dont tu auras à t'inquiéter, répondit-il en se frottant les mains sur les hanches comme s'il se sentait mal à l'aise. Après un moment, il recula.

— Je dois rentrer chez moi et prendre une douche avant de t'emmener chez Gil. Je reviens un peu plus tard.

David le regarda partir, résolu à ne pas soupirer comme une fillette de douze ans.

DAVID JOUAIT avec l'ourlet de son épais chandail, mordillant sa lèvre inférieure en regardant par la vitre de la camionnette de Jackson alors qu'il roulait dans les rues bordées d'arbres. C'était un énorme véhicule et la cabine, avec sa banquette arrière, était facilement deux fois plus grande que l'intérieur de sa Yaris. Mais être assis à côté de Jackson en sentant une légère odeur de son parfum épicé rendait l'espace trop petit. L'homme conduisait tranquillement, la main gauche sur le volant tandis que son poignet droit reposait sur le dessus et David ne pouvait s'empêcher de lancer des regards furtifs sur la peau hâlée de son avant-bras, sous la manche retroussée de sa chemise en denim. Ou remarquer la façon dont les muscles de sa cuisse droite fléchissaient chaque fois qu'il déplaçait son pied de la pédale de frein. Il essaya de toutes ses forces ne de pas rendre cela trop évident, de peur d'être pris à le mater. Il était presque sûr d'avoir échoué.

— La maison du père de Gil est au coin de la rue, indiqua Jackson en mettant son clignotant.

— D'accord.

Jackson lui avait parlé de son ami Gil la veille, alors qu'ils partageaient un soda. La mère de Gil était décédée et son père avait été transféré dans une maison de retraite spécialisée dans le traitement des patients atteints de démence. Son ami s'était retrouvé avec une maison pleine de meubles dont il ne savait pas quoi faire. David n'avait pas beaucoup d'espoir de trouver quelque chose qui lui plairait. Il savait qu'il était snob, mais il avait une vision de la façon dont il voulait meubler la maison. Il pouvait imaginer les meubles de style Greene et Greene [1], tous riches en bois et aux lignes pures et masculines et s'harmonisant avec le style de la maison. Il voulait du cuir et un riche rembourrage et était prêt à attendre pour obtenir ce qu'il voulait. Il doutait de trouver ce qu'il cherchait dans la maison d'un vieil homme et avait peur de ressembler à un snob élitiste devant l'ami de Jackson. Il étudia la maison lorsque Jackson s'engagea dans l'allée, déterminé à trouver une pièce qu'il pourrait lui servir même si elle allait dans une pièce qu'il utilisait rarement. Une autre camionnette était déjà garée là.

— C'est une des maisons de Janic ?

— Oui, répondit Jackson en garant son véhicule avant de couper le moteur. Plus ancienne que la tienne qui date de 1921. Celle-ci a été construite en 1918.

— Tu en sais beaucoup sur ces endroits, n'est-ce pas ? observa David avec un petit sourire.

— J'admire son style, répliqua-t-il en haussant les épaules. Des maisons Art déco ont été construites dans tout le pays, mais son souci du détail est rare.

Sa façon de rougir charma David.

— Oui, je suis un intello de l'architecture, poursuivit Jackson en levant les yeux au ciel.

---

1 Cabinet d'architectes fondé en 1894 par les frères Greene. Leurs maisons de style bungalow sont de parfaits exemples du mouvement américain *Arts & Crafts* (« Arts et artisanats »), qui a notamment inspiré l'Art nouveau.

— Je suis un snob des intérieurs, alors ne t'en fais pas, révéla David en riant. J'ai essayé de trouver un moyen de repérer quelque chose dans les affaires de ton ami afin de ne pas avoir l'air d'un crétin complet en ne trouvant rien.

— Tu pourrais être surpris, répliqua Jackson avec un large sourire.

Ils sortirent du véhicule, David se sentant comme une princesse lorsqu'il ne réussit pas à descendre directement comme l'autre homme. Il dut s'accrocher à la porte jusqu'à ce qu'au moins un de ses pieds touche le sol. Il vit Jackson jeter un coup d'œil vers sa taille et il tira sur son pull-over sans en avoir conscience. Il n'avait pas de tablettes sur le ventre et il pariait que Jackson en avait sur le sien.

La maison ressemblait beaucoup à la sienne et il étudia les détails en montant les marches. Une lumière projetait une lueur ambrée sur les planches épaisses composant le large porche et s'accrochait dans les incrustations en verre à facettes de la lourde porte en chêne.

Une balancelle suspendue à de lourdes chaînes bougeait légèrement dans la brise fraîche.

— J'en veux une comme ça, dit-il doucement en enfonçant ses mains dans ses poches.

La balancelle était en bois dur brillant, toute en lignes gracieuses, avec un coussin rembourré sur le siège.

Jackson jeta un coup d'œil en appuyant sur la sonnette qui résonna en écho dans la maison.

— Gil pourrait peut-être te vendre celle-là.

— Vraiment ? demanda vivement David.

Jackson hocha la tête alors que des pas s'approchaient de l'intérieur de la maison.

La porte s'ouvrit et une montagne faite homme se tint debout, dans l'embrasure de la porte d'entrée, portant un sweat-shirt côtelé et un pantalon cargo kaki. Il était totalement chauve, sa tête étincelant dans la lumière dorée du porche, la mâchoire carrée et des yeux plissés intimidants. David sentit une pointe de peur glisser sur sa colonne vertébrale à la vue de son expression rude. Puis l'homme vit Jackson et il sourit. La différence de son expression fut étonnante, une fossette apparaissant dans sa joue et son visage s'éclairant.

— Salut, dit-il en tendant la main à Jackson qui la serra.

— Gil. Comment vas-tu ?

— Bien.

Gil tendit ensuite la main à David qui la prit, soulagé de voir que la sienne ne tremblait pas. Sa main ressemblait à celle d'un petit enfant dans la poigne qui l'engloutissait. Il remarqua qu'il y avait de la peinture blanche à l'intérieur du poignet et sur la manche de Gil.

— Voici David Snyder, dit Jackson. C'est l'homme dont je t'ai parlé.

— Un autre membre du fan-club Andrej Janic ? demanda le géant en lui adressant un sourire tordu.

— Récemment converti, répondit David en tentant d'avoir une poignée de main ferme, même s'il craignait que sa paume soit moite et sa prise faible.

— Entrez, dit Gil en poussant la porte.

David s'avança timidement dans un salon semblable au sien. Sauf qu'il était meublé et que les meubles étaient exquis.

— Oh, bon sang, s'exclama-t-il, attiré par un des plus beaux canapés de style classique qu'il n'avait jamais vu.

Il s'avança vers lui. Les accoudoirs étaient d'un bois riche et foncé, légèrement inclinés vers l'arrière avec des lattes sur les côtés. Les coussins étaient épais, recouverts de cuir brun foncé et lorsqu'il les toucha, il soupira. Ils étaient aussi tendres que du beurre.

— C'est magnifique, dit-il en passant la main dessus. Oh. Tout comme ceci.

La table basse était assortie au canapé à l'exception de délicates sculptures de branches avec de petites fleurs sur le dessus. Elle était recouverte d'une plaque en verre qui protégeait la pièce artisanale époustouflante. C'était si beau qu'il sentit sa gorge se serrer. Puis, il remarqua le rocking-chair, simple, mais charmant, fabriqué dans le même bois foncé, le rembourrage du siège assorti au canapé. Il y avait des tables d'appoints coordonnées, des lampes sur le dessus avec des abat-jour rectangulaires en verre doré avec une bande de verre rouge de chaque côté pour briser la lueur ambrée. Même le tapis en dessous était parfait, le motif indien en sourdine dans des tons bourgogne, marron et noir. David s'agenouilla pour le tâter. Il était épais et soyeux sous ses doigts.

— Tout cela est magnifique, murmura-t-il en se redressant.

— Penses-tu pouvoir trouver quelque chose qui te plaira ? le taquina Jackson.

David lui lança un regard noir avant de se tourner vers Gil.

— Je suis désolé pour votre père. Le mien est décédé il y a un mois, mais il a su jusqu'à la fin qui nous étions. Je ne peux même pas imaginer.

— Cela a été dur, répondit Gil d'une voix grave et solennelle en mettant ses énormes mains dans ses poches arrière. Il n'a plus été le même depuis la mort de ma mère.

— Oui, je m'inquiète pour ma mère pour la même raison.

Ils partagèrent un regard compréhensif, puis David reporta son regard sur les meubles.

— Ces meubles sont magnifiques, Gil. Vous êtes sûr de ne pas vouloir les garder ? J'aimerais bien en acheter une partie, mais vous devez savoir qu'ils valent une petite fortune.

— Ce n'est pas mon style, répondit-il en haussant les épaules.

— Il utilise des ours sculptés dans sa décoration, s'exclama Jackson avant de s'esquiver lorsque son ami tenta de le frapper.

David ne l'avait jamais vu aussi insouciant et cela le rendait presque irrésistible.

— En fait, j'aime bien le moderne du milieu du siècle, expliqua Gil. Mais c'était la fierté et la joie de mes parents. Ils avaient l'habitude de voyager partout, achetant des trouvailles uniques. Après la retraite de mon père, c'est ce qu'ils ont fait. Ce salon vient de Pennsylvanie.

Il regarda David d'un air spéculatif avant de poursuivre son explication.

— Plus que tout, ils voudraient qu'ils aillent à quelqu'un qui les apprécierait. Si on visitait et que vous me disiez ce qui pourrait vous intéresser ?

David adora tout. Il y avait une salle à manger avec une longue table, six chaises et un buffet composé de trois nuances différentes de bois qui brillaient sous la douce lueur du plafonnier. Un bureau à roulettes avec un fauteuil pivotant et plusieurs classeurs en bois occupaient une pièce. Dans une autre, un ensemble avec un lit, une coiffeuse et un confident en bois marqueté qui avait l'air de provenir de France occupait l'espace. Un peu féminin à son goût, mais charmant. Dans une autre chambre, il vit un lit en laiton émaillé avec une commode blanche et des tables de nuit. C'était beau aussi, brillant dans la lumière du lustre, mais pas son style. Mais dans la dernière chambre, une suite complète de meubles, un lit avec tête et pied de lit, deux tables de nuit et une armoire plus haute que lui, le tout dans le style Art déco à la fois époustouflant et beau, emplissait l'espace, le faisant soupirer.

— C'est parfait, dit-il en passant sa main sur le devant de l'armoire. Mais je sais que je ne peux pas me le permettre.

— Je ne sais pas trop quel prix demander, avoua Gil en croisant les bras sur son imposante poitrine. Combien pensez-vous que cela vaut ?

David pinça les lèvres, calculant dans sa tête. Il connaissait les antiquités de cette époque et leur qualité.

— Pour tout ? C'est une estimation, mais vous pourriez obtenir au moins trente mille dollars pour le mobilier Art déco et cela n'inclut pas l'ensemble français ou le lit en laiton. Vous pourriez probablement en avoir beaucoup plus.

— Vraiment ? s'exclama Gil, l'air surpris.

— Oh, oui.

— Il est décorateur d'intérieur, Gil, intervint Jackson, appuyé contre le mur. Il s'y connaît.

— J'aurais dû mentir et vous dire que cela valait beaucoup moins cher, mais je ne peux pas faire ça.

Il appréciait Gil. Malgré son apparence imposante, il semblait être quelqu'un avec qui il pourrait être ami.

— Waouh, s'écria celui-ci en frottant sa mâchoire rugueuse. Eh bien, c'est un problème.

— Un problème ? dit David en fronçant les sourcils. Comment ?

Il aurait trouvé cela merveilleux. Ses propres parents avaient tendance à utiliser des meubles en contreplaqué de chez Sears qui ne valaient pas la peine d'être déménagés.

Gil s'assit sur le pied de lit qui craqua sous son poids. Il se pencha vers l'avant, les mains serrées entre ses grands genoux carrés.

— Je suis l'exécuteur testamentaire de la succession de mes parents. Nous sommes trois, j'ai un frère et une sœur, tous les deux plus jeunes, qui connaissent la valeur de la maison et qui sont impatients de mettre la main sur l'argent. Moi, en revanche, je voudrais limiter la somme qu'ils vont toucher.

— Tout ne devrait-il pas servir à payer les soins de votre père ? demanda David. Ces endroits sont vraiment chers.

— Mon père était un homme très très intelligent. Il a payé une assurance de soins longue durée il y a des années, avant que nous sachions à quel point elle serait précieuse. Ses soins sont payés. Malheureusement, mon frère et ma sœur le savent. Notre père n'était pas là-bas depuis cinq heures qu'ils parlaient déjà de la façon dont ils dépenseraient leur part de son argent.

— Je suis désolé, murmura David. C'est moche.

— J'ai toujours su qu'ils étaient gâtés, mais… dit-il en secouant la tête. Vous voulez découvrir la vraie nature des gens ? Attendez qu'il y ait de l'argent en jeu.

Il souffla lourdement et regarda autour de la pièce avec une expression pensive.

Une fois la taille de Gil dépassée, David voyait un gentil géant, beau à sa manière. Il avait le sourire facile et ses yeux étaient gentils. Ses grandes mains étaient prudentes alors qu'elles caressaient le pied de lit.

— Mon frère et ma sœur n'auront pas plus d'idée que moi de la valeur de ces affaires et ils n'en veulent pas. En ce qui les concerne, c'est un tas de vieilleries. Ils veulent juste son argent. C'est la dernière chose qui m'importe, dit-il en regardant les meubles. Je vous vendrai le lot pour quatre mille dollars.

— Tout ? dit David, bouche bée.

Gil hocha la tête, son expression satisfaite.

— Je n'ai pas le temps de les faire expertiser et de les vendre un par un. Pour être franc, Jackson vous apprécie. Il dit que vous être un type décent qui a besoin de meubles.

David fixa Jackson qui regardait ostensiblement de l'autre côté, les bras croisés sur la poitrine.

— Alors, qu'en dites-vous, David ? Vous les voulez ?

— Je ne peux pas vous laisser me les vendre pour quatre mille dollars. Ce n'est pas assez, Gil.

Ce dernier leva les yeux au ciel et jeta un coup d'œil à son ami qui haussa les épaules.

— Bien. Cinq mille alors. Mais c'est ma dernière offre. Vous les prenez ou ils iront chez Goodwills.

— Pour les sauver de Goodwills, alors, dit David en tendant la main et serrant la main de Gil. C'est d'accord.

Gil sourit et le cœur de David commença à s'emballer d'excitation. Le mobilier était spectaculaire. Il serait magnifique dans sa maison. Enfin, il aurait une maison qui reflétait son goût. Cette pensée le réchauffa intérieurement.

— Tu es disponible demain, Jackson ? demanda Gil en se levant. Je peux venir avec le camion et nous pourrons probablement tout déménager en une seule fois.

— Attendez, quoi ? s'exclama David en regardant les deux hommes. Vous n'êtes pas obligés de faire le déménagement. Je peux m'occuper de ça.

— Écoutez, je veux déménager ça d'ici dès que possible. Ainsi, je pourrais demander à l'agent immobilier de mettre la maison en vente.

— Vous ne voulez pas… attendre ?

David regretta d'avoir parlé dès que les mots furent sortis de sa bouche, mais Gil sourit tristement.

— Pour quoi faire ? Il ne reviendra jamais ici et si je vends la maison, je pourrai au moins de me débarrasser de mes idiots de frère et sœur. D'ailleurs, pourquoi payer pour le déménagement des meubles alors que nous pouvons le faire pour vous ? Tu as d'autres projets ? demanda-t-il en frappant l'épaule de Jackson.

— Non, c'est bon, répondit-il en se dirigeant vers la porte de la chambre.

— Manny sera là aussi.

David vit Jackson s'arrêter et regarder Gil par-dessus son épaule avec une expression circonspecte.

— Tu crois que Manny est partant pour ça ?

— Il est d'accord, acquiesça Gil.

Jackson n'eut pas l'air convaincu, mais il n'ajouta rien.

— Gil, sérieusement, dit David en les suivant. Je peux engager…

Il avait l'impression d'être le dernier wagon d'un train qui roulait trop vite pour lui.

— Vous voulez vraiment confier ces meubles à des déménageurs ? demanda Gil en lui jetant un coup d'œil par-dessus sa large épaule.

Cela obligea David à faire une pause. La dernière fois qu'il avait embauché des déménageurs, ils avaient bosselé son lave-linge et son sèche-linge et fait sauter un bout de sa tête de lit en laque noire. Traiter avec leur service après-vente afin d'essayer de se faire rembourser une partie des dégâts avait été un cauchemar. Il mordilla nerveusement le coin de sa lèvre inférieure.

Il entra dans le salon et regarda le beau et ancien canapé.

— Si vous êtes sûr…

— Ah, tais-toi, David, dit Gil avec un sourire bienveillant en s'asseyant dans le rocking-chair. Amène un peu plus de muscles.

David cligna des yeux. Comparé à Jackson et Gil, il n'était pas sûr que qui que ce soit qu'il connût puisse être considéré comme des « muscles ».

DAVID SALUA Gil par la vitre du véhicule de Jackson. Il semblait immense, debout dans l'embrasure de la porte.

— Quel homme agréable, dit David en regardant Gil pendant que Jackson s'engageait sur la route.

— Il l'est. C'est un homme vraiment gentil.

— J'ai l'impression de voler ces meubles. Ne te trompe pas, je suis ravi. Mais il pourrait en obtenir tellement plus.

— Il n'en veut pas plus. Il souhaite qu'ils aillent dans un endroit où ils seront appréciés.

La voix de Jackson était profonde et la cabine sombre créait un sentiment d'intimité. David étudia son profil et la façon dont les lampadaires l'éclairaient en relief. Il était si beau que cela lui coupait le souffle.

— Il ne plaisantait pas lorsqu'il a dit que son frère et sa sœur n'étaient là que pour l'argent, poursuivit Jackson ignorant l'effet qu'il avait sur David. Crois-moi, ils n'ont pas besoin de trente mille dollars pour se battre.

— Tu les connais ?

— Je les ai rencontrés au service commémoratif de la mère de Gil. Disons que je vois pourquoi ils ne se sont jamais entendus.

Il tourna et ses mains se déplacèrent sur le volant, attirant l'attention de David sur la large bande de cuir qui entourait son poignet. Il ne savait pas pourquoi, mais il trouvait cela incroyablement sexy.

— Ce sont des abrutis ou un truc du genre ? demanda-t-il ?

— On pourrait dire ça, répliqua Jackson en reniflant doucement. Son frère a un autocollant Ted Cruz [2] sur sa Beamer [3].

— Oh, ce n'est pas bon.

— Gil et lui n'ont pas grand-chose en commun. Je pense que sa fratrie n'apprécie pas que leurs parents aient choisi l'homo comme exécuteur testamentaire.

2 Homme politique américain membre du Parti républicain et connu, entre autres, pour son opposition au mariage homosexuel.

3 BMW

David fronça les sourcils. Il savait à quel point il était chanceux que sa famille l'accepte. Ce n'était pas le cas de certains de ses bons amis. Il pensa à l'homme ouvert et gentil qu'il venait de rencontrer et ressentit une profonde tristesse.

— C'est affreux.

— C'est vrai, acquiesça Jackson.

Il y avait quelque chose dans sa voix, une inflexion qui donnait à croire à David qu'il connaissait intimement ce genre de douleur lui aussi, mais il ne sentait pas à l'aise de le questionner. Un souvenir lui vint à l'esprit.

— Puis-je te demander quelque chose ?

— Bien sûr, répondit-il en le regardant.

— Qui est Manny ?

Jackson resta silencieux pendant quelques secondes. Il faisait souvent cela. David l'avait remarqué. Il réfléchissait avant de parler. Mais le silence le rendit nerveux.

— Je suis désolé, dit David, craignant d'avoir dépassé les bornes. Ce ne sont pas mes affaires.

— Non, c'est bon. J'essaye de décider ce que je dois dire, répondit-il, son pouce rebondissant sur le volant, seul signe indiquant qu'il pourrait être mal à l'aise. Manny est un de nos amis. En fait, c'est de lui que je parlais lorsque j'ai mentionné que je connaissais quelqu'un qui pourrait t'aider pour ta plomberie. Il est doué. Il avait un petit ami, Georges.

Ses lèvres se crispèrent lorsqu'il prononça ce nom, mais il continua à parler.

— Je ne l'ai jamais aimé. Il traitait Manny comme de la merde. Nous avons essayé de le lui dire, mais il était amoureux…

David connaissait cela. Beth n'avait jamais aimé Trevor. En fait, plusieurs de ses amis, y compris son meilleur ami, avaient été très réservés avec Trevor, au point de trouver des excuses pour ne pas passer du temps avec eux. Son ex était un snob et il n'aimait pas les gens qui travaillaient avec David, lui disant qu'il « ne devait pas socialiser avec les employés ». Oui, il avait vécu cela.

— Je m'inquiétais toujours que la méchanceté de Georges devienne un problème, mais même moi, je n'ai rien vu venir. Un week-end, Manny en a eu assez que Georges le bouscule et il lui a dit d'arrêter. George est entré dans leur garage et est revenu avec une batte de base-ball.

— Oh, bordel, murmura David, l'estomac noué tandis que Jackson fixait le pare-brise, la mâchoire tendue.

— Il a tabassé Manny. Le temps qu'il finisse, il lui avait cassé le bras, plusieurs côtes et fracturé le crâne. Il a eu besoin de chirurgie plastique pour réparer son visage. Je pense que s'il n'avait pas pu composer le 911 sur son portable pendant que George était aux toilettes, il l'aurait tué. Les flics sont venus arrêter cette pourriture et Manny a passé les six semaines suivantes à l'hôpital.

L'horreur frigorifiait David. Il se souvint d'un article qu'il avait lu des mois auparavant.

— Oh, bon sang, Jackson, il y a eu un procès, n'est-ce pas ?

— Oui. Cela a été le sujet principal des médias locaux pendant des mois. La dispute des amoureux gays donne lieu à une accusation de tentative de meurtre, se moqua Jackson. Ils appelaient ça une dispute. Manny a failli être battu à mort, puis il a dû esquiver cette saleté de presse en permanence. George a été condamné à vingt-cinq ans de prison.

— C'est horrible.

— Oui, ça l'est, vraiment, acquiesça-t-il. J'espère que Gil a raison pour Manny. La dernière fois que je l'ai vu, il avait toujours l'air mal en point.

L'humeur dans le camion était lourde et triste. David chercha ce qu'il pourrait dire, n'importe quoi, dans un effort pour alléger l'atmosphère et changer de sujet.

— Gil a-t-il quelqu'un ?

— Non, mais tu n'es vraiment pas son genre, répliqua Jackson en lui adressant un regard pointu, le front plissé.

— Je ne demandais pas parce que je suis intéressé, s'exclama David en laissant échapper un rire surpris. J'étais curieux. C'est un type bien.

— Il l'est. Un des meilleurs que j'aie connus de toute ma vie, assura-t-il en se détendant et souriant presque à contrecœur. Cependant, il a un goût singulier pour les hommes.

Intrigué, David bougea jusqu'à se retrouver face à Jackson.

— Qu'est-ce ça veut dire ? C'est une sorte de papa ours en cuir ?

— Non, répondit-il en souriant. Il aime les minets. Plus c'est minet, meilleur c'est.

— Tu mens, dit David en le fixant avec incrédulité.

— Je le jure devant Dieu, répliqua Jackson, ses dents blanches brillant même dans la cabine sombre. Il les aime jeunes et mignons.

— Je pensais qu'il les terrifierait. Il est énorme.

— Tu serais surpris. Gil a…

Il se tut et on aurait dit qu'il se battait contre un sourire réticent.

— Disons qu'il se débrouille bien, reprit-il. Bien que ces derniers temps, il semble chercher quelqu'un de spécial afin de s'installer. Si une telle chose existe.

Il affichait à présent une expression légèrement cynique. David aurait aimé lui dire le contraire, mais il n'était pas sûr d'y croire non plus.

Il fixa l'extérieur par le pare-brise sans le voir.

VIII

DAVID SORTIT du lit à six heures du matin le samedi et prépara un pot de café avec la nouvelle cafetière qu'il avait acheté chez Target. Il avait adoré la Keurig, mais la vieille cafetière de Trevor lui avait encore plus manqué. L'odeur du café Dunkin' Donuts embaumant la maison lorsqu'il coulait était un de ces moments qui lui faisait penser à son père. Il descendait le matin avant l'école et son père buvait un café, debout près de l'évier, en chemise et cravate, une casserole à moitié remplie chauffant encore sur la plaque électrique. David Snyder Senior avait travaillé dans une compagnie d'électricité en tant qu'analyste de système pendant trente ans et David Junior ne l'avait jamais vu se rendre à son travail sans porter un costume.

Il sourit doucement alors qu'il se promenait dans son salon, tenant une tasse Mickey Mouse que sa mère lui avait donnée. Il convoitait un service Fiestaware qu'il avait vu sur le site de Macy's, la veille, mais il tenait bon jusqu'à ce qu'il ait une meilleure idée du coût total des réparations. Il n'était pas sûr que dépenser quatre cents dollars pour de la vaisselle et des tasses fut ce dont il avait besoin alors qu'il pouvait acheter un service simple pour quarante. Il soupira doucement. Il irait tellement bien avec ce mobilier de salle à manger impressionnant, cependant.

Une petite voiture blanche se gara devant et David sourit pendant que le jeune homme élancé sortait du côté conducteur. Il portait un chapeau qui couvrait ses cheveux foncés, un sweat-shirt à capuche gris comme pour saluer la journée froide et nuageuse et un jean skinny. Même s'il avait vingt-cinq ans, il semblait plus près du lycée.

David déverrouilla la porte d'entrée et s'avança sur le porche pendant que le petit brun traversait la pelouse en donnant des coups de pied dans les feuilles mortes. *Il est temps de sortir le râteau*, réfléchit David.

— Bonjour, lança-t-il.

— Bonjour, David, répondit Michael. La maison est si mignonne !

— Merci, répondit-il en ouvrant en grand la porte afin de le faire entrer. Elle sera encore plus belle avec les meubles.

— Waouh, c'est moche, s'exclama le jeune homme en jetant un regard dubitatif au fauteuil inclinable.

— Je suppose que je ne te l'offrirai pas à Noël, alors, le taquina David.

Il avait été dans l'appartement deux pièces de son assistant et même s'il était petit et pas dans le meilleur des quartiers, il était impeccable avec des meubles soigneusement choisis. Il ne fut pas surpris lorsque Michael frissonna.

— Oublie ça. Merci, mais je pense qu'il vaudrait mieux l'emmener à la décharge.

— Snob.

— Coupable.

— Café ? demanda David en levant sa tasse.

— Ce serait super, merci.

— C'est magnifique, dit Michael en le suivant dans la cuisine, les yeux brillants. C'est tellement plus toi que cet appart.

Il accepta la tasse de café que David venait de verser pour lui en murmurant un remerciement. Celle-ci était décorée d'une photo du mont Rushmore.

— Édulcorant dans le bol. Crème dans la porte du réfrigérateur.

Michael hocha la tête et se déplaça afin de préparer son café. Il fit glisser sa main sur le devant du vieux réfrigérateur avant d'attraper la poignée.

— Est-ce qu'il était vendu avec la maison ? demanda-t-il en prenant la crème sur une des étagères de la porte.

— Oui. Je suis content qu'il fonctionne.

— Il est très rétro.

— J'imagine que lorsque la dame qui vivait ici l'a acheté, c'était la dernière nouveauté.

— Sérieusement ? s'étonna Michael en haussant ses sourcils sombres. Quel âge avait-elle ?

— Cent vingt ans, répondit David d'une voix sèche. Elle était très gentille lorsqu'elle m'a arnaqué de plusieurs milliers de dollars en réparation.

Michael se dirigea vers la salle à manger et la traversa jusqu'aux étagères encastrées.

— Mais cela en vaudra vraiment la peine lorsque ce sera fait, dit-il en ouvrant un tiroir, étudiant le matériau d'origine.

David le suivit et s'appuya contre l'armoire en bois à côté du jeune homme.

— Je crois que je te dois des excuses.

— Pourquoi ? demanda Michael en fronçant les sourcils.

— Pour Trevor. Est-il venu plus d'une fois au bureau ?

— Une autre fois, répondit-il en haussant les épaules. C'est une grande gueule. J'ai essayé de l'éloigner de toi.

Il scruta le visage de David avant de comprendre.

— Mais il t'a trouvé, n'est-ce pas ?

— Il m'a suivi depuis le travail, jeudi.

— Pourquoi ne me l'as-tu pas dit ?

— J'avais l'esprit occupé à autre chose hier, répondit David.

— À ce sujet… que s'est-il passé ?

David prit une grande inspiration avant de parler de sa voiture à son ami. Celui-ci, horrifié, saisit le bras de son patron avec un sifflement aigu.

— C'est terrifiant, David. Je suis content que tu aies appelé la police.

— En fait, c'est Jackson qui les a appelés.

— Oh, vraiment ? Raconte.

— Il connaissait quelqu'un de quand son véhicule avait été vandalisé. Il a aussi réussi à enlever l'inscription sur ma portière, alors c'est bien, expliqua-t-il en se sentant rougir.

Il prit une gorgée de café, mais sentit que Michael étudiait son visage.

— Alors, vais-je rencontrer aujourd'hui le mystérieux homme à tout faire ?

Un mouvement à travers la fenêtre de sa maison attira l'attention de David. Un GMC argenté se garait derrière la voiture de Michael.

— En fait…

David s'avança pour ouvrir la porte, Michael sur les talons, son visage devenant de plus en plus avide.

— Tu te comportes correctement, l'avertit-il.

Le jeune homme sourit de toutes ses dents, mais il leva la main, paume en l'air.

— Je serai sage.

David en doutait, mais il ouvrit la porte avant que Jackson ait eu l'occasion de sonner.

— Bonjour.

— Salut.

— Café ? offrit David

— Nous devrions probablement partir chez le père de Gil. Il devait prendre le camion et nous retrouver là-bas avec les autres hommes.

— D'autres hommes ?

David se demanda combien ils seraient. Dans le dos de Jackson, Michael lui adressa un regard pointu qui disait « Excuse-moi ? Je suis là, debout ».

— Oh, je suis désolé. Jackson Henry, voici Michael Crane. Nous travaillons ensemble.

— Ravi de te rencontrer, dit Jackson en tendant la main

David dut retenir un sourire lorsque son ami écarquilla les yeux. Jackson reporta son attention sur lui et Michael mima un « Oh, purée ! » dans son dos.

— Quels autres hommes ? répéta David en adressant un regard sévère à Michael.

— Gil a demandé à son ami Vernon et à Manny.

— Et ils ne veulent pas que je les paye.

— Non, répondit-il en mettant ses mains dans ses poches.

— Pourquoi des étrangers feraient-ils cela ? demanda-t-il, à la fois stupéfait et mal à l'aise. Pourrais-je au moins acheter des pizzas et des bières ?

— Des pizzas et des bières ? dit Michael en faisant la moue. Tu parles d'une fête des calories.

— Je t'achèterai des nuggets de poulet.

Jackson renifla lorsque Michael donna un petit coup à David.

— Je suis sûr que les pizzas et les bières seraient les bienvenues. J'ai pensé que nous pourrions prendre mon véhicule, dit-il ensuite. Nous pourrions caser certaines des plus petites pièces à l'arrière.

— C'est très bien, affirma David en prenant la tasse encore presque pleine de Michael.

Il entra dans la cuisine et déposa les deux tasses dans l'évier, puis il revint et jeta un coup d'œil à son ami.

— Prêt ?

— Bien sûr. Je suis juste là pour la balade.

— Non, mon cher, dit David en ouvrant la porte d'entrée. Tu es mes muscles.

— Moi ? s'exclama son ami en lui lançant un regard surpris. Si je suis tes muscles, tu es complètement foutu.

— Tu es ce qui passe pour des muscles dans mon monde, Michael, dit-il en le frappant sur l'épaule au passage. Tu peux porter les coussins du canapé. Essaye de paraître assidu, veux-tu ?

— Ça craint, je te le dis.

Jackson ravala clairement un rire.

UN CAMION blanc était garé dans l'allée chez le père de Gil et le gentil géant se tenait sur la pelouse avec deux autres hommes presque aussi grands que lui lorsque Jackson s'arrêta devant la maison.

— Merde, murmura Michael. Ça, c'est des muscles. Que font-ils pour gagner leur vie, ils mangent des petits enfants ?

— Détends-toi, Michael, dit Jackson en souriant. Je m'assurerai qu'ils ne te mordent pas.

David couvrit un sourire avec sa main, mais, secrètement, il était d'accord avec son ami. Tous les hommes portaient des vestes à cause au temps froid, ce qui les rendait plus grands, plus volumineux. Plus effrayants.

— Je ressemble à un criquet comparé à eux, gémit le jeune homme.

— Non, répondit David. Mais là, tu parles comme tel.

— Oh, tais-toi, répliqua Michael en le frappant sur la nuque tandis que Jackson descendait du véhicule en souriant encore. J'ai tellement de haine pour toi en ce moment.

— Essaie d'être un grand garçon et viens rencontrer les autres, dit David en sortant et tenant la portière ouverte à Michael.

— Tant de haine, répéta celui-ci en s'éloignant de lui.

David sourit et suivit Jackson jusqu'à la petite foule sur la pelouse.

— Salut, David, l'interpella Gil, un sourire sur son large visage. Ce sont tes muscles ?

Il fit un geste vers Michael, son air devenant ironique. Mais David remarqua aussi la façon dont son regard se déplaçait sur la silhouette élancée du jeune homme. Il repensa à ce que Jackson lui avait dit au sujet de son goût pour les hommes. Michael était certainement son type.

— Voici Michael Crane, dit-il en poussant celui-ci lorsqu'il hésita. Il est mon assistant-décorateur en chef. Il est capable de porter beaucoup. Je l'ai vu soulever un fauteuil lorsque c'était nécessaire.

Michael le fusilla du regard et tendit la main.

— Il ment totalement. Je suis le genre de muscles pour la nappe et les coussins décoratifs.

— Nous avons plein de petits objets à déplacer aussi. Tout le monde n'a pas besoin d'être un gorille.

— C'est agréable. On me demande d'aider à déplacer du bazar et on me traite de primate, dit un des hommes que David n'avait pas encore rencontrés d'une voix grave et rude.

Il avait des cheveux poivre et sel attachés en catogan et une moustache grise. Il pouvait avoir entre quarante et soixante ans à voir son visage sillonné de lignes et de rides, mais ses yeux sombres étaient brillants.

— Tu aimes ça, le taquina Gil. Tu te sens plus viril. Tu devrais me remercier. Les vieux gars comme toi n'ont plus beaucoup d'occasions de jouer les musclés.

— Te plier par-dessus la rambarde et te pilonner me ferait me sentir très viril, Gilbert, gronda-t-il en tendant une main à Michael qui le regardait les yeux écarquillés. Vernon Dwyer. Ravi de te rencontrer.

Le jeune homme lui serra la main avec méfiance, essayant sans doute encore de purger de son esprit ce que l'homme venait de décrire. David lui serra la main, remarquant à quel point ses doigts étaient tordus et ses paumes rugueuses.

— Ne le laisse pas t'effrayer, dit Gil à Michael. Il ne fait que parler.

— C'est beau de le croire, mon garçon.

Gil sourit et fit un geste vers l'autre homme à côté de lui.

— David, Michael… voici Manny.

David avait vu des photos d'Emanuel Martinez lorsqu'il était allé sur Internet pour lire les comptes rendus du procès qui avait mis George Wilkerson derrière les barreaux. Les blessures infligées à cet homme de la main de son ex-amant avaient été décrites en détail et la liste avait été horrible et longue. Une main et un bras cassé sur le côté droit, des côtes cassées à gauche. Un coup lui avait fracturé le crâne au-dessus de l'œil droit. Sur les photos accompagnant les articles, Manny avait l'air pâle, des cernes sombres sous les yeux, ses cheveux coupés courts dévoilant les innombrables cicatrices créant un sinistre patchwork du côté droit de son visage. Le Manny debout devant lui était maintenant stressé, son corps mince tendu, mais ses traits avaient été restaurés par un chirurgien plasticien très habile. Il restait des cicatrices, mais il était aussi tellement beau que David devait se rappeler de ne pas le fixer.

Une casquette de base-ball recouvrait ses cheveux noirs bouclés, il regarda ses yeux couleur châtaigne entourés d'épais cils noirs et s'arrêta. Il y avait là une cicatrice particulièrement visible traversant son front et descendant sur sa pommette, mais à part cela, sa peau lisse et dorée était guérie. Il hocha la tête en salut, mais n'offrit pas sa main, ses épaules voûtées et ses mains au fond des poches de sa veste. David avait du mal à regarder son langage corporel, la façon dont il se tenait en retrait même lorsqu'il était entouré de ses amis.

— Donc, nous sommes six, dit Gil en examinant le groupe avant de se tourner vers la maison.

— En fait, je pense que David et moi ne devrions compter que pour un seul, intervint Michael en adressant un regard irrité à son ami.

— Parle pour toi, Mary [4], riposta David, tandis que les autres hommes riaient.

— Commençons par le salon et continuons vers l'arrière, d'accord ? Nous devrions d'abord charger le canapé. Vern, pourquoi ne resterais-tu pas avec moi ? Toi, Manny, Jackson et moi, nous pouvons nous charger des trucs lourds. Michael et David, pourquoi ne vous occuperiez-vous pas de mettre les lampes et les petites pièces à l'arrière du GMC ? Nous voulons nous assurer qu'elles ne se cassent pas.

David se sentait un peu marginalisé, mais il pouvait comprendre le point de vue de Gil. Ils commencèrent à se diriger vers la maison et il saisit le bras de Gil pour l'arrêter. Il mit la main dans sa veste et en sortit un chèque qu'il plaça dans la main de l'homme.

— Merci, dit-il doucement. Vraiment.

Gil lui fit un clin d'œil en lui serrant la main avant de mettre le chèque dans sa poche avant sans l'ouvrir.

Ils passèrent les trois heures suivantes à vider la maison de tous ses meubles et quelques autres choses. Les lourdes vestes pour l'extérieur furent rapidement abandonnées. Jackson et Manny étaient minces avec de larges épaules et des biceps impressionnants, mais Vernon et Gil étaient charpentés comme des montagnes. Pour un homme plus âgé, Vernon avait un corps spectaculaire, mis en valeur par un tee-shirt sombre et serré.

— Waouh, Vernon, s'exclama David, à la seconde où le vit sans sa veste. C'est... impressionnant.

L'homme sourit et fléchit son biceps. Il était plus gros que la tête de David.

Tout le monde cria plusieurs fois des questions au cours de la matinée.

— Est-ce que ce tapis part ?

---

4 En parlant d'un homosexuel masculin, le terme « Mary » peut être méprisant. Cependant, même en adresse directe, il est plus souvent utilisé pour un effet humoristique, sans intention d'offenser. En fait, « Mary » est un terme parfois adopté par les gays eux-mêmes pour s'adresser à un autre gay.

— Et ce matelas, mec ?

David commença à répondre, mais Gil l'emporta sur lui.

— Tout part. Si David n'en veut pas, il peut le mettre en vente sur Craiglist.

Ils vidèrent systématiquement chacune des pièces, enroulant les tapis, emballant les lampes. Alors que l'arrière du pick-up de Jackson se remplissait de plus en plus, David était toujours convaincu qu'il n'avait pas assez payé pour tout cela. Même les cinq cents dollars qu'il avait ajoutés au chèque qu'il avait donné à Gil ne compensaient pas cela. Lorsque Vernon apparut sur le porche avant avec des outils et commença à dévisser les boulons qui retenaient la balancelle en place, David s'arrêta au milieu de la pelouse, une main sur la bouche, consterné.

Un bras s'enroula autour de ses épaules et pendant un instant, David pensa que c'était Michael. Mais son odorat entra en jeu. C'était Jackson qui avait mis son bras autour de lui. La chaleur glissa le long de sa colonne vertébrale pendant qu'il enregistrait la force de son bras, la cage thoracique musclée contre son côté. L'homme avait fait la même chose la veille lorsque David avait paniqué, mais c'était… différent.

— Qu'est-ce qu'il y a ? demanda-t-il à voix basse.

David eut besoin d'un moment pour se rappeler.

— La balancelle, murmura-t-il en tournant la tête.

Le visage de Jackson était si proche, ses yeux au même niveau que les siens.

— C'est trop, conclut-il.

— Tu ne la veux pas ? demanda Jackson en haussant un de ses sourcils.

— Oh, je la veux, répondit-il en inspirant profondément. À partir du moment où je l'ai vue, je l'ai voulue. Tu le sais.

— Alors, quel est le problème ?

— Je n'ai pas payé assez pour tout cela, Jackson, dit-il en soufflant de consternation. Pas pour les différents meubles de la chambre à coucher et la balancelle…

Jackson serra son bras et se tourna pour que sa bouche soit près de l'oreille de David. Son souffle caressa sa peau et la chair de poule hérissa la peau de ses bras. L'homme sentait l'eau de Cologne épicée mélangée à une sueur saine et propre, et l'odeur s'installa directement dans la poitrine de David avant de se diriger vers le sud.

— Lorsque Gil t'a dit que son père avait fait des investissements, dit-il si doucement que seul David pouvait l'entendre.

Il hocha la tête.

— Ce qu'il ne t'a pas dit c'est que son père est friqué. Vraiment friqué. Laisse-le faire, d'accord ? Il t'aime bien.

— D'accord, mais je ne me sens pas bien.

La main de Jackson glissa jusqu'à la nuque de David et s'y reposa. Celui-ci lutta contre l'envie de fermer les yeux et de se pencher dans la main calleuse.

— Engage-le pour travailler chez toi.

Il était si proche que David pouvait voir les taches d'un bleu plus foncé dans ses yeux bleu ciel et il dut réfléchir à ce qu'il voulait demander.

— Que fait-il ? réussit-il finalement à dire.

Il se sentait idiot de ne pas déjà le savoir.

— Il est peintre en bâtiment, répondit Jackson avec un sourire détendu. Un bon, et ta cuisine est un crime contre la nature.

David rit. En fait, les salles de bains étaient pires. Le carrelage dans la salle de bains de la chambre principale était bleu clair, mais les murs étaient jaunes. Oui, il pourrait certainement engager Gil pour peindre. Alors, il ne pourrait ne plus se sentir aussi coupable de ce qui devait être considéré comme l'affaire du siècle.

— Allez, les amoureux, il y a encore du travail, là-bas, dit Vernon en les dépassant, maintenant la balancelle d'une main forte et difforme.

Jackson lui fit un doigt d'honneur désinvolte et rentra dans la maison tandis que David sentait sa peau claire rougir. Amoureux ? Il ne pouvait que le souhaiter. Le picotement fantôme de la main de Jackson sur sa nuque subsistait encore.

— Très subtil, commenta Michael en venant se tenir à côté de lui. Tu es impassible. Tant que les gens ignorent que tu t'es presque frotté à sa jambe.

— Je vais te virer, marmonna David.

— Tu ne le feras pas. Sinon, tu devrais faire ton propre travail.

— Tu es odieux, dit-il en lui donnant un coup de coude dans les côtes.

— Enfoiré, gémit Michael en frottant l'endroit.

— Princesse.

Michael croisa les bras. Il avait retiré son sweat-shirt à un moment donné et il avait l'air très jeune et très mince.

— J'aimerais bien savoir ce qu'il y a de mal avec ça ? Crois-moi, si j'étais une princesse, je ne serais pas ici à trimballer tes affaires.

80

— Bien sûr que tu le ferais, dit Gil en passant, le tapotant sur l'épaule et le renversant presque par terre. Pense à Cendrillon, elle pourrait t'en remonter.

Michael s'emporta dans une indignation exagérée alors même que Gil fermait l'arrière de l'énorme camion et le verrouillait.

— On est prêtes, les filles ?

— Parle pour toi, mec, répliqua Michael en remettant son sweat-shirt à capuche. Sache que je suis très viril.

— Tu n'arrêtes pas de le dire, se moqua Vernon. Ce jean skinny est si serré que je suis surpris que cela ne coupe pas la circulation de cette partie qui te rend si viril. Mais je veux te remercier pour le paysage. Tu as un très beau cul, mon cœur.

Il adressa ensuite un sourire vicieux à un Michael rougissant.

— Je…

Michael semblait perdu. David ravala un sourire. Il ne pensait pas l'avoir jamais vu sans voix.

— Merde, Vern, s'exclama Gil en grimaçant. Laisse-le tranquille.

— Quoi ? répliqua Vern en levant les mains, semblant sincèrement surpris. C'était un compliment.

— Essaie juste d'arrêter de faire le con, répliqua son ami en passant devant David et Michael.

Vern lança un clin d'œil à un Michael encore sans voix en passant et Manny leur fit un petit sourire timide en les suivant.

— Bon, dis-moi, il cache quoi, Manny ? murmura Michael en s'approchant de l'épaule de David.

— Plus tard, lui promit-il en enfilant sa propre veste avant de monter dans le pick-up de Jackson.

IX

Six heures plus tard, David était allongé sur le sol de son salon, regardant autour de lui, les hommes écroulés sur les meubles et les boîtes de pizzas, les assiettes vides et les bouteilles de bière plus ou moins vides qui, très soigneusement, étaient la plupart du temps posées sur des dessous de verre. Ses meubles, pensa-t-il avec un faible frisson de plaisir, semblaient aussi magnifiques dans la pièce qu'il l'avait imaginé, même avec six hommes fatigués allongés dessus. Par terre aussi et dans l'affreux fauteuil inclinable qui avait été poussé sur le côté.

Ils étaient tous épuisés, mais ils s'étaient tous démenés. La chambre de David était aménagée, de même qu'une chambre d'amis avec les meubles français marquetés et un bureau à domicile dans la troisième. Le lit en laiton et les meubles blancs étaient provisoirement remisés dans le fond de son garage, lui laissant encore assez de place pour sa petite voiture. David avait mal dans des endroits dont il ignorait l'existence jusque-là.

S'il était endolori, il ne pouvait que supposer que cela devait être bien pire pour les autres, mais Michael était le seul à râler.

— Je ne suis pas fait pour le travail manuel, gémissait-il de sa position dans le fauteuil inclinable.

Il était si fatigué qu'il était tombé dans le fauteuil moche sans même se plaindre du rembourrage.

— C'est une bonne chose, gronda Vernon de sa place dans le rocking-chair. Parce que tu n'as pas fait grand-chose.

— Hé.

— Sois gentil, vieille bique, intervint Gil en bottant le pied de Vernon depuis le canapé. Il a travaillé dur. Je n'ai pas vu ton pauvre cul porter une douzaine de lampes et sortir des tapis de la maison.

Vernon jura dans sa barbe et Gil lui adressa un sourire taquin.

— Si tu ne peux pas être gentil, je ne t'inviterai plus pour jouer avec nous.

— C'est comme ça que tu appelles ça ? répliqua-t-il avec une grimace. Bébé, si c'est ton idée du jeu, ce n'est pas étonnant que tu n'arrives pas à t'envoyer en l'air.

Le visage large de Gil devint rouge d'embarras.

— Temps mort, dit Jackson en faisant un T avec ses mains de là où il était étendu sur le dos, par terre.

Il avait bu au moins trois bières et pour le plus grand plaisir de David, sa nature tranquille et presque pensive avait été remplacée par une grâce détendue et un humour légèrement ironique.

— Pénalité pour une attitude de garce excessive, conclut-il.

Tout le monde, à part Vernon, éclata de rire. Ce dernier fronça les sourcils et à l'amusement de David, Jackson lui envoya un baiser.

David étudia chacun des hommes à tour de rôle. Gil, le gentil géant. Vernon, le sauvage au bon cœur. Michael qui regardait Gil avec un intérêt surprenant comme s'il essayait de le comprendre. Il s'intéresserait plus tard à ce sujet. Il se tourna vers Manny qui était assis à côté de Gil sur le canapé. Il avait ôté sa casquette, l'avait jetée sur la table basse et avait passé ses doigts dans ses cheveux humides et bouclés. La bière semblait l'aider à se détendre et il ne semblait plus aussi gêné par ses cicatrices.

David était content. Il appréciait ces hommes, même l'irascible Vernon, et il voulait qu'ils soient à l'aise chez lui. Il voulait se lier d'amitié avec eux et cela lui permettait de savoir qu'il n'aurait pas à écouter les commentaires snobinards et écœurants de Trevor sur le fait qu'ils n'étaient pas « au même niveau » que lui. Il se demanda même s'il pouvait peut-être renouer avec les amis qu'il avait laissés s'éloigner au fil des ans.

Quelqu'un toucha son pied. Le pied botté de Jackson se trouvait entre les siens et David suivit la longue ligne de son corps jusqu'à son visage. Ses bras étaient repliés sous sa tête et il le regardait avec un léger sourire. Il avait l'air beau, même après une journée de travail pénible, et David sentit son cœur s'emballer en le regardant.

— Tu vas bien ? articula Jackson silencieusement en haussant les sourcils.

David lui rendit son sourire en hochant la tête et Jackson lui fit un clin d'œil avant de fermer les yeux.

Un bourdonnement persistant retentit à proximité et Jackson sursauta, puis il roula sur le côté, souleva son dos et sortit un iPhone de sa poche arrière.

Il s'assit et fronça les sourcils avant de frapper sur l'écran et de porter le téléphone à son oreille.

— Henry, annonça-t-il vivement.

Il écouta quelques instants et la couleur déserta son visage.

— Où ? demanda-t-il d'une voix dure. J'arrive tout de suite.

Il raccrocha, puis resta assis un moment, regardant son téléphone sans rien dire.

— Jackson ? Ça va ? demanda Gil en se redressant.

— Je… c'est ma mère, répondit-il en remettant le téléphone dans sa poche et se levant. Je dois y aller.

— Elle va bien ? demanda David en se redressant.

Il grimaça en sentant une pointe de douleur dans le bas de son dos tandis que Jackson commençait à tapoter ses poches, apparemment à la recherche de ses clés.

— Je ne sais pas, répondit-il faiblement. C'était la voisine. Je suppose qu'elle est tombée…

Il se tut et continua à chercher ses clés, devenant de plus en plus agité.

— Je vais te conduire, proposa David.

— Non, je peux… commença-t-il à protester en faisant la moue.

— Tu as bu, Jackson, dit-il en adoucissant sa voix. La dernière chose dont tu as besoin est de te faire arrêter.

— Je vais bien.

— Tu ne trouves même pas tes clés, mon pote, souligna Gil. Laisse-le te conduire.

— Je… D'accord.

Jackson n'était pas content, mais, visiblement, il ne voulait pas discuter non plus.

— C'est notre signal, les gars, dit Gil en prenant sa veste à l'arrière du canapé et en l'enfilant.

Les autres hommes se levèrent, ramassèrent leurs vestes et se dirigèrent vers la porte en assurant à Jackson qu'ils espéraient que sa mère allait bien. Michael s'arrêta avant de sortir et toucha le coude de David.

— Appelle-moi, dit-il d'une voix calme, les mots non moins emphatiques par leur volume.

David hocha la tête et ferma la porte à clé derrière lui.

— Nous sortirons par-derrière, dit David en éteignant la salle à manger. La maison sombra dans la pénombre derrière lui. Ils passèrent par la cuisine et descendirent les marches du porche de service.

La Yaris était dans le garage et les lumières du camion de Gil en éclairèrent brièvement les portes pendant qu'il sortait de l'allée. Il était à peine dix-sept heures passées, mais il faisait nuit de plus en plus tôt à cette période de l'année.

Ils entrèrent dans le garage obscur et Jackson contourna rapidement l'arrière de la voiture pendant que David s'installait derrière le volant. Il ouvrit la porte du garage en appuyant sur un bouton.

— Où dois-je aller? demanda-t-il en démarrant la voiture.

— Quatorzième rue, répondit Jackson, clairement distrait, en attachant sa ceinture. Passe par Meadow Wood, au sud. C'est la route la plus rapide.

Jackson ne prononça pas un mot, mis à part des directions laconiques lorsqu'ils arrivaient à des intersections. David n'essaya pas d'engager la conversation. Jackson jura dans sa barbe lorsqu'ils tournèrent dans la rue où vivait sa mère. Une ambulance se trouvait dans une allée à mi-chemin du pâté de maisons, ses gyrophares rouges et bleus allumés projetant des ombres étranges sur les gens qui se frayaient un chemin sur le trottoir.

— Je suppose que c'est là? demanda David, inquiet.

— Oui.

Jackson sortit de la voiture avant même que David ne se soit complètement arrêté et il courut sur la pelouse pendant qu'il terminait de se garer devant la maison.

Il courut derrière lui, slalomant entre deux voisins à temps pour voir les ambulanciers sortir par la porte d'entrée de la banale petite maison, un brancard en position demi-assise entre eux. Une femme âgée avec des cheveux blancs ondulés mi-longs était installée dessus. Elle avait un pansement épais déjà trempé de sang autour de sa tête. Jackson parlait avec la secouriste à l'arrière du brancard lorsque David arriva.

— … dit qu'elle a perdu l'équilibre et qu'elle est tombée contre une bibliothèque dans le bureau, disait celle-ci avant de se pencher légèrement vers lui. Votre mère boit-elle?

— Non, répondit-il. Elle souffre de sclérose en plaques.

— Elle est plutôt confuse, dit-elle en hochant la tête. Elle n'a même pas pu nous dire quels médicaments elle prenait.

— J'ai une liste sur mon téléphone.

— Jackson? appela sa mère d'une voix vacillante.

Elle lui tendit la main et il la prit dans la sienne, enroulant ses longs doigts autour de sa petite paume.

— Je suis là, maman. Que s'est-il passé?

— Je réglais des factures et lorsque je me suis levée de mon bureau, j'ai eu un vertige, expliqua-t-elle en prenant une respiration profonde et frémissante sur ce qui ressemblait à un sanglot. Je suis désolée, chéri. Je ne me souvenais plus de ton numéro de téléphone. Je suis vraiment désolée.

— Chut, dit Jackson en lui frottant le bras. Tu n'as rien fait de mal. Ce n'est pas grave.

— Je n'ai réussi qu'à penser au numéro d'Evelyn. J'abîme ces vêtements et il y a du sang partout sur le sol…

— Ne t'inquiète pas pour ça. Je m'en occuperai.

— Tu t'occupes déjà de trop de choses, dit-elle.

Elle pleurait ouvertement à présent, de grosses larmes roulant sur ses joues, et cela brisa le cœur de David.

— Chut, maman. Tout va bien, dit son fils tellement doucement, inclinant la tête pour embrasser les jointures de la main qu'il tenait. Tout va bien se passer.

Ils la montèrent à l'arrière de l'ambulance et la secouriste s'adressa à Jackson.

— Nous ne pouvons pas vous laisser monter avec elle, mais nous l'emmenons à Holy Family. Si vous pouviez nous retrouver là-bas avec ses papiers d'assurance et la liste de ses médicaments, ce serait formidable. A-t-elle signé des directives anticipées ?

David serra les poings. Il savait ce que cela voulait dire. Jackson hocha la tête et se passa une main dans les cheveux.

— Jackson ! appela sa mère, l'air paniquée.

— C'est bon, maman, dit-il en se penchant par la portière de l'ambulance. Ils vont te transporter à Holy Family et je te retrouverai là-bas.

— Tu ne peux pas venir avec moi ?

— Je ne peux pas, mais je serai juste derrière toi. Je te le promets.

Sa mère se laissa aller sur la têtière rembourrée du brancard. Jackson vit le secouriste se pencher et lui parler doucement, sa main posée sur la sienne serrée sur ses genoux. Ses doigts se détendirent lentement.

— À quel point est-ce grave ? demanda-t-il pendant que l'auxiliaire médicale fermait les portières arrière.

— C'est assez mauvais, dit-elle en s'arrêtant un instant. Les traumatismes crâniens saignent toujours beaucoup, mais celui-ci est important.

Elle courut ensuite sur le côté de l'ambulance et David et Jackson se tinrent debout dans la rue pendant qu'elle sortait de l'allée et empruntait la rue toutes sirènes hurlantes.

Jackson la fixait, une expression si perdue sur son visage que le cœur de David se retourna.

— Jackson, dit-il en lui touchant le bras. Tu dois rassembler les affaires de ta mère.

Il le regarda, puis cligna des yeux et acquiesça de la tête.

— D'accord, exact, dit-il.

Il entra dans la maison et David le suivit.

Une dame âgée tremblante se tenait à l'intérieur, à côté de la porte.

— Chéri, je suis désolé, dit-elle à Jackson. J'aurais probablement dû attendre, mais elle saignait tellement et la coupure est si horrible…

— Tu as fait exactement ce qu'il fallait, Evelyn, dit-il en lui serrant le coude. Merci de t'être occupé d'elle.

Il disparut ensuite dans un couloir obscur et quelques instants plus tard, David entendit des tiroirs s'ouvrir.

La femme regarda David, les yeux écarquillés de frayeur. Elle avait du sang sur les mains et aussi sur la manche de sa robe de chambre.

— Vous devriez aller vous nettoyer, dit-il d'une voix douce.

Elle baissa les yeux sur ses mains et souffla fortement.

— J'ai eu six enfants, dit-elle d'une voix tremblante. J'ai bandé plus de coupures et d'égratignures que je ne peux les compter. Je n'avais jamais rien vu de tel.

David hocha la tête, lui prit le coude et la dirigea vers la porte.

— Je sais qu'il apprécie vraiment que vous soyez là.

— Êtes-vous… le petit ami de Jackson ? demanda-t-elle avec délicatesse.

— Non, un ami, répondit-il.

Elle lui serra le bras et il se battit pour ne pas grimacer. Elle avait du sang sous les ongles.

— Il va avoir besoin de vous, chuchota-t-elle. Sa maman est gravement blessée à la tête.

— Je resterai jusqu'à ce qu'ils aient fini, promit-il.

— Bon garçon, dit-elle en lui tapotant l'épaule. Demandez-lui de m'appeler lorsqu'il aura une minute.

Il promit qu'il le ferait et elle sortit dans la nuit.

Jackson sortit du couloir, des papiers à la main.

— Es-tu prêt ? demanda David.

Il acquiesça d'un signe de tête et passa la porte d'entrée. David le suivit, s'arrêtant assez longtemps pour fermer la maison. Puis, il courut pour le rattraper.

Jackson était à moitié dans la voiture lorsqu'il s'arrêta.

— Merde. Je n'ai pas fermé la porte à clé.

— Je l'ai fait, dit David en démarrant.

Jackson lui lança un regard énigmatique avant de finir de monter et de claquer la portière.

Le trajet jusqu'à l'hôpital Holy Family se fit dans un silence tendu. David pensa aux questions qu'il voulait poser, mais il choisit de se taire. Des mots de réconfort lui vinrent aussi à l'esprit, mais il savait qu'ils sonneraient creux parce qu'il ne connaissait pas l'état de la mère de son ami. Le silence semblait être la meilleure option. Jackson était aussi tendu qu'une corde de piano, ne se relaxant jamais vraiment dans le siège et pendant la totalité des quinze minutes de trajet, il enroula et déroula les papiers dans sa main. Ils étaient arrêtés au feu rouge juste avant la sortie vers l'hôpital lorsque David finit par lui toucher la main. Jackson sursauta, les yeux écarquillés.

— Elle était consciente, dit David en essayant d'avoir l'air encourageant. C'est une bonne chose.

Jackson prit une grande inspiration et la relâcha lentement.

David gara sa voiture le plus près possible de la porte d'entrée des urgences. Il commençait à sortir de la voiture lorsque Jackson attrapa son poignet. Sa paume était froide et moite contre sa peau.

— Tu n'es pas obligé de rester, dit-il en fronçant les sourcils. Cela pourrait prendre des heures.

— Tu n'as pas ton pick-up. Comment comptes-tu rentrer chez toi ?

— Je pourrais appeler mon frère. Tu n'es pas obligé de rester…

— Ne sois pas bête, dit-il doucement en plaçant sa main sur celle de Jackson et en la serrant. Je suis là. Je ne pars pas.

Jackson ferma les yeux un instant avant de sortir de la voiture.

David pensa qu'on ne le laisserait probablement pas suivre son ami. Honnêtement, il n'était pas sûr de le vouloir. Mais une fois que Jackson eut donné son nom à l'infirmière du bureau des admissions, il regarda David avec hésitation.

— Vas-y, assura ce dernier. Ça va aller.

Il suivit l'infirmière dans sa blouse rose et David prit place sur l'une des chaises en plastique laides près d'une télévision allumée sur CNN. Il regarda Jackson jusqu'à ce que les portes se referment derrière lui. C'était samedi soir et les urgences étaient bondées. Il savait que cela prendrait du temps et il s'installa pour attendre.

Les sièges et le plancher de la grande salle étaient recouverts de différentes nuances de bleu, sans doute dans un souci d'apaisement, mais les chaises étaient inconfortables et l'éclairage fluorescent était tout sauf flatteur. De grandes plantes ornaient les coins, mais même si elles semblaient en bonne forme, les odeurs antiseptiques d'alcool et de désinfectant ne le laissaient jamais un instant oublier où il se trouvait.

Les gens autour de lui furent envoyés un à un par les grandes portes automatiques et d'autres remplirent de plus en plus les chaises. Il regarda Anderson Cooper, puis trois fois les mêmes nouvelles : des inondations dans le sud, une autre frappe de drone contre Daech, une primaire républicaine quelque part dans le Midwest. Il n'y prêtait pas vraiment attention. Son esprit errait sans cesse vers Jackson et combien il aurait aimé pouvoir donner une réponse différente à la question posée par sa voisine.

Il passa mentalement en revue tous les arguments expliquant pourquoi c'était stupide. C'était trop tôt pour qu'il regarde qui que ce soit. Jackson n'avait pas vraiment montré d'intérêt. Ceci n'était pas tout à fait vrai, cependant, car plus tôt dans la journée, il avait mis son bras autour de lui, puis il avait enroulé sa main autour de sa nuque et cela avait été avant la bière. Bien sûr, ce n'étaient probablement que des gestes amicaux de sa part. Mais sa main s'était attardée sur son cou et c'était bon, tellement bon. Il ferma les yeux et se laissa sombrer dans le souvenir du toucher, la paume large et chaude, les doigts calleux. Il n'arrivait pas à imaginer ce qu'un homme comme Jackson pouvait voir en lui, mais il ne pouvait pas oublier la sensation de ce bras musclé autour de ses épaules. Il jeta un coup d'œil vers les grandes portes pour au moins la centième fois, mais elles restèrent obstinément fermées.

Environ deux heures plus tard, un couple très bien habillé se présenta au bureau des admissions. Au début, il admira le manteau en lainage sombre de l'homme, mais il se raidit légèrement lorsqu'il donna un nom à l'infirmière.

— Henry, répéta-t-il. Shirley Henry. C'est ma mère.

— Un moment, s'il vous plaît, dit-elle en commençant à taper.

David regarda le frère de Jackson. Il devait être plus âgé. Ses cheveux noirs grisonnaient au niveau des tempes. S'il avait regardé le visage au lieu du costume, il aurait vu que Jackson et cet homme étaient apparentés. La ressemblance était assez marquée. Ils avaient les mêmes cheveux noirs, le même menton carré et les mêmes yeux bleu pâle. Même une implantation capillaire semblable. Mais il réalisa que c'était là que s'arrêtaient les similitudes. Cet homme avait l'air rigide et important. Il était en colère de devoir attendre et c'était manifeste. Un muscle palpitait dans sa mâchoire tendue et ses lèvres étaient pincées en une ligne plate et dure. Les doigts de sa main droite tambourinaient avec régularité la couture latérale de l'onéreux pardessus.

— Est-ce que cela va durer encore longtemps? demanda-t-il d'une voix tranchante.

— Je suis désolé, monsieur. Nous avons des problèmes informatiques ce soir, dit-elle avec un sourire d'excuse. Si vous me permettez…

— Cela pourrait être plus rapide si vous vous rendiez là-bas pour vous renseigner.

— Travis, dit la femme l'accompagnant d'une voix douce, mais empathique, en lui prenant le bras.

Il l'ignora ostensiblement, mais David la regarda.

Elle était très séduisante avec ses cheveux roux à hauteur d'épaule et bien coiffés, sa robe bordeaux, sa veste courte en fourrure et ses talons aiguilles noirs élégants.

Une alliance dorée et un très gros solitaire ornaient son annulaire gauche.

— Elle fait son travail, poursuivit-elle, parlant à son profil rigide. Ne t'en prends pas à elle.

— Ah, voilà, dit l'infirmière. Il y a déjà quelqu'un avec elle et l'accès est limité à deux membres de la famille aux urgences.

— J'attendrai ici, dit sa femme. Vas-y.

— Vous dit-il en pointant du doigt la femme derrière le bureau. Allez dire à mon inutile de frère de sortir et ensuite nous pourrons entrer ensemble.

David se raidit, serrant les dents d'indignation.

— Je peux attendre ici, Travis. Cela ne me dérange pas.

— Cela me dérange, répliqua-t-il en montrant les dents avant de se tourner vers l'infirmière qui le regardait avec méfiance. Allez-y.

Elle hésita, puis se leva et quitta le bureau.

— Tu dois te calmer, dit doucement la femme de Travis. Je sais que tu es inquiet, mais tu ne peux pas te comporter ainsi.

— Je ne suis pas inquiet, rétorqua-t-il. Je suis vraiment énervé. Je veux savoir pourquoi ma mère est aux urgences avec une blessure à la tête.

— Jackson te l'a dit, Trav, dit-elle en tentant de le calmer en passant une main le long de son bras. Elle a eu des vertiges, est tombée et s'est cogné la tête sur une bibliothèque. Nous savions que c'était une possibilité lorsqu'elle a été diagnostiquée.

— C'est pour ça qu'il est censé être avec elle. Pourquoi n'était-il pas là ? Il a un seul travail, Juanita, un seul, et c'est de s'assurer que maman va bien. Alors, pourquoi n'était-il pas à la maison ?

— Je ne sais pas pourquoi il n'y était pas. Peut-être qu'il travaillait.

Travis renifla.

— Il ne travaillait peut-être pas. Mais, il a droit à une vie, Travis, dit-elle.

Les narines de son mari frémirent, mais elle ne sembla pas effrayée et continua à parler.

— Et même s'il avait été dans le salon lorsqu'elle est tombée ? Il est impossible de se préparer à toutes les éventualités et nous ne pouvons pas le blâmer pour tout ce qui se passe mal. Ta mère est une femme indépendante. Il est ici avec elle maintenant et il t'a appelé. Ce n'est pas de sa faute si nous n'avons pas écouté le message avant la fin du dîner.

— Tu lui trouves toujours des excuses, se plaignit-il. Parfois, je pense que tu le préfères à moi.

— Oh, vraiment, dit-elle, ses yeux brillants d'un humour concentré. Mais il est gay.

David rit jusqu'à ce que Travis renifle.

— Oui. Ne me le rappelle pas, marmonna-t-il.

L'humour de David disparut. Gil et lui avaient certainement des frères irritants en commun.

L'infirmière revint et, derrière elle, se trouvait un homme de grande taille, puissamment bâti avec une peau couleur chocolat noir, portant l'uniforme d'un agent de sécurité. Il s'arrêta à côté du bureau, les mains à la ceinture.

— Votre mère a insisté pour que votre frère reste avec elle, mais vous pouvez aller la voir avec l'officier Bailey.

— Vous avez appelé la sécurité ? dit Travis en lui jetant un regard méprisant.

— Monsieur, c'est mon travail de m'assurer que les patients ne sont pas dérangés par autre chose que leurs propres blessures ou maladie, répondit-elle en lui faisant face, le menton levé. Votre décision de contester la présence de votre frère à l'intérieur de cet hôpital n'est pas acceptable. Je comprends que vous soyez contrarié et aussi inquiet, mais il vaut mieux traiter ces questions familiales à l'extérieur de cette salle. L'officier Bailey est là pour s'assurer que la paix est maintenue.

David avait envie d'applaudir, mais il décida que c'était probablement une mauvaise idée.

— Je serai heureux de vous accompagner auprès de votre mère, monsieur, dit l'agent Bailey.

Sa voix correspondait à son apparence et David était prêt à parier que peu de gens lui cherchaient des poux. Le garde fit un geste vers les portes automatiques et Travis regarda sa femme.

— Tout va bien, vraiment. Je vais regarder les infos. Vas-y.

Le muscle qui semblait bouger de concert avec son irritation se déplaçait à nouveau dans la mâchoire de Travis, mais il précéda l'agent de sécurité.

— Madame, je suis désolée, commença l'infirmière.

— Ne vous inquiétez pas pour ça, répondit Juanita Henry en tendant la main de l'autre côté du bureau pour toucher sa main. Je serai très bien ici. Permettez-moi de m'excuser pour mon mari. Il est en pleine campagne au Congrès et le stress le rend très grincheux. Même à la maison.

— Mes condoléances, dit l'infirmière avec un sourire ironique.

— Je vais les accepter, répondit-elle en riant.

Il se présentait au Congrès, alors ? David était presque sûr de savoir pour quel parti. Il n'avait rien fait pour obtenir son vote.

Madame Henry contourna la rangée de chaises et s'assit dans un de ceux à côté de lui. Il étudia discrètement la soie luxueuse en imprimé bordeaux, la veste qu'il aurait juré être de la vraie fourrure et l'énorme diamant sur sa main. Il reconnut ses hauts talons à lanières élégants, c'était des Betsy Johnson. Il n'était pas autant une fashion victime que Trevor, mais sa mère avait toujours aimé les chaussures et il se retrouvait à regarder les catalogues des grands magasins tout le temps. Ils étaient dans le dernier catalogue de Macy's pour deux cent quatre-vingt-dix-neuf dollars. C'était aussi une bonne façon d'entamer une conversation.

— Jolies chaussures, lui offrit-il en faisant des gestes vers ses pieds. Betsy Johnson ?

Juanita Henry le regarda, visiblement contente.

— Comment ? Oui, ce sont des Betsy Johnson. Merci beaucoup. Je les ai toujours voulues, mais elles étaient finalement en solde chez…

— Chez Macy's. Deux cent quatre-vingt-dix-neuf dollars au lieu de trois cent cinquante.

— Oui, répondit-elle en l'étudiant. Quel plaisir de rencontrer un homme qui s'y connaît en chaussures pour dames.

— Ma mère adore les chaussures. C'était devenir un converti ou mourir d'ennui chaque fois que je l'emmenais chez Nordstrom.

Elle rit et c'était un joli son musical.

— Bonjour, dit-elle en lui tendant la main. Je suis Juanita Henry.

— David Snyder, dit-il en prenant sa main et la serrant. Ravi de vous rencontrer.

Sa peau était très douce et ses ongles impeccablement manucurés.

— Ravi de vous rencontrer aussi, si l'on fait abstraction de l'environnement morose, dit-elle.

Une légère ride apparaissait entre ses sourcils, mais c'était la seule. Elle devait avoir trente-cinq ans, mais il n'y avait pas une ride sur son visage.

— Vous n'avez pas un être cher à l'intérieur, n'est-ce pas? demanda-t-elle en se penchant un peu plus près.

— Non, je suis ici avec un ami. Il a un être cher à l'intérieur.

Il fit une pause, puis décida d'être complètement honnête.

— Dans l'intérêt d'une divulgation complète, mon ami est Jackson Henry.

Son visage subit une transformation intéressante. En fait, elle avait l'air penaude.

— Oh, mon cher. Vous avez surpris ma conversation avec mon mari, n'est-ce pas?

— Je n'essayais pas d'espionner, vraiment.

Elle rit, ce qu'il n'avait pas prévu.

— Travis n'essayait pas vraiment d'être discret non plus, n'est-ce pas? dit-elle en soupirant. Je parie que si je dis que c'est vraiment un homme sympathique, vous allez avoir du mal à me croire.

— C'est dur à avaler, acquiesça-t-il.

— Était-ce à cause de sa charmante façon de traiter l'infirmière? demanda-t-elle en levant le menton avec un sourire irrésistible.

— C'était plutôt sa façon de décrire son frère comme étant inutile. J'ai connu beaucoup de gens dans ma vie et Jackson est le moins inutile de tous.

— Il ne voulait pas dire ça. Il était inquiet, frustré et son frère est une cible facile.

— Êtes-vous son agent des relations publiques? demanda-t-il en lui souriant. Vous devriez certainement.

— Je le lui ai dit, mais écoute-t-il? répliqua-t-elle, ses yeux bruns scintillants, ses mains croisées sur son petit sac de soirée noir. Alors Jackson et vous êtes juste amis ou… ?

Il renifla doucement. C'était la deuxième fois ce soir.

— Oui, nous sommes seulement amis. Je l'ai rencontré lorsque je l'ai embauché pour travailler sur une maison que j'ai achetée récemment. Ma mère me l'avait recommandé.

— Certaines des meilleures recommandations que j'aie reçues dans ma vie viennent de ma mère.

— Moi aussi, confirma-t-il avec un sourire. Si je l'avais écoutée à propos de mon dernier petit ami, je me serais épargné un monde de douleur.

Juanita Henry avait vraiment un rire charmant et alors qu'il voyait ses dents parfaitement blanches briller, il pensa que dans d'autres circonstances, ils auraient pu être amis. Il doutait de jamais ressentir cela pour son mari.

— Sans être indiscrète, même si je suis vraiment une fouineuse désespérée, dit-elle, les yeux resplendissants. Pourquoi êtes-vous ici avec Jackson si vous ne sortez pas ensemble?

David sourit. Il adorait la façon dont les hétéros ressentaient le besoin d'utiliser des euphémismes avec les gays. Elle voulait dire «si vous ne baisez pas».

— La raison pour laquelle il n'était pas chez lui aujourd'hui, c'est parce qu'il m'aidait à déménager une maison pleine de meubles.

Elle inclina la tête sur le côté comme un caniche toy curieux.

— Longue histoire, ajouta-t-il.

— J'ai tant d'autres choses pressantes à faire en ce moment, répliqua-t-elle en étendant sa belle et longue jambe afin de tapoter son mollet avec sa Betsy Johnson.

David la comprenait et il sourit.

— D'accord, c'est juste. J'ai acheté la totalité des meubles de la maison d'un ami de Jackson. Son père vient d'emménager dans une maison de retraite médicalisée et Jackson, parce qu'il avait fait deux réparations chez moi, savait que je vivais essentiellement avec un vieux fauteuil inclinable rembourré dont le tissu devrait être illégal, un matelas et un sommier posé sur le sol.

— Parce que…

— À cause du petit ami que ma mère détestait. Possession vaut titre dit la loi et il est en possession d'à peu près tout.

— C'est un abruti, alors, dit-elle carrément.

— Un immense, énorme crétin, confirma-t-il en riant. Apparemment, il m'a berné pendant très longtemps.

— Ah, dit-elle en hochant la tête. N'avons-nous tous pas eu au moins un de ceux-là ?

— J'espère que c'était le mien, dit-il en riant toujours. Pour finir, Jackson et plusieurs amis m'ont aidé à meubler ma maison aujourd'hui. C'était pour cela qu'il n'était pas chez lui lorsque sa mère est tombée.

— Vous ne devriez pas prendre à cœur ce que Travis a dit. Il ne le pensait pas et il se sentira mal plus tard.

David en doutait, mais il garda le silence.

— Jackson a besoin d'avoir des jours où il ne fait pas de baby-sitting, poursuivit-elle. Shirley est une personne charmante, mais ils devraient vraiment engager quelqu'un qui serait tout le temps avec elle. Ce n'est pas raisonnable de s'attendre à ce qu'il le fasse. Il a déjà beaucoup sacrifié en déménageant pour venir vivre avec elle.

Oui, il pensait qu'il pourrait vraiment apprécier cette femme.

Son téléphone sonna dans sa poche. Il le sortit et fixa l'écran.

— En parlant de mère, c'est la mienne. Excusez-moi.

Juanita acquiesça d'un signe de tête et il se leva, se dirigea vers la porte extérieure des urgences et sortit. La température avait chuté d'une manière spectaculaire et il frissonna en s'avançant vers une barrière en béton près du parking afin de s'y appuyer.

— Bonjour, maman.

— Bonjour, chéri. Tu as déménagé les meubles ?

— Oui, c'est fait.

— Je promets que je ne suis pas une de ces mères, mais je n'ai pas pu m'empêcher de remarquer qu'il n'y a personne chez toi et…

Il entendit un bruit de fond.

— Oh, bon sang, maman.

C'était la voix de Beth.

— Eh bien, j'essaye de ne pas être indiscrète.

— Maman !

— Elizabeth, se plaignit leur mère.

Puis il entendit un bruit indiquant à peu près sûrement que le téléphone changeait de main.

— Où es-tu ?

— Salut, Beth, dit-il en reniflant et riant en même temps. Comment vas-tu ? Est-ce que ma vie sera comme ça à partir de maintenant ?

— C'est toi qui as acheté la maison d'en face. Où es-tu ?

— Et si cela ne te regarde pas ?

— Alors, dis-le.

— Cela ne te regarde pas.

— Tu es un imbécile.

— Et toi une curieuse, répliqua-t-il en riant.

— Ce n'est pas un scoop, répondit-elle, imperturbable Maman a fait une tarte pour vous tous.

— J'aurais aimé qu'elle me le dise, soupira-t-il.

— Es-tu sorti dîner ?

— Non, en fait.

Il jeta un coup d'œil sur le parking tranquille, se demandant s'il devait dire quelque chose. Il décida qu'il n'y avait pas de mal à cela.

— Je suis à Holy Family.

Il y eut un silence pesant, puis sa sœur répondit.

— David Wayne Snyder, dit-elle d'une voix grave et intense. Pourquoi es-tu à l'hôpital ?

Aucun d'eux n'avait de bons souvenirs de cet hôpital et il la comprenait.

— Quoi ? entendit-il en arrière-plan. Qu'est-ce qui ne va pas ?

— Je ne sais pas encore, répondit Beth à leur mère. Donne-moi une minute. David, es-tu blessé ?

— Non.

— Non, non, ce n'est pas lui, dit sa sœur à Beverley. Alors, que s'est-il passé ?

— En fait, c'est la mère de Jackson. Elle a fait une mauvaise chute, s'est cogné la tête sur une bibliothèque et s'est coupée.

— Oh, David.

— Oui, c'est assez moche. Ne fais pas... fais en sorte que cela ne semble pas si mal pour maman. Elles sont amies.

— Je sais. Je m'en occupe.

Il y eut à nouveau une longue pause, puis sa sœur parla à nouveau.

— Comment as-tu fini avec lui ?

— Quand on en a eu fini avec les meubles, il a bu quelques bières et pas moi, alors j'ai pensé...

— Non, j'ai compris, le coupa-t-elle avec vivacité. Écoute, viens à la maison lorsque tu rentreras, d'accord ? Maman va s'inquiéter de toute façon.

— Je n'ai aucune idée de l'heure qu'il sera, dit-il en regardant sa montre.

Il n'était que dix-neuf heures quarante-cinq. Il lui semblait qu'il était beaucoup plus tard.

— Peu importe l'heure, elle s'énervera si tu ne le fais pas.

— Oh, je ne le ferai pas, dit sa mère en arrière-plan.

Il soupira doucement sachant qu'elle le ferait.

— D'accord. Dis-lui que ça risque d'être long.

— Ça ira. Je t'aime.

— Je t'aime aussi, Beth.

Il raccrocha et retourna dans les urgences presque désertes.

Il se préparait à s'asseoir lorsque son téléphone vibra, indiquant l'arrivée d'un texto. Il leva les yeux au ciel et la belle-sœur de Jackson rit.

— Vous êtes un homme populaire, le taquina-t-elle.

— Pas d'habitude, répondit-il en fronçant les sourcils alors qu'il attrapait son téléphone et fixait l'écran.

C'était le numéro de Michael et il ouvrit le message.

Comment va la mère de Jackson ?

Pas bien. Il est toujours en consultation avec elle. Tu as entendu parler de Travis Henry ? lui répondit-il.

Il attendit la réponse un moment.

Le Travis Henry candidat au Congrès ?

Celui-là même.

C'est un abruti conservateur. Pourquoi ?

Devine à qui il est lié, envoya-t-il en reniflant doucement.

Une autre pause avant l'arrivée d'un autre texto.

Noooon

Eh oui, retourna-t-il en riant.

Oh, merde. Pauvre Jackson. C'est tout simplement merdique.

Tu aurais dû voir à quel point il était gentil avec l'infirmière des urgences.

Tu me racontes des conneries, n'est-ce pas ? C'est un mensonge. C'est un vrai abruti.

David sourit. Oui, il l'était.

Heureusement pour toi, son frère ne l'est pas. En parlant de l'adorable Jackson, que se passe-t-il, patron ? Je vous ai trouvé bien proches aujourd'hui...

Depuis quand es-tu devenu une commère ? lui tapa David en retour. *J'ai remarqué que tu regardais Gil, alors fais attention.*

GIL ???????

David éclata de rire. Il pouvait presque entendre les cris de son ami.

Il pourrait m'écraser comme un insecte.

Mais tu AIMES tous ces muscles.

Va te faire voir.

Je vais te virer, renvoya-t-il, son rire passant à un sourire affectueux.

Oh, s'il te plaît. Arrête de répéter ce que tout le monde sait être un gros mensonge. Donne-moi des nouvelles de la mère de Jackson, d'accord ? Je suis inquiet.

Son sourire s'adoucit pendant qu'il répondait.

Je promets de ne dire à personne que tu es quelqu'un de très gentil.

Il eut droit à une autre pause.

Va te faire

Il rangea son téléphone, son sourire s'attardant. Il était prêt à se rasseoir sur la chaise qu'il avait désertée lorsque Juanita regarda par-dessus son épaule et se leva. Il se redressa au moment où Jackson et Travis franchissaient les portes automatiques, aucun d'eux ne semblant particulièrement heureux. La ressemblance entre eux était indéniable lorsqu'ils se tenaient ainsi côte à côte, mais leurs expressions ne pouvaient être moins semblables. Travis avait toujours l'air irrité et Jackson avait l'air fatigué. Ce dernier aperçut David et ses épaules semblèrent se détendre un peu.

— Comment va-t-elle ? murmura-t-il lorsque son ami fut assez proche.

— Ça va, répondit-il avec un soupir. Ils ont dû lui faire cinquante points de suture pour refermer la plaie.

— Oh, Jackson, dit David en tendant la main pour la poser sur son bras. Tu vas bien ?

— Je n'aurais jamais cru voir le crâne de ma mère, mais comparé à elle, je vais bien.

Il grimaça, attrapa la main de Jackson et la serra.

— Elle a visiblement heurté l'étagère à hauteur de sa ligne de cheveux et cela a décollé la peau, continua-t-il sans faire aucun effort pour s'éloigner. La plupart des points de suture sont dans ses cheveux. Elle n'aura probablement même pas de cicatrices visibles.

— Mais c'est bien, n'est-ce pas ?

— Oui. Cela l'inquiétait, dit-il en soupirant brutalement. Elle saigne de partout et tout ce qui l'intéresse c'est d'avoir ou non une cicatrice. Oh et d'avoir ruiné son pull-over. Je pense que je vais le brûler.

Il leva un sac que David n'avait pas encore remarqué pour appuyer ses dires.

— Non, on peut ôter le sang. Je le laverai pour toi.

— David, tu n'as pas à…

— Oh, tais-toi et donne-le-moi, s'exclama-t-il en prenant le sac des doigts mous de son ami. Je suis un génie de la lessive.

Il se rappela tardivement qu'il n'avait pas de lave-linge et de sèche-linge à l'heure actuelle. Il le laverait chez sa mère.

— Bon à savoir, répondit Jackson avec un petit sourire.

— C'est ma seule compétence utile, répliqua-t-il en serrant à nouveau sa main. Est-ce qu'elle rentre chez elle ?

Il essaya de réfléchir à la logistique pour l'emmener d'un fauteuil roulant à la voiture, mais Jackson secoua la tête.

— Ils vont la garder toute la nuit en observation. Le médecin s'inquiète un peu d'une possible commotion cérébrale, même si elle n'a jamais perdu connaissance. Pas avant qu'ils aient terminé, puis elle s'est endormie. Je pense qu'elle est épuisée.

— Elle n'est pas la seule, répondit David en étudiant son ami, prenant note des lignes de tension autour de sa bouche. Quand vont-ils la laisser sortir ?

— Peut-être demain. Cela dépendra de sa stabilité en position verticale.

— Est-ce qu'elle va pouvoir monter dans la cabine de ton pick-up ?

David pensait à la difficulté qu'il avait rencontrée et ne pouvait imaginer que Shirley puisse le faire.

Jackson le fixa pendant un long moment sans rien dire.

— Je n'y ai même pas pensé, finit-il par répondre.

— Nous avons un déjeuner de bienvenue au Yorkshire à quatorze heures, déclara Travis en s'immisçant dans la conversation. Je ne serai pas disponible.

— Je ne t'ai rien demandé, Travis, rétorqua Jackson sans même regarder son frère. Je m'en occuperai.

— Comment ? Elle ne peut pas monter dans ton ridicule camion, alors comment…

— Je peux venir la chercher, répondit David en croisant le regard de Travis. J'ai une Yaris dans laquelle elle n'aura aucun mal à monter.

— Qui êtes-vous? demanda celui-ci, son regard navigant entre les deux hommes.

Son regard se posa sur la main de David toujours cachée dans celle de Jackson et son expression se tendit.

— C'est David, intervint immédiatement Juanita. Jackson et lui sont amis.

— Oui, je vois ça, marmonna-t-il en jetant un coup d'œil sur leurs mains jointes. Vous ne pensez pas que vous pourriez éviter de vous afficher en public, du moins lorsque vous êtes avec moi et que d'autres personnes pourraient vous voir? Bon sang, Jackson, ton «ami», sait-il que je me présente ou veux-tu que je perde?

David le fixa, atterré.

— Oui, Travis, c'est mon objectif. J'ai passé deux heures à regarder ma mère se faire recoudre la tête, mais David et moi avons préparé un plan pour que tu perdes ta foutue élection. Un peu égocentrique, mon frère?

— Pourrais-tu dire ça un peu plus fort? rétorqua celui-ci en s'avançant vers son frère en ricanant. Je crois qu'on ne t'a pas entendu sur le parking.

Jackson ne recula pas ni ne lâcha la main de David.

— Je vais peut-être juste offrir de faire un article pour un journal : Mon enfance de petit frère homo près d'un abruti conservateur.

Travis gronda méchamment en pinçant ses lèvres. Jackson et lui étaient presque nez à nez, mais David ne pensa pas un instant à lâcher la main de son ami et à s'éloigner.

— Espèce d'enfoiré moralisateur, siffla Travis.

— Waouh, surveille ton langage, candidat Henry, répliqua Jackson sur un ton très similaire. Quelqu'un pourrait t'entendre.

Ils étaient à une seconde de se frapper et David finit par bouger. Il s'avança devant Jackson et déplaça sa main vers sa poitrine. Elle était dure sous sa paume et il pouvait sentir son cœur battre. Derrière lui, Juanita s'empara du bras de Travis.

— Je pense que tout le monde a besoin de se calmer, dit-elle d'un ton apaisant en les regardant tous les deux. Pas vous?

— Je ne te blâme vraiment pas de vouloir lui taper dessus, murmura David à l'oreille de Jackson. Mais si tu es chassé d'ici ce soir, comment pourrons-nous récupérer ta mère demain?

100

Son regard quitta son frère pour fixer David et ce dernier put voir la fureur disparaître de ses yeux. Il jeta encore un regard à son aîné, puis recula d'un pas. Les narines de Travis palpitèrent et il partit à grands pas. Ils le regardèrent sortir des urgences.

Juanita fit une pause, tendit la main vers son beau-frère et posa sa main sur son bras.

— Merci de l'avoir prévenu. Je sais qu'il est reconnaissant.

— Oui, il semble bien, répliqua-t-il en reniflant doucement. Bien essayé, Nita. Je sais ce qu'il ressent pour moi.

Elle pressa son avant-bras avec un petit sourire triste, puis suivit son mari à l'extérieur.

— Merde, s'exclama Jackson en passant les doigts de ses deux mains avec brusquerie dans ses cheveux épais avant de laisser tomber lourdement ses bras le long de son corps. Cela a été amusant pour toi, n'est-ce pas ? Rien de tel qu'un drame familial.

— C'est mieux que de regarder des rediffusions des *Experts*, répondit David en haussant les épaules.

Jackson le regarda d'un air surpris, puis il fut emporté par un rire brutal et surprenant.

— Tu ne regarderais pas les *Experts*. Si tu étais chez toi, tu réaménagerais tes nouveaux meubles.

— Probablement, accepta-t-il avec un petit sourire. Mais ta belle-sœur était très divertissante.

— Nita est, en fait, une très gentille dame. Je ne saurais jamais ce qu'elle trouve à Travis.

— C'est un mystère, confirma-t-il, gardant intentionnellement un ton léger. Prêt à sortir d'ici ?

— Absolument.

Ils sortirent dans la nuit froide, leur haleine produisant de doux nuages de vapeur alors qu'ils traversaient le parking en direction de la voiture de David.

X

— MERDE, IL gèle, dit David en augmentant le chauffage dès qu'ils furent assis dans la voiture.

Il jeta un coup d'œil à Jackson qui fixait le pare-brise, son coude sur la portière et sa main enroulée dans un poing serré sur ses lèvres. Il avait toujours l'air en colère et il ne pouvait pas lui en vouloir.

— Que faisait ton frère avant de se présenter aux élections ? demanda-t-il pendant qu'il regardait par-dessus son épaule en reculant.

— Il est avocat, répondit-il en laissant sa main glisser sur ses genoux.

— Je parie qu'il ne travaille pas bénévolement pour les clients indigents.

Sa réflexion tira un sourire fatigué de Jackson et ses épaules étaient moins courbées qu'auparavant.

— Non. Il fait du droit des sociétés. Des contrats. Des procès injustifiés, des trucs comme ça. Son patron l'appelle son « pit-bull » et c'est une description pertinente, expliqua-t-il en grimaçant.

— Je suppose qu'il n'est pas démocrate, alors ?

Jackson rit, donnant l'impression d'être surpris par cela.

— Non, même pas en rêve.

Il fit une pause, relaxant sa tête sur l'appuie-tête en cuir.

— Il est exactement comme mon père, reprit-il ensuite. Il a fait tout ce qu'il pouvait pour l'imiter. Mon père était un avocat spécialisé en droit des sociétés et un républicain pur et dur.

— Cela a dû être amusant pour toi, compatit David en grimaçant.

— Oh, oui, répondit-il pince-sans-rire. Chaque fête était une réunion chaleureuse de la famille.

Il regarda devant lui en affichant une expression neutre avant de poursuivre ses explications.

— C'est pour ça que je suis parti sur la côte. Je n'ai pas vécu chez moi depuis ma première année d'université.

David n'avait aucune référence parce que sa relation avec son propre père avait été la pierre sur laquelle il avait bâti sa vie. La tonalité vaincue de la voix de son ami l'attristait.

— Quand est-il décédé ?

— Il y a deux ans. Cancer.

Il n'élabora pas et David ne le poussa pas. Il était curieux de savoir autre chose, pourtant, et il mordilla sa lèvre inférieure avant de parler à nouveau.

— J'ai une question, mais je ne veux pas te mettre en colère.

— Tu ne me fâches pas, David.

Leurs yeux se croisèrent et se soutinrent brièvement avant que Jackson fixe à nouveau le pare-brise.

— Si tu as d'autres frères et sœurs, pourquoi es-tu revenu ici ? Ils n'auraient pas pu aider ta mère ?

La pause fut si longue qu'il eut peur de l'avoir offensé, mais Jackson finit par se racler la gorge.

— C'est une longue histoire.

David lui jeta un autre coup d'œil. Les lumières colorées du grand boulevard projetaient des ombres étranges et vives sur son visage, mais il y avait assez de lumière pour qu'il voie son expression troublée.

— Je suis un bon auditeur, affirma-t-il doucement.

Jackson lui adressa un faible sourire, puis il reporta son attention sur la route comme s'il lui était plus facile de répondre s'il ne le regardait pas.

— J'ai un frère. Travis. Et une sœur, Michelle.

— Ne vit-elle pas ici aussi ?

— Si, c'est vrai. Mais Mickey est... différente, dit-il, les lèvres tordues.

— Différente comment ?

— En gros, c'est une enfant gâtée. C'était la petite princesse de papa et elle n'est pas capable de gérer ce qui se passe avec notre mère. Dès que le diagnostic est tombé, je l'ai vue reculer. Ma mère a une sclérose en plaques, je te l'ai dit ?

— Non, mais ma mère l'a fait, répondit-il.

— J'oublie toujours qu'elles sont amies, dit-il en se frottant la tête avec sa main. Quoi qu'il en soit, quoi que ce soit concernant la maladie et Mickey disparaît. Même s'ils étaient proches, elle a fait pareil avec le cancer de mon père et elle recommence maintenant avec ma mère.

David se mordit la lèvre inférieure pour ne pas dire ce qu'il pensait et attendit que Jackson continue s'il le voulait.

— Je peux entendre les rouages tourner d'ici, David, dit-il avec une pointe d'ironie.

— Ce ne sont pas mes affaires, Jackson. J'essaye d'être une oreille amicale. Je n'ai pas à avoir une opinion que ce qui se passe avec ton frère et ta sœur. Je…

Il se força à s'arrêter. Il appréciait trop Jackson pour insister.

— Tu quoi exactement ? Je veux vraiment savoir.

David lui jeta un coup d'œil, mais il aurait pu sentir le regard fixe de son passager même s'il ne l'avait pas fait.

— Je ne pense pas qu'il soit juste que tu aies dû revenir t'occuper de ta mère parce que ton frère et ta sœur sont trop occupés ou ne peuvent pas le gérer. C'est tout.

Jackson garda à nouveau le silence et la nervosité fit frissonner les épaules de David. Les silences de cet homme le déconcertaient toujours. Il était habitué à un homme qui verbalisait tout sans se soucier de celui qu'il embarrassait ou blessait. Il pensait que ce n'était pas bien, mais ces silences pesants étaient presque pires.

— Je suppose que je ne me suis pas très bien expliqué, dit-il enfin. Ne te méprends pas. Mon frère et ma sœur sont des emmerdeurs, mais je suis rentré à la maison parce que je le voulais. Ma mère et moi avons toujours été proches, Travis et Mickey étaient à papa, mais j'étais à maman. Elle est la première personne à qui j'ai dit que j'étais gay parce que je savais qu'elle ne penserait pas moins de moi.

Il fit une pause et se racla bruyamment la gorge avant de continuer.

— Elle a toujours été mon roc. Je n'ai pas de problème à lui retourner la faveur maintenant. Oui, Travis est un enfoiré et Mickey une ratée, mais même si ce n'était pas le cas, j'aurais quand même déménagé. Ne le ferais-tu pas pour ta mère ?

— Si, bien sûr, acquiesça-t-il sans hésiter. Mais il y a une différence, je ne quitterais pas un bon boulot pour rentrer chez moi dans un bastion de connards conservateurs.

— Oui, eh bien, c'était juste un avantage secondaire, répliqua-t-il en poussant un soupir qui donnait l'impression de venir de son âme. Il était temps que je parte de toute façon.

David sentit son estomac se serrer en entendant sa triste déception. Il se rappela ce que Jackson lui avait dit, comment il avait compati avec lui sur la trahison de Trevor.

— Il y avait… quelqu'un ?

Jackson rit. Un rire sombre qui était tout sauf amusant.

— Je le croyais, mais nous n'étions pas d'accord sur la loyauté familiale. Et la fidélité, d'ailleurs. Il n'a pas tardé à trouver quelqu'un d'autre.

— Je suis désolé qu'il t'ait fait du mal.

— Je survivrai.

Il le ferait, réalisa David. Jackson survivrait, malgré ce que le destin lui réservait. Lui aussi apparemment.

— Donc, le bastion des connards conservateurs, dit Jackson, semblant avoir intentionnellement allégé son ton en changeant de sujet. Tu as réussi à te construire une carrière ici malgré eux.

— C'est seulement parce qu'ils s'attendent à ce que quelqu'un comme moi soit décorateur d'intérieur, répondit-il avec un rire juste légèrement tendu. Ou fleuriste. Ou danseur de ballet.

Il agita poignet, mais Jackson ne rit pas.

— Qu'est-ce que ça veut dire, quelqu'un comme toi?

— Allez, tu vois ce que je veux dire. Je ne suis pas exactement un pilier de la masculinité.

— Qui t'a dit ça? Ton enfoiré d'ex? s'exclama-t-il, ses sourcils arqués et froncés.

— Oui, lui. Et tous ceux que j'ai rencontrés en dehors de mon salon. Je sais qui je suis, Jackson, et cela ne me pose pas de problèmes. Je pense que les gens ne me causent pas de problèmes parce que je suis exactement ce qu'ils attendent de moi. Toi, en revanche, tu contestes leurs idées préconçues sur ce à quoi doit ressembler un gay.

— Pourquoi? Parce que je ne marche pas en sautillant dans la rue et que je ne pète pas des paillettes?

David rit, mais pas Jackson.

— Je déteste cette merde, dit-il avec une grimace. Tout le truc, paraître hétéro contre paraître gay. Qu'est-ce que ça veut dire? Crois-moi, je suis très gay. Le fait que je conduise un pick-up et porte une ceinture à outils n'a rien à voir avec autre chose que la façon dont je gagne ma vie.

— Mais tu leur ressembles avec le pick-up et la ceinture à outils et ça les fait flipper.

Jackson fronça les sourcils et David leva la main.

— Jackson, je suis de ton côté, tu te souviens?

— Oui, soupira-t-il fortement. Je pense juste que tu es très bien comme tu es.

— Merci, répondit David, la chaleur s'enroulant dans son ventre. J'aime bien ta ceinture à outils.

Cela fit rire son ami et le son réchauffa David.

— Ah, oui? répliqua-t-il, un sourcil levé.

— Absolument. Très sexy, assura-t-il en tournant dans sa rue en ralentissant. Alors, es-tu fatigué?

— Épuisé, répondit-il.

David ravala sa déception. Il allait l'inviter chez sa mère pour manger de la tarte, mais il comprenait qu'il devait être épuisé.

— Mais, c'est bizarre, poursuivit Jackson. Je suis éreinté, mais je n'ai pas sommeil. Cela n'a pas vraiment de sens, n'est-ce pas?

— Cela a toutes sortes de sens, dit-il en lui jetant un coup d'œil. As-tu faim?

Jackson eut l'air pensif pendant un instant avant de répondre.

— Oui, en fait. J'ai faim.

— Parfait, répondit David en souriant. Je peux arranger ça.

DAVID PASSA la porte d'entrée avec Jackson et si Beverley Snyder fut surprise de le voir avec son fils, cela ne se vit pas. Elle embrassa Jackson en lui frottant le dos entre les omoplates. Il resta raide dans ses bras pendant un moment, puis il leva une main et la tapota en retour.

— Comment va ta mère, chéri? demanda-t-elle en se reculant afin d'étudier son visage. Pas si bien, alors?

— Non, elle va bien, madame Snyder. Elle va s'en sortir. Elle ressemble un peu à une poupée de chiffon en ce moment.

— Que s'est-il passé?

— Elle a eu des vertiges. Les médecins nous ont dit que ça pouvait arriver. Elle était dans son bureau qui n'est qu'une petite pièce pleine de bazar. Lorsqu'elle s'est levée de son bureau, la chose la plus proche était une étagère. Elle n'a pas réussi à l'attraper et elle s'est cogné la tête en tombant.

— Oh, eh bien, s'exclama la mère de David en grimaçant.

Elle se recula en hochant légèrement la tête. David reconnut le geste et l'expression. C'était le visage de sa mère qui disait : « D'accord, allons-y ». Il l'avait vu lorsqu'il était enfant et n'avait pas fini son projet de sciences. Il l'avait vu lorsqu'on avait diagnostiqué le cancer de son père. Une fois sa peur et son chagrin passés, elle avait décidé d'en tirer le meilleur parti. Il l'a vu aussi lorsque son mari était mort et qu'il y avait eu des choses à faire. C'était ce qu'elle faisait, elle se mettait en action et elle avait apparemment décidé que Jackson avait besoin d'aide.

— Vous avez faim, les garçons ?

— Oui, maman. J'ai cru comprendre qu'il y avait de la tarte ?

— Il y en a une, répondit-elle, clairement contente. Tu aimes la tarte aux pommes, Jackson ?

— J'adore ça. C'est ma préférée.

Son sourire aurait pu illuminer le centre-ville. Elle ouvrit les placards au-dessus du plan de travail et prit deux assiettes à dessert.

— Tu l'aimes avec de la glace vanille ?

— Oui, madame, répondit-il avec un sourire fatigué.

— Assieds-toi, je vais la réchauffer.

Il s'assit de l'autre côté de la table et David s'assit à côté de lui, levant sa main sous la nappe pour toucher sa jambe. Elle semblait solide sous le denim.

— Comment tiens-tu le coup ? demanda-t-il doucement pendant que sa mère coupait la tarte et mettait des assiettes au micro-ondes.

— Ça va, dit-il, mais il avait l'air fatigué alors qu'il repoussait ses cheveux brun foncé épais hors de son front.

David remarqua que sa barbe était plus sombre sous sa pâleur. Il y avait des lignes tendues autour de sa bouche, mais il sourit à Beverley lorsqu'elle plaça une assiette devant lui avec une énorme part de tarte et de la glace à la vanille fondant sur la croute sucrée. Elle plaça une part tout aussi énorme devant son fils.

— Maman, c'est trop ! gémit-il.

— Si tu ne peux pas la finir, moi je peux, dit Jackson en coupant sa tarte avant d'enfourner la bouchée dégoulinante de cannelle et de crème glacée à la vanille dans sa bouche.

— C'est incroyable, madame Snyder.

— Merci, Jackson.

Elle essuya des miettes sur le plan de travail, sortit une tarte entière, la couvrit de papier d'aluminium et la plaça sur la table devant Jackson.

— Tu emportes ça chez toi et ta mère et toi pourrez la partager.

— Merci, madame, dit-il en fixant l'assiette couverte. Je sais qu'elle aimera ça.

— De rien, dit-elle en s'essuyant rapidement les mains. Maintenant, prenez votre temps et appréciez. Je vais aller regarder les infos et faire une liste de courses. Je te préparerai quelques plats que tu pourras réchauffer. David et moi les ramènerons demain.

— Vous n'avez pas à faire ça.

— Si je pensais que je devrais le faire, je ne le ferais probablement pas, dit-elle en lui frottant l'épaule en passant avec un doux sourire. Tu auras suffisamment à faire, chéri. Laisse-moi faire cela.

Il acquiesça d'un signe de tête, à contrecœur, et elle sortit de la pièce en rayonnant.

— Elle est toujours comme ça? demanda-t-il en la fixant.

— En fait, c'était plutôt décontracté, répondit David en riant. C'est une force de la nature.

— Elle est incroyable, dit-il en se penchant pour attraper la main de David en le regardant dans les yeux. Tu es incroyable.

— Je suis content que tu le penses, mais je n'ai pas fait grand-chose, répondit David en rougissant.

— Ne le minimise pas, dit Jackson en secouant la tête. Tu m'as conduit aux urgences. Tu es resté assis à m'attendre toute la soirée et tu m'as empêché de frapper mon crétin de frère. Puis, tu m'as ramené ici pour la meilleure tarte aux pommes que j'aie jamais mangée de ma vie.

— Je ne peux pas m'attribuer le mérite de la tarte.

— Je ne pense pas que tu t'attribues le mérite de quoi que ce soit.

David avait toujours détesté sa propension à rougir, mais jamais autant que maintenant.

— Tu rougis, dit Jackson en souriant lentement. Tu fais ça souvent.

— Bon sang, je sais, répondit-il en détournant le regard. C'est gênant.

Jackson glissa ses doigts dans ceux de David et lui serra la main. Il se pencha jusqu'à ce que sa bouche se retrouve à quelques centimètres de l'oreille de son ami.

— J'apprécie cela, chuchota-t-il. Presque autant que je t'apprécie.

— Je t'apprécie aussi, dit David en se mordant la lèvre, le cœur battant.

— Bien, dit-il en passant son pouce sur le côté de l'index de David.

Oui, pensa ce dernier. Ça l'était certainement.

Les lampadaires projetaient des ombres tachetées sur le sol tandis que la lumière filtrait à travers la canopée au-dessus de la rue. Les arbres avaient encore suffisamment de feuilles pour que leurs ombres se déplacent dans la brise légère, faisant un doux bruissement. Le pick-up de Jackson était toujours garé dans l'allée de David, donc celui-ci se gara devant sa maison. Ils sortirent, Jackson équilibrant une tarte aux pommes entière sur sa main.

— Ta mère n'avait pas à faire ça, dit-il en levant le plat couvert.

— Tu pourrais retourner là-bas et le lui dire, le taquina David.

— Non, je ne pense pas, répondit-il en gloussant.

— Prépare-toi à plus pour demain.

— J'ai compris, je crois, répondit Jackson en souriant. C'est une gentille femme.

— Oui, elle l'est, répondit-il, totalement d'accord.

Ils traversaient le trottoir lorsque le bruit de bruissement sembla s'intensifier. David savait exactement ce qu'il entendait et il sourit.

Bootsy courut vers eux et se dressa sur ses pattes arrière, se balançant et dansant, un sourire heureux sur son visage de petit chien.

— Eh bien, bonjour, dit Jackson en regardant le petit corgi, son sourire s'étendant jusqu'à ses yeux pour la première fois depuis qu'ils avaient quitté l'hôpital.

— Salut, Bootsy, dit David en se penchant pour le gratter derrière ses grandes oreilles pointues. Tu fais une autre fugue ?

— Bootsy ? répéta Jackson en grimaçant. C'est juste moche.

— Oui. Le pauvre garçon doit être gêné.

Il se redressa lorsque Jordyn appela le chien depuis son porche. Bootsy l'ignora, levant les yeux vers les deux hommes, sa langue pendante sortant de sa gueule.

— Tu ferais mieux d'y aller avant de nous attirer des ennuis, mon pote.

Comme s'il comprenait, le corgi jeta un coup d'œil par-dessus son épaule poilue. Lorsque Jordyn l'appela de nouveau avec plus de force que la première fois, il soupira et se dirigea à contrecœur vers sa maison.

— Un de tes amis ? demanda Jackson en riant.

— Oh oui, nous sommes proches, lui répondit David en lui faisant une grimace. S'il y avait un moyen de ne pas me faire prendre, je le volerais.

— Si près de chez lui, ils s'en rendraient compte. Il est vraiment mignon. Il t'aime bien, dit-il pendant qu'ils traversaient la pelouse en regardant David.

— C'est entièrement réciproque.

Jackson déverrouilla son véhicule, ouvrit la portière et plaça la tarte sur le siège passager. Il glissa ensuite ses mains dans les poches de sa veste et étudia le visage de David pendant un long moment en restant à l'abri de la portière ouverte.

— Donc, tu sais déjà que je t'aime bien aussi, dit-il.

Sa voix était basse, mais David entendit les mots clairement. Il sourit doucement alors que son cœur battait fort contre ses côtes.

— Ce sentiment est tout à fait réciproque aussi.

— Viens ici, dit Jackson, sa voix tombant dans un timbre plus profond et envoyant un frisson sur les épaules de David.

Il s'approcha et Jackson tendit une main vers son côté avant de le serrer dans ses bras. David voulait l'embrasser, mais il choisit de prendre ce qu'il pouvait obtenir de l'étreinte. Il oublia tout à part le plaisir en sentant la poitrine dure contre la sienne et ses bras autour de lui.

— Merci, David, chuchota Jackson à son oreille d'une voix rauque. Pour avoir été là ce soir. Pour ta mère.

— De rien, répondit-il en glissant ses mains autour de la taille de Jackson pour lui rendre son étreinte.

Il se réjouit de la sensation de sa taille élancée et des muscles forts le long de sa colonne vertébrale. Puis, il ferma les yeux, inhalant le parfum de cet homme : l'eau de Cologne, le savon et le souvenir du travail acharné traînant sur sa peau. Son sexe commença instantanément à se raidir. Surpris, il essaya d'incliner brusquement ses hanches en arrière et de s'éloigner.

Jackson se recula sans le relâcher et le regarda dans les yeux.

— Où vas-tu ?

— Humm…

David savait que son visage devait être rouge vu la chaleur qu'il ressentait et il pria pour qu'il fasse assez sombre pour que cela ne se voie pas. Sa capacité à former une phrase semblait l'avoir abandonné et il hésita.

Jackson l'étudia dans un autre de ces silences longs et pesants. Finalement, il glissa sa main ouverte sur le dos de David, passant par la taille jusqu'à la base de sa colonne vertébrale. Il le tira franchement vers lui en poussant ses hanches vers l'avant et David inspira lorsqu'il sentit une dureté lui répondant derrière la fermeture éclair de son ami.

— Oh.

— Oui, oh. C'était vraiment gênant lorsque j'étais assis à la table de cuisine de ta mère à regarder ta langue chaque fois que tu léchais ta fourchette.

— J'ai fait cela ? Je… euh… tu l'as fait ?

— Oui.

— Pourquoi ?

— Pourquoi ? répéta Jackson, surpris. C'est quoi cette question ?

— Je… je veux dire, tu es… toi et je suis… dit-il en hésitant.

Il plissa les yeux, leva une main et prit la mâchoire de David dans sa paume, son doigt calleux se déplaçant lentement sous sa lèvre inférieure. Pour la première fois de sa vie, ce dernier comprit ce que c'était que d'avoir le souffle coupé.

— Je ne sais pas ce que la voix dans ta tête te dit ou qui tu entends, mais tu dois l'ignorer, murmura-t-il en appuyant son pouce sur la douceur des lèvres de David qui se séparèrent sous la pression. Je te trouve très sexy, David Snyder. Très très sexy.

Il n'aurait rien pu dire de plus choquant. Lorsqu'il glissa sa main autour de sa nuque, emmêlant ses doigts dans les cheveux au-dessus de son cou, David s'alanguit sous la caresse. Jackson le tira vers l'avant en inclinant la tête et David bascula la sienne en arrière. Jackson se pencha, puis fit une pause alors que leurs lèvres étaient à peine écartées de trois centimètres et son compagnon frissonna en sentant son haleine chaude sur ses lèvres.

— Je vais t'embrasser, maintenant, d'accord ?

— Oh, bon sang, oui, haleta David. S'il te plaît.

La bouche de Jackson s'incurva dans un doux sourire avant qu'il franchisse la distance entre eux, pressant ses lèvres sur celles de David, et celui-ci se rendit compte qu'on pouvait vraiment sentir quelqu'un sourire contre sa bouche. C'était doux et tendre, peut-être le baiser le plus doux qu'il ait jamais reçu et ses orteils se recroquevillèrent. Il serra la veste de Jackson et gémit doucement lorsque la langue de celui-ci toucha furtivement sa lèvre supérieure. Il ouvrit la bouche, désespéré de sentir sa langue le remplir, mais Jackson se rétracta en soupirant doucement.

— Bien que je déteste cela, je dois y aller, chuchota-t-il. Je dois rentrer chez moi et nettoyer ce tapis. Cela ne peut pas ressembler à cela lorsqu'elle rentrera à la maison.

Il parvint à ne pas soupirer de déception, mais ce fut dur.

— Bien sûr, je comprends, assura-t-il.

Son sexe non, mais il devrait s'en remettre.

— Je préfèrerais rester, crois-moi, dit Jackson.

Il fit glisser sa main plus bas et enfonça ses doigts le long du pli des fesses de David, les enroulant infailliblement sur son coccyx. Ce dernier se mordit les lèvres lorsqu'il roula ses hanches vers l'avant, se pressant contre son aine. Il s'arrêta brusquement, fit un pas en arrière, ses mains restant tendues pendant un moment avant qu'il les ôte lentement du corps de David.

— Je dois y aller, répéta-t-il comme s'il tentait de se convaincre. Je le dois vraiment.

— Je sais, dit David en se forçant à faire un pas en arrière, puis un autre afin de quitter la sécurité de la portière ouverte.

Jackson la ferma derrière lui. Puis il regarda David et le regret était clairement visible sur ses traits.

— Appelle-moi demain lorsqu'ils t'auront donné l'heure de sa sortie, dit David. Je viendrai.

Il hocha la tête et contourna le grand véhicule par l'arrière, ouvrant la portière côté conducteur avant de s'arrêter à nouveau.

— Merci, dit-il d'une voix douce et profonde résonnant dans la quiétude du soir.

— C'est normal. On se voit demain.

Il lui adressa un sourire fugace, puis monta dans le pick-up. David fit marche arrière, les bras serrés sur sa taille tandis que le gros moteur rugissait, puis Jackson se mit en route.

Il le regarda rouler jusqu'au coin de la rue, les feux arrière devenant de plus en plus petits jusqu'à ce que le véhicule tourne. Il monta les marches de son porche, priant ardemment pour que Jackson n'ait pas changé d'avis avant de le revoir.

Il y eut un claquement aigu derrière lui et il virevolta, la main sur la poignée de sa porte. Il fixa les ombres qui tapissaient sa pelouse et l'obscurité presque totale de l'allée de son voisin qui longeait sa maison, le souvenir lui revenant... lorsqu'il avait imaginé Trevor assis quelque part à le regarder, lui et la vitre cassée de sa voiture ; Rien ne bougeait, mais il savait qu'il était exposé, debout dans la lumière du porche. Il déverrouilla sa porte, les mains tremblantes.

Il ne se sentit pas en sécurité tant qu'il ne fut pas à l'intérieur, la porte de nouveau verrouillée derrière lui et les stores baissés, bloquant la vue dans sa maison.

Son pouls mit du temps à revenir à la normale.

XI

— BON SANG, maman, il y a assez de nourriture pour un régiment, s'exclama-t-il en chargeant une autre casserole dans son emballage molletonné à l'arrière de sa voiture.

Il en avait déjà chargé trois avec un panier à pique-nique rempli de petits pains, de brownies et d'une tourte. Il y avait aussi un petit sac isotherme avec un contenant de salade de pommes de terre.

— Quand as-tu eu le temps de faire tout cela? demanda-t-il en lui prenant une mijoteuse des mains.

— Hier soir et ce matin.

Il sentit une odeur s'échapper de ce qu'il tenait et l'arôme lui mit l'eau à la bouche.

— C'est la soupe italienne, n'est-ce pas? dit-il avant de faire une pause pour inspirer profondément l'odeur.

— J'ai pensé que ce serait plus facile pour ce soir, dit-elle en fermant la porte de derrière. Ce pauvre garçon a déjà bien assez à faire.

David plaça la mijoteuse dans la voiture et ferma le hayon en soupirant. C'était l'euphémisme du siècle.

Trop fatigué la nuit précédente et trop occupé à revivre chaque moment du premier baiser le plus étonnant qu'il ait jamais reçu, il avait passé la matinée à débarrasser son salon des boîtes à pizza, assiettes en carton et bouteilles de bière vides. Une fois qu'il avait eu fini, il avait fait nerveusement les cent pas, sursautant chaque fois que son téléphone sonnait. Il avait eu de brèves conversations avec Gil et Michael, les deux s'inquiétant pour Jackson et sa mère. Il avait raccroché chaque fois aussi vite que possible sans être grossier, leur donnant une esquisse de ce qui s'était passé et leur promettant de les rappeler plus tard. Jackson ne l'appela qu'après onze heures pour l'informer que l'hôpital laissait sortir sa mère à midi. Soulagé, il ramassa son trousseau de clés et sortit précipitamment de sa maison.

Jackson l'accueillit avec un sourire chaleureux, atténuant la peur étouffante qui avait tenu David éveillé la majeure partie de la nuit, la peur que son ami cherchait du réconfort lorsqu'il l'avait embrassé, qu'il ne pensait pas vraiment ça et qu'il ne pouvait pas désirer quelqu'un d'aussi moyen que lui. Jackson n'était clairement pas moyen. Du tout. Il avait presque réussi à se convaincre lui-même que l'érection de l'autre homme était le résultat de la gratitude, même s'il savait que c'était presque impossible. Il était nerveux lorsqu'il s'était arrêté devant la maison. Puis, Jackson lui avait souri en montant dans sa voiture et la peur avait disparu de son sang, remplacé par une sensation de vertige.

Cela dura jusqu'à ce que Jackson apparaisse poussant le fauteuil roulant de sa mère à travers les immenses portes coulissantes de l'hôpital et que David voit la colère et l'inquiétude qu'il essayait, sans succès, de cacher. Il en comprit la source lorsque Shirley ne put pas se lever et que son fils la souleva de la chaise.

Il se dépêcha d'aider, tenant la portière ouverte, prêt à intervenir si son ami avait besoin de lui. Lorsqu'elle fut installée, sa ceinture de sécurité attachée, David vit bien son visage. L'épais pansement autour de sa tête recouvrait ses cheveux, mais on voyait ses traits et elle était presque aussi blanche que la gaze. Mais le plus alarmant, c'était son expression confuse et lointaine.

David se tourna vers Jackson dès qu'ils eurent refermé la portière derrière elle.

— Elle va bien?

— Elle a l'air d'aller bien?

David fit un pas en arrière, piqué, mais Jackson tendit aussitôt la main.

— Je suis désolé, David.

— C'est bon.

— Non, ça ne l'est pas, soupira-t-il. Rien de tout cela n'est de ta faute, je suis…

Il se tut et passa rudement sa main dans ses cheveux épais. David avait remarqué qu'il faisait cela lorsqu'il était frustré.

— Non, elle ne va pas bien, mais ils la font sortir quand même. Fichue assurance, cracha-t-il et David prit sa main et la serra fortement pendant un moment.

— Je comprends, dit-il en baissant la voix. Mon père.

C'était un des pires moments de l'épreuve de la perte de son père. Entendre un laquais de l'assurance décrire une transplantation rénale comme une « chirurgie élective » avait été exaspérant. Oh oui, il comprenait.

Jackson lui pressa la main en retour, soutenant son regard.

Il n'y eut pas beaucoup de conversation pendant qu'ils ramenaient Shirley chez elle. Son fils s'était assis à côté d'elle sur le siège arrière, perché sur le bord, la main sur son épaule, et elle somnolait. Si David n'avait pas déjà éprouvé de sentiments pour lui, il en aurait éprouvé à cet instant. Il avait du mal à respirer profondément tant son cœur était lourd et douloureux pour lui.

L'hôpital lui avait fourni un déambulateur, mais elle s'agitait si on en parlait. Par conséquent, chacun d'eux la prit par un bras et ils la guidèrent prudemment sur l'allée, puis l'aidèrent à atteindre son salon. Lorsqu'elle s'effondra dans un petit rocking-chair pivotant, rose, David se surprit à se demander comment son fils allait la mettre au lit tout seul, ce soir-là.

— Ma mère a préparé des repas pour vous deux, dit-il lorsque Jackson le raccompagna à sa voiture. Mais vous préférez peut-être ne pas avoir de compagnie aujourd'hui.

— Non, c'est bon, dit-il en jetant un coup d'œil vers la maison, les bras croisés au-dessus de sa poitrine.

Ses mains étaient si serrées sur ses biceps que ses jointures étaient blanches. C'était une posture défensive difficile à voir pour David.

— Je sais qu'elle aimerait voir ta mère et franchement, ce qu'elle a fait devrait être mieux que tout ce que je pourrais faire.

— J'ai l'impression de t'abandonner, dit David en regardant la maison.

— Ce n'est pas le cas, répondit-il, sa posture se détendant un peu. Pars. On se revoit plus tard.

David voulut l'embrasser, mais le voisin d'à côté sortit à ce moment-là pour tondre sa pelouse, alors il toucha brièvement son bras en passant avant de monter dans sa voiture.

LORSQU'IL ARRIVA avec sa mère à la petite maison de Shirley, une Audi noire sportive avec une bande blanche était garée le long du trottoir. Il l'étudia pendant un moment en arrivant dans l'allée et espéra que l'onéreuse petite voiture n'appartenait pas à Travis.

Sa mère sortit de la voiture et elle s'avança jusqu'au porche. Même s'il faisait frais, la porte de la maison était ouverte derrière l'écran. David regarda par-dessus l'épaule de sa mère et jeta un coup d'œil dans le salon sombre. Shirley Henry n'avait pas bougé de son fauteuil. Elle avait un plaid tricoté sur les jambes et la télévision était allumée, mais ses yeux étaient fermés. Jackson n'était nulle part en vue.

Il tendait la main vers sa poche afin de prendre son téléphone pour appeler son ami lorsque Beverley tendit la main et tapota fermement sur la porte-écran.

— Oui ? dit Shirley en levant la tête et regardant autour d'elle.

— C'est Beverley Snyder, dit la mère de David. Puis-je entrer ?

— Oh, Beverley, dit Shirley en ayant l'air de vouloir se lever.

Beverley franchit si rapidement la porte-écran que David en fut stupéfait. Elle se dirigea vers son amie et posa sa main sur son épaule.

— Ne t'avise pas de sortir de ce fauteuil, la réprimanda-t-elle doucement, mais avec de l'acier dans son ton. Ton fils aurait ma tête si tu tombais à nouveau parce que tu essayais d'ouvrir la porte.

Elle se pencha et prit une des mains de Shirley.

— Comment vas-tu, ma chère ? demanda-t-elle ensuite.

— Je me suis cognée, répondit la mère de Jackson en la regarda, son expression perdue déchirante.

— C'est ce que j'ai entendu. C'est douloureux ?

— J'ai un peu mal à la tête, dit-elle en posant une main tremblante sur le bandage au-dessus de ses yeux.

— J'imagine que oui. Où est Jackson, chérie ?

— Je crois qu'il parle à quelqu'un, dit-elle en clignant des yeux avant de les fermer. Je ne sais pas qui…

David entendit des voix venant d'une autre partie de la maison alors qu'il refermait la porte-écran derrière lui. Elles n'étaient pas fortes et il doutait qu'elles aient dérangé Shirley pendant sa sieste. Cependant, elles l'étaient assez pour qu'il puisse les entendre clairement.

— Tu ne peux pas rester ici même quelques heures par jour ? demanda Jackson, semblant exaspéré.

— J'ai les filles, Jackson. En plus, c'est pour cela que tu es rentré à la maison.

Sa voix était désagréable et David de l'aimait pas.

— Je dois travailler, Mickey, répliqua-t-il.

Donc, c'était sa sœur.

— Pourquoi ? Vis avec l'argent que papa a laissé. Tu n'as pas à travailler. Si tu penses que tu le dois, tu pourrais toujours engager quelqu'un pour être ici avec maman pendant la journée. C'est gênant pour moi en ce moment.

— L'argent est à maman, Mickey, pas à moi. Je n'y toucherai pas.

Il avait l'air fatigué alors que David voulait qu'il soit en colère. Il l'était pour lui.

— Eh bien, c'est stupide. Il l'a laissé pour ses soins. Si tu veux être un martyr, c'est ton choix. Je viendrai si je peux, mais je ne promets rien.

Les voix se rapprochèrent et, quelques instants plus tard, une femme svelte aux longs cheveux noirs sortit du couloir. Si elle fut surprise de trouver des gens dans le salon de sa mère, elle ne le montra pas. Elle se dirigea vers Shirley, saisit une de ses mains et se pencha en avant pour lui parler.

— Je viendrai te voir dans la semaine, maman, dit-elle en parlant si fort que sa mère tressaillit.

David étudia la femme sans passion, la comparant à ses frères. Il supposa qu'elle était jolie d'une manière artificielle. Coupe de cheveux chère, manucure française, jean coûteux et une veste en cuir courte et ajustée. Elle lui rappelait un peu Juanita, mais son visage ne contenait ni l'humour, ni la chaleur de l'autre femme.

— J'ai un emploi du temps chargé avec les filles, mais je vais essayer de m'en sortir.

— J'adorerais voir les filles, soupira Shirley.

— Oh, maman, je ne peux pas les amener ici tant que tu as ce gros bandage sur la tête. Ça leur ferait peur.

La main de Shirley dériva vers sa tête et il vit qu'elle tremblait. Il voulait aller près d'elle et la serrer dans ses bras afin qu'elle ait l'air moins fragile.

— Bien sûr, accepta-t-elle en laissant sa main retomber sur ses genoux.

— Michelle, dit Beverley.

David reconnut le ton de la voix et jeta un coup d'œil à Jackson. Il se tenait non loin de lui, sur la défensive, les bras croisés, le regard rivé sur le sol. Il se demanda s'il ne devait pas l'avertir de ce qui allait se passer, mais il ne pouvait pas attirer son attention sans que cela se voie. Il étouffa un sourire pendant que sa mère parlait.

— Chérie, quel âge ont tes filles ?

— Elles ont huit et dix ans, répondit Michelle en se redressant, se tournant vers la mère de David. Nous nous sommes déjà rencontrées ?

— Je suis Beverley Snyder. Voici mon fils, David, dit-elle en faisant un geste, Michelle lui jetant un coup d'œil sans intérêt. Ta mère et moi sommes devenues amies au Garden Club. Je t'ai rencontrée à la cérémonie à la mémoire de ton père.

— Oh, répondit-elle, rejetant aussi Beverley, que David vit se hérisser.

Beth était peut-être plus franche que sa mère, mais celle-ci n'était pas en reste lorsqu'elle était irritée. Cela risquait d'être intéressant.

— Tu sais, Michelle, il n'y a vraiment pas besoin de protéger les enfants lorsqu'ils ont l'âge de tes filles, continua-t-elle en levant le menton.

La fille de Shirley cligna des yeux. David se demanda si quelqu'un d'autre que Jackson avait dit à Mickey ce qu'ils pensaient.

— Je vous demande pardon ?

Si les voix pouvaient causer des engelures, la sienne l'aurait fait.

— Dis-leur que leur grand-mère est tombée et s'est cogné la tête, reprit Beverley sans se laisser dissuader. Cela pourrait faire du bien à ta mère de voir ses petits-enfants, tu ne crois pas ? Tu pourrais le faire, n'est-ce pas ? À moins que ta situation ait changé récemment et que tu aies repris un travail ?

Beverley la fixa avec impatience, Michelle donnant, pour sa part, l'impression d'avoir été giflée.

— Je vais voir ce que je peux faire. Mais je dois y aller, maintenant. Au revoir, Maman, dit-elle en lui serrant la main avant de reculer.

David réalisa que ce n'était pas les petites filles qui auraient un problème avec l'épais bandage. Jackson lui avait raconté comment sa sœur gérait la maladie et il voyait bien ce qui se passait dans le salon bien rangé.

Michelle partit rapidement et son frère la suivit. David échangea un long regard avec sa mère.

— Je vais commencer à apporter la nourriture, lui dit-il.

— Ce serait bien, répondit sa mère en se penchant vers son amie afin de lui demander doucement quand elle avait pris son dernier antalgique.

Il sortit, déterminé à se rendre à sa voiture et à s'occuper de ses affaires. Mais il sut que c'était impossible dès qu'il passa la porte d'entrée.

Jackson était debout dans la rue, échangeant vivement avec sa sœur par la vitre ouverte de sa voiture sportive. Il n'entendait pas exactement ce qui se disait, mais il n'en avait pas besoin. Il ouvrit le hayon de son véhicule et commença à décharger, un œil sur le petit drame se déroulant dans la rue. Il était presque à la porte avec une casserole lorsque la petite voiture démarra avec un petit crissement de pneus et s'éloigna. Jackson resta debout à la regarder partir. David eut envie de le prendre dans ses bras et de lui chuchoter des mots apaisants de réconforts en voyant l'épuisement et la déception sur son visage.

Est-ce qu'il avait fait cela toute sa vie ? Prendre des coups de sa famille, se forcer à accepter leurs fautes ?

Jackson s'aperçut que David attendait à quelques pas du porche et il vint le voir, prenant un des plats sans rien dire. David ne dit rien non plus.

La cuisine de la modeste maison était petite et pittoresque et, heureusement, il n'y avait pas grand-chose dans le réfrigérateur. David posa sa casserole à l'intérieur.

— Y a-t-il d'autres choses à porter ? demanda Jackson.

— Oui, il y en a plus, répondit-il avec un soupir ironique. Tu n'auras pas besoin d'aller faire des courses pendant une semaine.

— Tu es sérieux ?

— Totalement sérieux.

— Bon sang, s'écria Jackson en lui jetant un coup d'œil lorsqu'ils arrivèrent à la voiture pleine. Pourquoi a-t-elle cuisiné autant ?

— Pour le débarquement en Normandie, répliqua David en soulevant la mijoteuse avant de lui tendre.

Il ne la lâcha pas lorsque Jackson la prit et attendit qu'il lève les yeux. Il avait l'air hagard.

— Que puis-je faire ? murmura-t-il.

Jackson déglutit et se tut pour une autre de ses longues pauses.

— Tu le fais déjà, répondit-il finalement. Tu es là.

— JACKSON, CHÉRI, dit Beverley, deux heures plus tard. Aimerais-tu que j'aide ta mère à se préparer pour se coucher ?

— Oh, vous n'avez pas besoin de faire cela, répondit-il rapidement. Je peux m'en occuper.

Beverley le fixa droit dans les yeux. Ce n'était pas méchant, mais nécessaire.

— As-tu déjà aidé ta mère dans la salle de bains ou à changer ses vêtements ?

— Non, madame, répondit-il avec hésitation.

— Alors je doute qu'elle soit très à l'aise avec toi. Permets-moi de le faire, d'accord ?

— D'accord, dit-il en regardant sa mère qui dormait dans son fauteuil. Merci.

— Maintenant, où est ce déambulateur ? dit-elle en se levant.

Ils trouvèrent l'appareil et le placèrent devant le fauteuil, puis Beverley réveilla doucement son amie.

— Tu dois te coucher, chérie. Viens.

Shirley commença à se plaindre à propos du « fichu déambulateur », mais Beverley ne voulut rien entendre.

— Donc, tu veux que Jackson te porte, c'est ça ? Parce que c'est l'alternative, Shirley. Avec le déambulateur, tu peux au moins faire cela toute seule.

Ce raisonnement fit l'affaire. La mère de David mit une main sous le bras de Shirley et en rapprochant le déambulateur plus proche, elle réussit à se mettre debout. Jackson rôdait autour, mais elle réussit à le faire toute seule. Elles commencèrent à se diriger doucement vers le couloir et Beverley jeta un coup d'œil sévère à Jackson.

— Va manger.

Il ne bougea pas jusqu'à ce qu'elles aient ouvert et refermé la porte de la salle de bains.

— As-tu mangé quelque chose aujourd'hui ? demanda David en se levant.

— Non, répondit-il après une pause.

— Viens, alors, dit-il en soupirant. Soit tu le fais tout seul, soit elle restera assise ici et surveillera chaque bouchée que tu prendras.

— Mec, ta mère est trop autoritaire.

— J'ai remarqué, répliqua-t-il avec un rire ironique.

Ils entrèrent dans la cuisine, Jackson avançant d'un pas traînant. David sortit un bol et le remplit de soupe, espérant que cela aiderait son ami.

— Tu n'en prends pas ?

Il était si près de David que celui-ci sursauta. Il tourna la tête et trouva le visage de Jackson à quelques centimètres du sien.

— Ma mère l'a faite pour toi.

— Il y en a pour tout le quartier, répliqua-t-il en se penchant sur l'épaule de David, regardant la mijoteuse. Ça sent extraordinairement bon. Qu'est-ce que c'est ?

— Une soupe italienne.

— Mange avec moi, d'accord, murmura Jackson à son oreille, pressant son corps dur contre lui de ses omoplates jusqu'à ses genoux. Ainsi, je ne mangerai pas seul.

— D'accord, répondit David, pensant qu'avec lui si près, il accepterait n'importe quoi.

Ils s'assirent l'un en face de l'autre à la petite table de la cuisine, mangeant la riche soupe savoureuse et prenant des petits pains dorés dans une boîte en plastique ouverte entre eux. La lumière dorée du luminaire créait l'illusion d'intimité, une oasis de chaleur coupée de la nuit froide et sombre à l'extérieur des fenêtres. Ils ne parlèrent pas beaucoup, mais le sentiment de complicité donna envie à David de vouloir cela dans sa vie.

Trevor et lui n'avaient jamais vraiment préparé le dîner à la maison ; ils mangeaient beaucoup à l'extérieur parce que leurs horaires étaient contradictoires et que c'était plus facile. Se faire livrer et manger devant l'énorme télévision était ce qui se rapprochait le plus d'un repas à la maison, pour eux. Il n'arrivait pas à penser à une seule fois où ils auraient partagé un repas sur la table en chrome et en verre d'un prix ridiculement élevé dans la cuisine de l'appartement. David avait toujours voulu cela : dîner à une table de cuisine comme chez lui alors qu'il grandissait. Il fixa sa soupe. Son corps souffrait de vouloir être avec Jackson, tous les jours, tout le temps.

Il sursauta quand une grande main chaude recouvrit la sienne sur l'affreux formica de la table. Il leva les yeux sur le regard bleu épuisé.

— Qu'est-ce qui ne va pas ? demanda Jackson d'une voix fatiguée, mais douce.

Le son glissa le long de sa colonne vertébrale de David comme une caresse et son sexe se contracta. Ce n'était pas le moment, pas avec sa mère dans le couloir.

— Rien, répondit-il, rapidement.

— Essaye encore, dit son ami en haussant un de ses sourcils sombres, son pouce calleux se déplaçant sur ses jointures.

— Je suis… préoccupé par ta mère, improvisa David.

— Moi aussi. Mais tu avais l'air… triste.

— Non, vraiment je vais bien.

Jackson n'avait pas l'air convaincu, mais Beverley entra dans la pièce à ce moment-là. Elle prit un verre d'eau glacée et elle tira une chaise et s'installa, ignorant les mains qui se tenaient sur la table.

— Elle dort déjà, dit-elle avant que Jackson puisse poser la question. La pauvre est épuisée. Un hôpital n'est pas un endroit pour se reposer. Je pense que c'est pour ça que ses mains tremblaient tellement. Ça et le coup terrible sur la tête.

— C'est ce qu'a dit le docteur des urgences, répondit Jackson en repoussant son bol vide sur le côté. Nous devrions nous attendre à ce que le traumatisme à la tête augmente les symptômes de la sclérose en plaques pendant quelques jours.

— Je pensais que ça devait être le cas, dit Beverley en pinçant les lèvres, ses mains enroulées autour du verre. Pardonne-moi, Jackson, mais je n'ai pas pu m'empêcher d'entendre une partie de ta conversation avec ta sœur plus tôt.

Il ne réagit pas, sauf par une tension au niveau de la commissure de ses lèvres. David entrelaça leurs doigts et ceux de son ami étaient chauds et solides entre les siens.

— J'ai pris soin du père de David, dit-elle. Je parle d'expérience lorsque je dis que je sais combien c'est difficile d'être un aidant à temps plein. J'ai une idée, si cela ne te dérange pas que je te dise ce que je pense.

— Ne le prenez pas mal, Beverley, mais je doute de pouvoir vous arrêter, répliqua-t-il, son visage se détendant et affichant un sourire épuisé et résigné.

— Tu as raison, murmura David en serrant sa main.

Le petit sourire de son ami fut la seule récompense dont il avait besoin.

— Chut, toi, lui dit sa mère avant de reporter son attention sur Jackson, sa voix douce, mais insistante. Tu avais raison lorsque tu as dit que tu devais travailler. Tu ne peux pas abandonner ton gagne-pain pour prendre soin de ta mère. Je sais que tu t'inquiètes pour elle, mais j'espère que tu me permettras de t'aider.

— Vous avez déjà beaucoup aidé. Avec la nourriture, je veux dire.

— C'est facile de faire ça, répondit-elle avec un geste désinvolte de la main. C'est le reste qui est difficile. La lever et l'habiller, lui faire prendre ses médicaments, s'assurer qu'elle est stable sur ses pieds. S'assurer qu'elle utilise ce satané déambulateur, qu'elle le veuille ou non. Ce niveau de soins est très chronophage.

Jackson lâcha la main de David avec une pression, puis il plaqua ses paumes sur la vieille table, ses doigts tendus. Les extrémités étaient blanches là où il les pressait sur la surface.

— Je peux faire ça, répondit-il, semblant légèrement sur la défensive.

Cependant, David savait qu'il n'avait pas dissuadé sa mère.

— Bien sûr que oui, assura-t-elle. Mais pendant que tu le fais, tu ne peux rien faire d'autre. Je le sais, crois-moi. Je ne fais rien d'autre en ce moment que m'occuper de mon jardin. Je peux prendre soin de ta mère dans la journée et, ainsi, tu peux continuer à travailler.

Jackson appuya encore plus fort ses doigts sur la table et David se demanda s'il s'en rendait compte.

— Je ne peux pas vous laisser faire cela, murmura-t-il, finalement. Pas sans vous payer.

— Jackson, je t'apprécie beaucoup et il est clair que David aussi, mais tu es sur le point de me vexer, dit-elle, une lueur d'acier dans les yeux.

Ce dernier savait que son visage et ses oreilles étaient probablement rouges.

— C'est une belle offre, Beverley. Je sais que ma mère est à l'aise avec vous, mais...

— Mais quoi ?

Il resta silencieux pendant une autre de ses longues pauses.

— Je suis censé m'occuper d'elle, dit-il enfin. Je suis ici pour cela. C'est pour cela que je suis revenu.

— Est-ce ce que ta mère voudrait, Jackson ? demanda-t-elle en tendant la main à travers la table pour la poser doucement sur son bras.

Sa pomme d'Adam sursauta lorsqu'il déglutit.

— Je sais qu'elle n'était pas contente que tu déménages. Ne te méprends pas, dit-elle vivement lorsqu'il se raidit. Elle adore t'avoir ici, mais elle déteste que tu te sentes obligé de le faire.

— Elle vous a dit ça ?

— Shirley est une personne fière, acquiesça-t-elle. Elle ne pourra pas se laver sans aide pendant les prochaines semaines. En ce moment, elle ne peut même pas aller aux toilettes toute seule. Tu es son bébé, chéri. Le fait que tu prennes soin d'elle à ce niveau va s'avérer embarrassant pour vous deux. Apprécierais-tu qu'elle t'aide à prendre ton bain ?

— Non, répondit-il après avoir fixé la table pendant de longues secondes.

Un silence gêné s'installa dans la cuisine, puis Beverley reprit finalement la parole.

— À propos de cela, j'ai des choses à faire chez moi, dit-elle. Nous pourrions faire un échange de services. Je prendrai soin de Shirley pour toi pour les prochaines semaines et tu pourrais faire mes réparations pour moi.

— Quelles réparations, maman ? demanda David en fronçant les sourcils. Tu ne m'as rien dit...

Elle le regarda de travers et lui donna un coup de pied sous la table.

— Aïe, ça fait mal.

Jackson réussit à sourire un peu.

— Honnêtement, je ne te dis pas tout, David. Ne le prends pas mal, mais tu n'es pas la personne la plus manuelle que je connaisse, chéri.

C'était vrai, mais entendre cela était gênant. Surtout devant Jackson. Cependant, lorsqu'il leva les yeux, ce dernier le regardait avec une expression douce et affectueuse.

— Alors, avons-nous un accord? demanda Beverley en tendant la main à Jackson.

Après un moment qui sembla long, David se demandant s'il s'habituerait un jour à ces longues pauses, Jackson lui serra la main.

— Excellent! s'exclama-t-elle en souriant, clairement contente. À quelle heure commences-tu à travailler afin que je sache à quelle heure je dois venir?

Ils s'accordèrent sur sept heures quarante-cinq.

— David, dit sa mère en se levant et repoussant sa chaise avant de lui tendre les sacs de toile qui avaient servi à transporter la nourriture. Emmène ceci à la voiture, s'il te plaît. Je charge le lave-vaisselle et je te suis.

— Beverley, sérieusement, je peux m'occuper du lave-vaisselle, protesta Jackson.

— Je suis sûr que tu le peux et tu auras, sans aucun doute, l'occasion de le faire pas mal de fois au cours des prochaines semaines, dit-elle en lui lançant un regard perçant. Pour l'instant, je pensais que tu préférerais accompagner mon fils à sa voiture.

— Peut-être qu'il ne veut pas, répliqua David, se sentant embarrassé par l'audace de sa mère.

Il l'aimait, mais franchement.

— Non, en fait, dit Jackson, un sourire recourbant ses lèvres. Il veut vraiment. Merci Beverley.

— De rien, Jackson, répondit-elle avec un doux sourire.

Il attrapa la main de David, le tirant de la table, puis par la porte vers le salon.

— Ma veste, dit celui-ci alors qu'ils le traversaient.

Jackson ne s'arrêta pas. Il l'attrapa juste sur le dossier d'une chaise, la jeta sur sa large épaule et continua à tirer David par la porte d'entrée.

Il ouvrit la portière du siège arrière lorsqu'ils arrivèrent à la voiture rouge dans l'allée et jeta les sacs à l'intérieur.

— As-tu froid ? demanda Jackson en fermant la portière.

— Un peu, admit David.

En fait, il avait très froid. La température avait chuté avec le soleil et maintenant, leurs souffles faisaient de légers nuages de condensation autour de leurs têtes. Jackson leva la veste de David et attendit.

Celui-ci glissa ses bras dans les manches, charmé par le geste courtois. Le tissu lourd n'avait même pas encore atterri sur ses épaules que Jackson le prit par les bras et le fit pivoter.

David écarquilla les yeux lorsque Jackson saisit le devant ouvert de sa veste, le tirant jusqu'à ce qu'ils soient pressés l'un contre l'autre.

— Je ne sais pas ce que j'aurais fait sans toi aujourd'hui, dit-il d'une voix rude.

— Je ne peux pas imaginer ne pas être ici, dit David en fouillant du regard le beau visage si près du sien. Tu avais besoin de quelqu'un.

— Pas juste quelqu'un, dit-il en secouant la tête. Toi. J'avais besoin de toi.

Jackson prit le visage de David entre ses mains et ses paumes étaient chaudes contre les joues de ce dernier. Il se pencha en avant et l'embrassa, une douce et légère caresse de ses lèvres.

Puis, il se recula, le fixa dans les yeux et il dut trouver ce qu'il cherchait parce que le baiser suivant était tout sauf doux.

Jackson l'attira et posa sa bouche sur la sienne dans un baiser ferme et charnel, et David ferma les yeux. Il s'appuya contre le corps ferme et ouvrit la bouche lorsque la langue de Jackson appuya avec insistance sur ses lèvres. Il la laissa entrer avec un soupir de bienvenue.

La langue de celui-ci avait le goût de la soupe italienne, mais la saveur familière se mêlait à quelque chose d'autre qui était seulement Jackson. David lui répondit, chassant les saveurs à travers la chaleur tiède de la bouche de son ami et lorsque celui-ci attrapa sa langue et la suça, les genoux de David faiblirent. Jackson enroula ses bras autour lui et pressa le dos de son compagnon contre la voiture.

La force et la chaleur de l'homme se pressèrent contre le corps de David et son cœur commença à s'emballer. L'un des genoux de Jackson se glissa entre ses jambes et il gémit lorsqu'il souleva sa cuisse musclée et la pressa contre ses testicules.

La porte-écran claqua bruyamment et Jackson se redressa, mettant brusquement fin au baiser. David fixa ses yeux, le souffle court et son

126

sexe douloureux; tandis que son ami se reprenait et reculait à contrecœur. Il parvint à se redresser avec difficulté et fusilla sa mère du regard alors qu'elle marchait tranquillement sur l'allée en briques.

— Je te vois demain, murmura Jackson avant de se tourner vers la mère de David. À demain matin, Beverley.

— Je serai là, assura-t-elle.

Elle tendit la main et lui tapota le bras en passant, puis elle se posta devant son fils, là où il s'appuyait encore contre la voiture en essayant de retrouver ses esprits.

— Tu comptes conduire, chéri? Parce que le volant se trouve sur le siège avant.

Elle fit le tour de la voiture pour s'installer du côté passager et Jackson soutint le regard de David avec un sourire ironique. Celui-ci ne put s'empêcher de lui rendre son sourire et il ne remarqua ni le temps qui passait ni le froid ou quoi que ce soit jusqu'à ce que sa mère actionne le klaxon de la voiture.

Il sursauta et Jackson rit.

— Elle n'est pas si drôle que ça, marmonna David.

— Oh, je ne sais pas, répondit-il en mettant ses mains dans ses poches. Je la trouve plutôt amusante.

— Ne la laisse jamais entendre ça, je dois vivre avec ça, répliqua-t-il.

Les dents de Jackson brillèrent dans la lumière de son porche et, à regret, David ouvrit la portière de sa voiture et s'installa alors qu'il voulait se nicher dans la chemise de Jackson et y rester.

— Je me demandais si tu avais prévu d'y aller. Ou si tu allais me laisser assise ici toute la nuit.

Il grinça des dents, démarra la voiture et quitta l'allée. Beverley salua vivement l'homme grand et élancé qui leva une main en signe d'au revoir.

— Je serais bien resté un peu plus longtemps dans le salon, mais on aurait dit que cela allait dégénérer dans l'allée et cela n'aurait pas arrangé les affaires de Jackson dans ce quartier.

— Tu nous regardais? s'exclama-t-il, ignorant le fait que sa voix avait grimpé d'au moins une octave. Merde, maman.

— Il n'y avait que deux bols. Cela ne m'a pas pris longtemps pour charger le lave-vaisselle, l'informa-t-elle avec un sourire. On dirait que le garçon sait comment embrasser.

David pensa qu'il devait briller dans l'obscurité tellement son visage était chaud.

— Je ne parle pas de ça avec toi.

Elle souriait alors qu'il la conduisait chez elle.

XII

DAVID VENAIT de se laisser tomber dans le fauteuil lorsqu'on frappa doucement à la porte de son bureau. C'était une autre de ces journées infernales et inutiles et il avait juste envie de se cacher et de tout ignorer. Il fut soulagé en voyant que c'était Michael qui referma la porte derrière lui. Le jeune homme s'effondra dans un des fauteuils faisant face au bureau de David et passa une longue jambe par-dessus l'un des accoudoirs. Il portait un jean de marque, un pull à col en V, manches relevées sur ses bras élancés, et il avait l'air tout simplement élégant. Mais c'était toujours le cas.

— S'il te plaît, dis-moi que nous allons cesser de faire appel à Conderson's, dit-il en parlant d'un fabricant de meubles toujours en retard. C'est la troisième fois, David.

— Je sais, répondit-il en se relaxant dans son siège. Mais je ne les ai pas choisis. Le client l'a fait.

— Pourrions-nous gentiment suggérer quelqu'un d'autre la prochaine fois ? Ou retirer leurs photos du carnet de vente ? Quelque chose ? Parce c'est nous qui restons avec le problème lorsqu'ils ne peuvent pas livrer.

— Je sais que nous devons faire quelque chose. Je ne peux pas continuer à leur trouver des excuses, répondit-il en enfonçant ses doigts dans ses tempes où un mal de tête se préparait. Cependant, je le dis, Michael, nous avons de plus en plus de jours comme celui-ci. J'en arrive au point où je préférerais presque faire tout plutôt que cela.

Il ne l'avait jamais dit à voix haute, mais c'était la vérité. C'était plus vrai de jour en jour.

Michael mit ses mains autour de son genou avec une expression pensive.

— Si jamais tu décides de partir, tu dois m'emmener avec toi.

— Mais si je pars, tu es le prochain sur la liste pour le poste de chef de service.

— Le faire sans toi ? s'exclama-t-il en grimaçant, en jetant un coup d'œil à son patron. Non merci. Tu es sérieux, n'est-ce pas ?

David fixa son sous-main. Tant de paramètres changeaient dans sa vie. Financièrement, c'était probablement le pire moment pour envisager un changement de carrière. Mais pour sa tranquillité d'esprit et sa vie ?

— Je ne te mentirai pas. C'est tentant.

— Oui, répondit Michael, ses yeux commençant à briller. Mais tu dois manger.

— Eh bien, il y a de ça, répondit-il en souriant.

Le téléphone portable de David sonna. Il le prit et sentit une vague de plaisir l'envahir lorsqu'il reconnut le numéro. Il appuya sur l'écran avec un sourire éclatant.

— Oh, bon sang, regarde-moi ce sourire, s'exclama Michael avec un sourire moqueur.

— Tais-toi, gronda David, ses oreilles chauffant alors qu'il répondait. Allo ?

— Salut.

Un seul mot de la voix profonde de Jackson et des frissons dansaient sur les épaules de David. Il étouffa un soupir heureux.

— Salut.

— Désolé de t'appeler au travail.

— Non, c'est bon. Je préfère te parler plutôt qu'aux autres personnes avec qui j'ai eu à faire aujourd'hui.

— Je crois que je suis vexé, dit Michael dans un murmure théâtral, obtenant un doigt d'honneur de son patron.

— J'aimerais aborder deux sujets avec toi.

— D'accord, répondit David, sachant qu'il avait l'air essoufflé.

Plus Jackson parlait, plus il voulait rentrer chez lui, se nicher dans ses bras et y passer le reste de sa vie.

— J'ai des gars qui peuvent s'occuper de ton toit ce week-end, si tu es d'accord.

— C'est très bien. Je suis ravi de ne pas avoir à tout remplacer.

— Je savais que cela te plairait.

Il souriait et David l'entendait dans sa voix.

— Manny est aussi disponible samedi pour passer une caméra dans la conduite d'égout et voir s'il y a une cassure, continua-t-il. Nous préférons ne pas attendre. Si elle doit être déterrée, il faut le faire avant que le sol gèle. Tu pourras te doucher chez toi ensuite.

— Ce serait bien, acquiesça-t-il.

Il devait se lever quarante minutes plus tôt pour aller se doucher chez sa mère. Cela ne la dérangeait pas, mais sortir à six heures et demie lorsque la température flirtait avec le zéro n'était pas amusant.

— Oh. Si tu envisageais d'engager Gil pour les peintures, ce serait le bon moment.

Il fit une pause, un autre de ces longs moments auxquels David s'attendait, avant de reprendre le fil de la discussion.

— Il avait été engagé pour peindre une maison dans la vallée, dit-il d'une voix plus calme, mais étrange. Les propriétaires se sont retirés à la dernière minute. C'était un gros contrat. Il a perdu deux mille dollars. Ce n'est pas trop dur pour lui, mais ça l'est vraiment pour Vern lorsqu'ils perdent un travail.

— Pourquoi les propriétaires se sont-ils retirés? demanda David en fronçant les sourcils.

Jackson lui taisait quelque chose, il pouvait l'entendre.

— Gil n'en est pas certain, mais il pense que cela pourrait avoir un rapport avec l'autocollant du drapeau arc-en-ciel sur le pare-chocs de son camion, répondit-il.

— Vraiment?

— Tu sais ce que c'est, David.

Il n'eut pas besoin d'élaborer pour que ce dernier interprète ce qu'il entendait dans sa voix. Jackson avait perdu son emploi pour la même raison et David serra les dents.

— Oui, eh bien, c'est merdique.

— Qu'est-ce qui est merdique? chuchota Michael, les sourcils froncés.

David leva la main et son assistant se tut, mais resta en alerte.

— Les gens ont payé pour la peinture, poursuivit Jackson. Mais Gil a perdu tout le profit du travail.

— Leur perte sera mon gain, dit David en se forçant à prendre une voix plus gaie. J'adorerais qu'il commence à travailler chez moi.

— Il peut apporter des échantillons de peinture ce soir, si tu veux.

— Ce serait parfait.

— Je le lui dirai.

Un autre silence s'instaura et David se força à attendre. Ce n'était pas facile. Son premier instinct était de remplir les silences par des bavardages sans queue ni tête; il faisait toujours cela lorsqu'il se sentait nerveux. Jackson lui apprenait à patienter.

— Tu es sûr que tu peux le faire maintenant ?

— Quoi ? Gil et la peinture ? Oui, c'est bon.

— Tant que cela ne te pose pas de problème de budget.

— Non, c'est bon. As-tu besoin de plus ?

— Non, jusqu'ici, tout va bien, dit-il, une hésitation de taille dans sa voix. Est-ce que je te verrai ce soir ?

Sa voix était passée à un registre beaucoup plus intime qui fit instantanément trembler le sexe de David et gonfler ses testicules. Il inspira, son pouls commençant à pulser à la base de sa gorge.

— J'ai dit à ta mère que je rentrerais à dix-huit heures et je sais que c'est un peu tôt pour toi… expliqua-t-il.

— Ça ne l'est pas. Je peux quitter mon travail à dix-sept heures.

Michael haussa les sourcils et son sourire s'approfondit.

— C'est bien, ronronna Jackson. À tout à l'heure.

David déglutit avec difficulté. S'il en disait plus avec cette voix grave et dure, il ne serait plus capable de se lever sans être gêné.

— À plus tard.

David raccrocha, puis il inspira profondément, essayant de retrouver un rythme cardiaque normal.

— Bon sang, tu l'as dans la peau.

Il leva les yeux vers Michael, un rapide déni au bout de la langue. Mais c'était vrai et il ne pouvait pas le nier. Il l'avait dans la peau. C'était allé trop vite et il aurait dû faire attention, mais c'était là.

— Je suis tellement dans la merde, dit-il en posant son front sur son bureau. Qu'est-ce que je fais ?

Il sentit une légère caresse sur sa nuque, un moment plus tard.

Il souleva sa tête et se retrouva à fixer le visage de Michael, penché en avant sur son bureau.

— Suis ton cœur, répondit le jeune homme en laissant retomber sa main, un petit sourire aux lèvres. Peut-être que cette fois, ça en vaudra la peine.

— Merde, j'espère bien, dit-il en soupirant.

— Moi aussi, répondit son assistant, les yeux pleins d'espoir.

DAVID CONDUISIT jusque chez lui, une excitation haletante circulant dans ses veines.

132

Il avait eu droit à quelques froncements de sourcils lorsqu'il était parti à dix-sept heures, mais Michael avait avisé tout le monde qu'il partait à l'heure pour une fois. Il n'avait même pas jeté un regard en arrière, il était simplement sorti de l'immeuble et s'était dirigé vers sa voiture avec un entrain qu'il n'avait pas ressenti depuis très longtemps.

La circulation aux heures de pointe était intense et, même s'il ne vivait qu'à quinze kilomètres du centre-ville, il lui fallut près de vingt-cinq minutes pour arriver dans sa rue. Il freina à cause d'enfants qui jouaient au basket-ball et fit signe à Jordyn qui marchait sur le trottoir avec une poussette, Bootsy trottinant à ses côtés. L'animal aboya joyeusement lorsqu'il vit David agiter la main et celui-ci aima à penser que le petit chien le reconnaissait. Puis, il vit le camion de Jackson devant chez lui et il se gara dans son allée, son cœur battant rapidement à la base de son cou.

Le poste de travail de fortune n'était pas dans l'allée lorsqu'il arrêta sa voiture devant le garage. Il quitta la chaleur de son véhicule, et un vent froid souleva ses cheveux et glaça ses joues. L'automne était vraiment arrivé et la température avoisinait les quatre degrés. Il se dépêcha de monter les marches et actionna la poignée, reconnaissant de trouver la porte déverrouillée. La chaleur caressa son visage et il referma la porte derrière lui avant de s'appuyer contre elle.

La vue de l'élégant mobilier du père de Gil lui procura un grand plaisir et il remarqua aussitôt que la note discordante dans la pièce avait disparu ; l'affreux fauteuil inclinable n'était plus à sa place près du mur.

— Salut.

David leva les yeux et vit Jackson appuyé nonchalamment contre le mur entre son salon et sa salle à manger, les bras croisés sur la poitrine et une cheville sur l'autre. Il portait un jean et un tee-shirt ajusté. Ses cheveux noirs étaient comme ébouriffés par le vent et il ressemblait à du sexe sur pattes. Il n'avait pas sa ceinture à outils et David se demanda s'il avait fini plus tôt et s'il l'attendait.

Il l'espérait.

— Le fauteuil ?

— Je l'ai donné à des témoins de Jéhovah qui ont frappé à la porte, répondit Jackson, un lent sourire incurvant ses lèvres.

David haussa un sourcil, sceptique.

— D'accord, très bien. Je l'ai sorti et l'ai mis derrière le garage. Je ne pensais pas que cela te dérangerait.

— Tu avais raison. Cela ne me dérange pas, dit-il en s'avançant lentement vers lui. Comment va ta mère?

— Étonnamment bien. Plus alerte qu'hier après une nuit de sommeil.

— C'est bien, approuva David en souriant.

— Oui. Elle était contente de voir ta mère. Elles prenaient un café et mangeaient des petits pains à la cannelle lorsque je suis parti.

— Elle t'a apporté des petits pains à la cannelle et n'en a pas gardé pour moi, grogna-t-il. Je vais devoir la renier.

— Bonne chance avec ça, répliqua Jackson avec un sourire.

— Je suis content que ta mère aille mieux et que ma mère soit avec elle, dit David en s'arrêtant devant lui. Cela te donne une chance de travailler sans t'inquiéter et ma mère a une occupation. C'est gagnant-gagnant.

— Tu quittes ton travail plus tôt que d'habitude, c'est gagnant-gagnant, dit Jackson en tendant la main afin d'attraper le devant de son manteau et l'attirer plus près.

La main aux longs doigts s'enroula dans le tissu et David inspira alors que Jackson les rapprochait l'un de l'autre.

— Avons-nous fini de nous mettre à jour? demanda ce dernier en haussant les sourcils alors que ses lèvres pleines s'ourlaient sur un sourire. Parce qu'il est presque dix-sept heures trente et que ça prend sur notre temps de baisers.

— Nous allons nous embrasser? demanda David, sa bouche brusquement sèche.

Jackson acquiesça d'un signe de la tête, puis il glissa un bras fort autour de la taille de son compagnon et l'amena contre sa poitrine. David posa ses mains sur ses biceps. Waouh, ils étaient durs.

— Nous allons vraiment nous embrasser.

Il leva une main calleuse et la posa sur la mâchoire de David, son pouce caressant ses lèvres.

— On peut s'arrêter de parler? demanda enfin Jackson, son bras se resserrant autour de la taille de son ami.

David hocha la tête et le sourire de son compagnon s'agrandit alors qu'il se penchait vers l'avant et saisissait ses lèvres.

Les baisers qu'ils avaient échangés avant avaient commencé timidement, mais ce ne fut pas le cas de celui-là. Jackson pressa presque immédiatement sa langue en avant et David s'ouvrit à lui. Le baiser était activement en recherche et pas incertain du tout. Totalement étourdi,

David leva les bras et les enveloppa autour du cou de Jackson, le laissant l'emmener où il le voulait.

Sa langue ne resta pas inactive dans la bouche de David. Il l'enroula autour de la sienne, la caressant doucement, puis la suçant et David gémit lorsque la sensation envoya un frisson de désir directement dans son aine. Il était déjà en demi-érection d'anticipation lorsqu'il était entré, mais il était si dur à présent qu'il en souffrait.

La veste de David glissa de ses épaules grâce à un coup de pouce de la main de Jackson et elle tomba par terre. Ce dernier la repoussa de côté, puis il fit quelques pas, aidant David qui s'accrochait pour marcher à reculons. Il le manœuvra jusqu'à ce que l'arrière de ses genoux heurte une surface molle. Puis, Jackson les fit pivoter et se laissa tomber en tirant son compagnon vers le bas. Ils étaient à l'horizontale sur le long canapé en cuir, David se retrouvant au-dessus avant d'avoir compris ce qui se passait. Il recula, regardant dans les yeux bleus brillants de Jackson.

— Très fluide, dit-il en enfonçant ses doigts dans les cheveux sombres de Jackson.

— Merci. Mais tu parles alors que je peux penser à de bien meilleures choses à faire avec ta bouche.

— Moi aussi, répondit-il en pressant avec ses hanches. Mais je ne crois pas que nous ayons le temps.

Jackson se déplaça légèrement, écartant ses cuisses musclées, et David glissa parfaitement entre elles comme si c'était sa place.

— Allumeur, grogna Jackson.

— Pas allumeur, répliqua David en se baissant à nouveau pour un autre baiser bouche ouverte.

Leurs sexes se pressèrent ensemble et même les couches de tissu ne pouvaient pas diminuer le frisson d'excitation. Jackson glissa une main vers le bas afin d'empaumer la fesse de David. Il le tira, leva une cuisse par-dessus la hanche de son compagnon et arqua son bassin jusqu'à rencontrer son aine. David gémit sous l'effet de la chaleur alors même que Jackson glissait son autre main autour de son cou.

Jackson resserra son emprise sur ses fesses, ses doigts s'enfonçant dans sa chair. David étendit ses mains sur la cage thoracique de son ami et fit pivoter ses hanches, lui procurant la friction nécessaire, et Jackson émit un délicieux bruit de l'arrière de sa gorge.

Il se souleva suffisamment pour sucer la peau sous le menton de David et la sensation était si exquise, la douleur dans son aine si prononcée, que celui-ci eut peur d'être sur le point de faire quelque chose qu'il n'avait pas fait depuis ses quinze ans. Il tâtonna entre eux deux et pressa sa paume sur la base de la gorge de Jackson. Il sentit la pomme d'Adam de son compagnon bouger sous ses doigts et il haleta.

— Jackson, attends.

— Pourquoi? s'écria-t-il en se rétractant, relâchant le cou de David d'un coup sec.

— Parce que je suis sur le point de jouir dans mon pantalon et que cela m'humiliera tellement que je ne pourrais plus jamais te regarder en face.

Jackson rit doucement et laissa retomber sa tête contre le coussin.

— Merde. Je veux vraiment te regarder jouir.

Une autre vague de désir déferla sur David et il prit une profonde inspiration avant de passer sa main sur la poitrine de son compagnon, heureux de sentir que le cœur de celui-ci battait aussi fort que le sien.

— Tu dois rentrer chez toi.

— Oui, gémit-il en fermant les yeux. Tout ce truc de s'embrasser était une très mauvaise idée.

Il pressa son front contre la gorge de David avant de poursuivre.

— Cela fait bien longtemps que je n'ai pas eu à arrêter quelque chose d'aussi bon pour rentrer chez ma mère.

— Oui et cette fois, tu devras affronter ma mère quand tu y seras, répondit David en riant faiblement.

— J'aime bien ta mère, affirma Jackson en posant ses mains sur lui pour le tenir et non le caresser.

— Je l'aime bien aussi. Cependant, je ne voudrais pas avoir à lui parler maintenant, répondit-il en jetant un coup d'œil vers le bas d'une manière significative, faisant rire Jackson.

David se poussa sur ses mains et ses genoux et son compagnon le laissa partir à contrecœur. Il s'installa dans le coin du canapé et Jackson souleva ses hanches afin de pouvoir ajuster l'avant de son jean. Il soupira lorsqu'il eut fini et David fixa le long renflement qui remplissait le devant de son pantalon empli d'un désir qu'il essaya vivement de dissimuler. Sa paume de main le démangeait de se poser dessus et de l'étreindre, et c'était dur de se retenir.

— J'espère qu'il fait assez froid dehors pour que cela fasse disparaître cette érection avant mon retour à la maison, dit-il en adressant un léger sourire à David. Tu me rends dingue, tu le sais, n'est-ce pas?

— Cela marche dans les deux sens, répliqua celui-ci, frissonnant et ayant du mal à le croire, tout à la fois.

— Bien, dit Jackson en se penchant afin de l'embrasser rapidement. On se voit demain.

David le suivit jusqu'à la porte et lui donna un dernier et bref baiser avant qu'il sorte sur le porche. Il jeta un coup d'œil sur la rue sombre, mais ne ressentit pas cette sensation rampante de quelqu'un l'observant comme cela avait été le cas certains soirs. Il regarda Jackson se rendre à son véhicule et lui adresser un dernier geste de la main alors qu'il quittait son emplacement. Puis, il referma la porte et s'appuya contre elle. Il était encore si dur que c'en était douloureux et il pressa sa paume contre son sexe endolori.

— Je te rends fou ? marmonna-t-il. Ça va me tuer.

Il s'éloigna de la porte et se pencha très prudemment afin de ramasser son manteau sur le sol, puis décida que cela ne valait pas la peine de se blesser d'une façon permanente et le laissa où il était.

DAVID FLOTTAIT toujours sur une vague d'euphorie le lendemain matin. Son téléphone sonna, annonçant un texto, à sept heures et demie alors qu'il se tenait debout dans sa cuisine, finissant hâtivement une tasse de café. Le numéro de Jackson clignota sur l'écran.

Comment s'est passé le rendez-vous avec Gil ?

Il sourit et posa sa tasse de café afin de lui répondre.

Très bien. J'ai choisi des couleurs pour l'extérieur de la maison, le salon, la salle à manger et les salles de bains.

Quoi, pas la cuisine ?

Il rit, jetant un coup d'œil à la peinture décolorée au-dessus de la cuisinière et autour des poignées de porte des placards.

Et la cuisine. Je vais peut-être manger des nouilles instantanées pendant un certain temps, mais au moins la cuisine sera présentable.

Je te vois très bien en train de manger des nouilles instantanées.

David pouvait presque voir son lent sourire.

Sache que je les prépare très bien. Comme les sandwichs au beurre de cacahouètes et à la confiture. Et aussi les macaronis au fromage Kraft.

Oui, mais les macaronis Kraft sont un plat gastronomique comparé aux sandwichs sel et ketchup.

David rit de plus belle.

Il est clair que nous devons échanger des recettes.

Oui. Ne plus manger de sandwich ketchup et sel ne me manquera pas.

Il y eut une pause, puis un autre texto arriva.

Le plaisir différé risque de me tuer, mais je veux quand même t'embrasser à en perdre la raison la prochaine fois que je te vois. Ce sera cet après-midi?

Il sourit si fort que ses joues lui firent mal.

Au risque de paraître désespéré, je serai là vers dix-sept heures trente.

Seize heures trente serait être désespéré.

Non, ce serait d'appeler pour se porter pâle et t'attendre sans rien de plus qu'une couverture et un sourire.

Laisse-moi imaginer cela.

Il y eut une courte pause.

D'accord, je dois arrêter d'imaginer ça, vilain plaisantin. Ou je ne pourrai jamais installer ta nouvelle porte à l'arrière.

David rit à nouveau.

D'accord, j'arrête. Je te laisse un chèque sur la table basse. On se voit à dix-sept heures trente.

Il fit un chèque de mille dollars, se rappelant d'ajuster son compte épargne, et se prépara à partir au travail.

Il n'avait pas remarqué la marque violette sur son cou jusqu'à ce qu'il se rase ce matin et rien que la voir le fit frissonner de plaisir. Il enfila un pull rayé à col roulé parce qu'il devait vraiment présenter une image professionnelle. Puis il mit une veste noire par-dessus et cela couvrait assez bien l'endroit.

Sauf si vous étiez Michael Crane qui avait visiblement un radar à suçons. Il repéra immédiatement la marque et passa la plus grande partie de la journée à chahuter son patron, mais celui-ci était trop heureux pour s'en soucier. Son humeur ne s'altéra pas même après un autre appel téléphonique tendu avec Conderson's Manufacturing. Lorsque le toc-toc distinctif de son assistant retentit sur sa porte vers seize heures, alors qu'il passait en revue une feuille de calcul pour le travail contesté, David l'accueillit en souriant.

— Tu n'en as pas encore assez de te moquer de moi?

Sa porte s'ouvrit et Michael passa sa tête, mais David ne lui trouva pas le sourire effronté auquel il s'attendait. Au lieu de ça, le jeune homme fronçait les sourcils.

— Un homme souhaite te voir, dit-il, la voix basse. Il ne veut pas me dire ce qu'il veut, mais insiste pour te voir personnellement.

— Fais-le entrer, dit David, après un instant de réflexion.

Son assistant n'avait pas l'air de penser que c'était une bonne idée, mais il ouvrit plus grand la porte et laissa entrer un homme d'âge moyen vêtu d'un costume et d'un long manteau en laine foncé et tenant un porte-documents dans une main.

— David Snyder, dit-il en se levant et tendant la main. En quoi puis-je vous aider?

Au lieu de serrer la main tendue, l'homme y déposa une enveloppe.

— Vous avez été assigné, dit-il d'un ton tendu, puis il poussa Michael qui s'était attardé et il sortit du bureau.

La gorge de David s'assécha. Il savait ce que voulait dire « vous avez été assigné ». Il ouvrit l'enveloppe, en sortit l'épaisse liasse de papiers et les déplia. Un gros poids s'installa dans sa poitrine.

On pouvait lire en en-tête « *Cour Supérieure de Washington, dans l'affaire de concubinage, entre le requérant Trevor Connor Blankenship et le défendeur David Wayne Snyder. Demande d'ordonnance de soutien temporaire.*

Il continua à lire, les mains tremblantes.

... *Exige que le défendeur, monsieur Snyder, paye à monsieur Blankenship, l'hypothèque existante, une pension alimentaire mensuelle, les frais d'avocats, les autres honoraires professionnels et autres coûts pour un montant de 12 000 dollars par mois jusqu'à ce que le tribunal statue.*

David avait l'impression qu'il allait vomir. Douze mille dollars? Douze mille dollars par mois? Trevor savait qu'il n'avait pas autant d'argent. L'échéance de l'appartement était de mille deux cents. S'il devait payer cette somme, cela l'anéantirait en quelques mois.

— Merde, David, tu es blanc comme un linge. Qu'est-ce que c'est?

Il se laissa tomber sur le bord de son bureau et tendit les documents à Michael.

— Oh bon sang, explosa son assistant en scannant la page.

David réussit à sortir de son état de choc suffisamment pour voir que la porte de son bureau était restée ouverte. Il se leva et le ferma, puis s'appuya lourdement contre elle.

— Il ne peut pas faire ça, lui dit Michael. Si?

— Je n'en ai aucune idée. Il semble clairement qu'il puisse... dit-il, toujours abasourdi, en faisant un petit geste vers le document que tenait encore Michael.

— Mais douze mille dollars par mois ? dit ce dernier en baissant la voix, celle-ci résonnant encore aussi fort qu'un cri dans la tête de son patron. Il n'est pas sérieux.

— Je pense qu'il est complètement sérieux.

— Tu as un avocat, n'est-ce pas ? répliqua Michael en jetant les papiers sur le bureau de David. Appelle-le.

— La, le corrigea-t-il en regardant le document. Mon avocat est une femme.

— Très bien, appelle-là. Tu dois te battre, David. Tu ne peux pas le laisser s'en tirer comme ça.

David acquiesça et traversa la pièce pour se rasseoir dans son fauteuil.

IL SE sentait encore choqué et l'estomac retourné lorsqu'il franchit la porte d'entrée de sa maison à presque dix-huit heures. Il avait appelé le bureau de son avocat pour s'entendre dire qu'elle était au tribunal, donc il avait pris rendez-vous pour le lendemain matin. Il avait ensuite appelé son courtier qui lui avait confirmé ce qu'il savait déjà : s'il devait liquider assez de ses actifs pour répondre aux exigences financières de Trevor, dix années de dur labeur seraient anéanties en trois mois. Il ne pensait pas que son ex pouvait toucher à son plan de retraite, mais il n'en était pas sûr. Au moment où il en eut terminé avec lui, son désir le plus pressant fut de vomir, puis de se mettre en position fœtale autour d'une bouteille de whisky.

— Je commençais à croire que tu m'avais posé un lapin.

Il leva les yeux. Il faisait sombre dans son salon, la seule lumière provenant de la porte de la cuisine de l'autre côté de la salle à manger, et il eut besoin d'un moment pour trouver le contour de la silhouette de Jackson assis dans le rocking-chair près de la cheminée.

— Je m'apprêtais à partir.

— Je suis désolé, j'ai eu un imprévu et… je…

Il fit une pause et s'éclaircit la gorge avant de poursuivre.

— Je suis désolé, conclut-il, sa voix résonnant à cran, même à ses propres oreilles.

— David ?

La lumière sur la table la plus proche de Jackson s'éclaira et David grimaça. Son ami l'observa un long moment avant de se lever lentement.

— Qu'est-ce qui ne va pas ? finit-il par demander.

140

David aurait probablement dû penser à ne pas le lui dire, mais cela ne lui vint jamais à l'idée. Il enfonça la main dans la poche intérieure de son manteau et en sortit les papiers, détestant voir que sa main tremblait encore. Jackson prit les documents et les tournant de telle sorte que la lumière de la lampe tombe sur la page du dessus.

Il lut en silence. Il était si calme et silencieux que David recommença à trembler de plus belle.

Finalement, Jackson sortit son téléphone de sa poche. Il baissa les yeux dessus, posa son pouce sur un numéro et attendit.

— Beverley ? dit-il enfin. Bonsoir. Cela vous dérangerait-il de rester avec ma mère quelques minutes de plus ? Je serai là vers dix-neuf heures… Merci.

Il raccrocha et remit le téléphone dans la poche de sa veste. Puis, il scruta le visage de David. Au lieu de parler, il effaça la distance qui les séparait et l'attira dans ses bras.

— Tout ira bien, murmura-t-il, près de son oreille. Respire profondément. Ça va aller.

David s'appuya sur le corps fort de son compagnon, enroula ses bras autour de sa taille et pressa son visage contre sa gorge. Il ne savait pas si tout irait bien ou pas, mais il avait beaucoup moins peur alors que Jackson l'étreignait.

Ils parlèrent tranquillement, Jackson le serrant dans ses bras, le rassurant encore et encore, lui disant que tout irait bien, jusqu'à ce qu'il doive partir. Après son départ, David se prépara un léger dîner composé d'une soupe à la tomate et d'un sandwich au fromage grillé, sans savoir s'il réussirait à le garder. Cependant, la nourriture l'aida à calmer son estomac. Il ouvrit une bouteille de vin rouge et but un verre bien plus vite que le bon millésime ne le méritait. Il s'en versa un deuxième et l'emmena dans sa chambre. Il avait prévu de chercher des accessoires pour la maison sur Internet, mais l'idée de dépenser de l'argent, même pour des oreillers et un couvre-lit, lui causait tellement d'anxiété qu'il renonça. Il alluma la télévision à la place, se mit en pyjama, s'adossa à la tête de lit et sirota son vin.

Il essaya vraiment de ne pas s'inquiéter. Mais, il n'avait jamais été très bon à ça. Michael le connaissait mieux que personne et David reçut un texto de lui juste après vingt et une heures.

Arrête de t'inquiéter et prends un autre verre de vin. Tout va s'arranger.

Tu as une caméra cachée dans ma chambre ? écrivit David en retour en souriant faiblement.

Non, mais si tu as l'intention de commencer à baiser bientôt le joli Jackson, je pourrais investir dans l'une d'elles.

Va te faire voir.

Il pouvait presque entendre le rire de son ami.

Je t'aime aussi. À demain.

Il posa le téléphone à côté de lui sur la couette et essaya de se concentrer sur une émission à la télévision dont il ne connaissait pas le titre.

Son téléphone sonna près de sa hanche à presque vingt-deux heures et il fronça les sourcils en s'apercevant qu'il n'avait aucune idée de ce qu'il avait regardé pendant l'heure précédente. Il le prit et son froncement de sourcils s'estompa lorsqu'il vit le numéro affiché. Il coupa le son du téléviseur, sentant une vague de soulagement l'envahir.

— Salut.

— Salut, répondit Jackson, sa voix glissant dans l'oreille de David qui ferma les yeux, le son de sa voix se déplaçant sur lui comme une caresse.

— Comment va ta mère ? demanda-t-il, sa voix passant au même registre intime.

— Elle dort. Elle va beaucoup mieux.

— Je suis heureux. Je pense toujours à appeler ma mère pour lui demander des nouvelles.

— Je ne lui ai rien dit, au fait. À ta mère, je veux dire.

David pouvait entendre son compagnon bouger et il se demanda s'il était au lit, lui aussi.

— Oh, merci. Je le lui dirai, mais je veux d'abord parler à mon avocate.

— Oui, dit-il avant de faire une pause. Est-ce que ça va ?

Est-ce qu'il allait bien ?

— Oui. Plus énervé qu'autre chose, maintenant.

— Bien, je préfère que tu sois en colère plutôt que de t'en vouloir à toi-même.

— Je ne… commença David en fronçant les sourcils.

— Ne le faisais-tu pas ?

David réfléchit à cela. Combien de fois depuis que l'homme avait quitté son bureau s'était-il dit : « Si seulement je n'étais pas parti comme je l'ai fait » ou « si seulement, je n'avais pas fait confiance à Trevor au départ ».

— D'accord, peut-être un peu.

— Tu comprends que ton ex est un connard, n'est-ce pas? gronda doucement Jackson.

— Oh, oui. Mais…

Il se tut et déplaça son pouce autour du bord supérieur de son verre de vin.

— Mais quoi?

Il hésita, sachant avant même de le dire que cela paraîtrait probablement stupide.

— Allez, David. Parle-moi.

L'acceptation tranquille de son ami lui permit de verbaliser ce qu'il s'était juste permis de penser auparavant.

— Je l'ai choisi, n'est-ce pas? Il n'est pas brusquement devenu un abruti. Il l'a toujours été. Je pense que je le savais. Pourtant, je suis resté. Qu'est-ce que cela dit de moi?

Il y eut un autre des silences brevetés de Jackson. Sa voix était encore plus douce lorsqu'il reprit la parole.

— Tout ce que ça dit sur toi, c'est que tu voulais que quelqu'un t'aime. Ce n'est pas un crime, David. N'est-ce pas ce que nous voulons tous, en fin de compte?

— Tu ne l'aurais pas fait. Tu n'aurais pas laissé quelqu'un te traiter comme ça.

— Te souviens-tu de la soirée où nous avons parlé des raisons de mon déménagement dans la voiture? demanda Jackson en soufflant fortement.

Bien sûr qu'il s'en souvenait. Il avait pensé plus d'une fois que l'ex de Jackson devait être une sorte d'imbécile pour l'avoir laissé partir.

— Oui.

— Il s'appelle Stephen. Stephen Addison Hall, troisième du nom.

— Waouh, c'est prétentieux.

— Cela aurait dû être mon premier indice, dévoila-t-il en riant. Qu'il était à la hauteur de son nom. Il vient d'une famille riche, très riche. Son père est avocat. Nous avions cela en commun, bien que son père soit partie prenante dans le bureau du procureur et que le mien ait toujours été dans le droit des sociétés. Je l'ai rencontré à la pendaison de crémaillère d'un ami. Je pensais qu'il était le plus bel homme que j'aie jamais vu.

David ne voulait pas être jaloux d'un ex, mais il l'était.

143

— J'aurais dû regarder de plus près. Écouter plus attentivement lorsqu'il était méprisant à l'égard des gens. Il avait un méchant sens de l'humour, mais ce que je pensais être drôle démontrait en fait qu'il était un imbécile. Ça n'allait pas si mal jusqu'à ce qu'il s'en prenne à moi.

— Était-il stupide ?

— Non, mais je l'étais, répondit Jackson en riant sombrement. J'aurais dû le quitter la première fois que je l'ai laissé faire une blague à mes dépens. Mais, je ne l'ai pas fait. Je suis resté et chaque fois qu'il faisait une petite blague et qu'il se moquait de moi, je le laissais m'ôter un peu plus de ma confiance en moi.

Il fit une pause afin de s'éclaircir la gorge avant de reprendre.

— Le fait est que tu n'es pas le seul à avoir placé ta foi dans la mauvaise personne, d'accord ?

Ce fut au tour de David de faire une pause. Il n'imaginait pas que quelqu'un puisse être assez bête pour laisser un homme comme lui partir. Il supposa qu'il devait être reconnaissant. Pour Trevor et Stephen. Sans eux, Jackson et lui ne seraient pas où ils en étaient.

— Oui, d'accord.

— Je veux que tu m'écoutes.

Il pouvait imaginer l'expression sur le visage de Jackson, allant de pair avec le ton résolu : ses yeux dans les siens, le menton baissé de sorte qu'il le regarde par en dessous, ses sourcils arqués.

— Aucun juge ne t'ordonnera de payer plus que ce que tu gagnes chaque mois. Essaye donc de te détendre, de lâcher prise pour ce soir et de bien dormir. Prends un verre de vin ou plusieurs, d'accord ? Pas suffisamment pour finir avec un mal de tête, mais assez pour te détendre.

— J'ai le verre numéro deux dans la main au moment où nous parlons, avoua-t-il en riant.

— Excellent.

David prit une gorgée lorsque Jackson se tut.

— Écoute, je ne veux pas que tu t'inquiètes des travaux de la maison, reprit ce dernier. Je ne les laisserai pas inachevés. Gil ne le fera pas non plus. Donc, arrête de te stresser pour ça.

— Je ne peux pas vous laisser faire le travail, Gil et toi, si je n'ai pas les moyens de vous payer pour cela, Jackson.

— David ?

Celui-ci leva les yeux au ciel. Même si cela ne faisait pas longtemps qu'ils se côtoyaient, il reconnaissait ce ton obstiné et inflexible.

— Oui?

— Tais-toi, d'accord? Laisse-nous faire cela. La maison vaut deux cent mille dollars de plus que le prix que tu l'as payée. Je pense que je serai payé. Si je ne m'inquiète pas et Gil non plus, peut-être devrais-tu ne pas être inquiet non plus.

Il dut cligner des yeux pour éviter une soudaine et très choquante montée de larmes. Il ne s'était pas permis de pleurer pendant tout le bazar avec Trevor et maintenant, il craignait de ne jamais pouvoir s'arrêter s'il commençait. Il déglutit pour déloger la boule coincée dans sa gorge.

— Oui, d'accord, réussit-il à dire, semblant à bout de souffle, mais pas au bord des larmes, ce qui le soulagea. Merci.

— De rien.

Il y eut une autre pause et, bien qu'ils se soient dit tout ce qui était à dire, c'était comme si ni l'un ni l'autre ne voulait raccrocher.

— Alors, à quelle heure est ton rendez-vous avec ton avocate?

— Neuf heures.

— D'accord.

David put compter ses battements de cœur pendant le silence suivant. Un, deux, trois…

— Est-ce que ça ira… d'y aller seul?

— Oui, ça ira, assura-t-il, son cœur se réchauffant. Mais, merci pour l'offre.

— C'est normal.

Un, deux, trois…

— Je devrais raccrocher maintenant. Il sera six heures en un rien de temps.

— C'est vrai.

David sentait son cœur battre. Boum-boum, boum-boum, boum-boum…

— J'aurais aimé être là, te tenir dans mes bras, dit Jackson, sa voix si profonde, si douce que David la laissa s'enrouler autour de lui comme une couverture.

— J'aurais aimé aussi, assura-t-il en prenant une profonde inspiration frissonnante.

— Rendez-vous demain.

— Absolument.

— Bonne nuit, David.

— Bonne nuit.

Il raccrocha et, malgré la manière dont son après-midi s'était déroulé et l'incertitude de la situation avec Trevor, il s'endormit au chaud, le sourire aux lèvres.

XIII

Il mit un costume le lendemain matin. Il n'en portait pas d'habitude. En fait, il n'avait porté celui qu'il avait sorti du placard qu'une seule fois, pour le mariage d'un cousin, l'année précédente. Il l'avait choisi seul; la coupe et la couleur bleu foncé lui plaisaient. Bien sûr, Trevor l'avait détesté, disant que les revers étaient trop larges et que le pantalon était mal coupé, ce qui était probablement la raison pour laquelle il ne l'avait plus jamais porté. Mais, en ce matin ensoleillé d'automne, alors que la température était dans les moins six degrés, il enfila une chemise blanche et choisit une cravate à rayures bleues avec le costume bleu foncé. Il ajouta une paire de mocassins en cuir noir qui avait coûté plus cher que l'acompte pour sa voiture et il glissa même un carré de soie dans la poche de sa veste. Il n'avait encore jamais rencontré son avocate en face à face, mais il s'était dit que lorsque vous payiez quelqu'un deux cent cinquante dollars de l'heure, avoir l'air d'en avoir les moyens pourrait être une bonne idée. De plus, le costume lui donnait un sentiment de puissance et, après la veille, il s'était dit qu'un peu de pouvoir ne pouvait pas lui faire de mal. Il s'étudia dans le miroir et pensa qu'il avait toujours l'air d'un nerd efféminé, mais au moins prospère. Il posa son long manteau noir et ses gants sur le dossier du canapé, puis il traversa la salle à manger avec l'intention de lancer une cafetière de café. Il s'était arrêté pour admirer la façon dont le soleil filtrait à travers les deux vitraux au-dessus des étagères encastrées de la pièce lorsque la sonnette de la porte d'entrée retentit.

Il vérifia sa montre. Il n'était que sept heures trente. Les cheveux foncés et les lignes fortes du visage de Jackson étaient visibles à travers les petites impostes de la porte d'entrée et il sourit en ouvrant.

— Bonjour, dit-il.

Jackson portait sa veste épaisse en jean et des gants en laine. Le froid avait coloré ses pommettes fortes et le bout de son nez. Il tenait un plateau avec deux gobelets Dunkin' Donuts et un petit sac en papier brun, et il regardait David, les sourcils arqués.

— Waouh. Regarde-toi.

Il s'avança dans la porte, son regard balayant David de haut en bas avec une lente minutie. Celui-ci referma la porte, sentant ses joues rougir.

— Merde, sourit lentement son compagnon. Tu es superbe.

— Mieux que ma tenue habituelle de préadolescent ?

— J'aime ça aussi, répondit-il en souriant. Mais ceci est… impressionnant.

— Merci, dit-il en baissant les yeux.

— Petit déjeuner, dit Jackson en indiquant le plateau avant de lui tendre le petit sac un peu maladroitement, David le prenant en souriant.

— C'est gentil, dit-il.

Ils traversèrent la cuisine et une fois qu'il eut posé les tasses sur le comptoir, Jackson posa doucement les mains sur les bras de David.

— Tu as une allure… vraiment incroyable, dit-il en caressant ses bras avec ses paumes en descendant jusqu'aux mains de David. Je veux t'embrasser, mais je ne veux pas froisser ton costume.

— Tu ne le feras pas, répondit ce dernier en souriant. Au grand dam de l'ex, c'est un mélange de polyester.

— Plus j'entends parler de ce type, plus je suis convaincu qu'il n'était pas assez bien pour toi.

— Je ne pense pas non plus qu'il l'était, affirma-t-il, son sourire s'adoucissant alors qu'il glissait ses bras à l'intérieur de sa veste, entourant sa taille.

Il souriait encore lorsque Jackson le rapprocha de lui et l'embrassa.

APRÈS LES sandwichs « spécial petit déjeuner » et un délicieux café à la noisette, David quitta sa maison à huit heures et demie. Gil venait tout juste d'arriver et il s'était garé dans la rue. Il sourit à David en fermant le hayon de son pick-up.

— Quel look, mon beau, interpella-t-il David.

Celui-ci lui répondit d'un geste de la main en souriant. Il n'y avait rien de plus réconfortant que d'avoir deux beaux hommes admirant votre apparence. C'était un baume pour un ego qui avait pris plusieurs coups ces dernières semaines. Bien sûr, avoir les lèvres gonflées par les baisers de l'un de ces deux hommes était encore mieux. Vernon sortit du côté passager du véhicule de Gil et siffla pendant que David se dirigeait vers le garage. Il lui lança un sourire par-dessus son épaule. Le sourire dura jusqu'à ce qu'il s'engage dans la circulation à l'heure de pointe et que la liasse de papiers craque dans sa poche de poitrine alors qu'il tournait au coin de la rue. L'anxiété tendit sa peau, mais il prit une profonde inspiration et refoula la peur. Il ne tirerait pas de conclusions hâtives avant d'avoir parlé à son avocate. C'était pour cela qu'il l'avait engagée, après tout.

Son bureau se situait dans un très bel immeuble de grande hauteur au centre-ville. Il prit l'ascenseur jusqu'au sixième étage et vit que tout l'étage était occupé par le cabinet d'avocats lorsqu'il en descendit. La dénomination « Ridgeway, Ridgeway et Cohen » était apposée sur le mur de bois foncé en lettres dorées de quarante-cinq centimètres de haut et une très jolie femme aux cheveux courts et au sourire agréable se tenait assise derrière le bureau d'accueil.

Il lui donna son nom et elle décrocha son téléphone en lui désignant le distributeur de café dans le coin. David avait déjà atteint sa limite de caféine pour la matinée, donc il prit place dans un fauteuil très confortable dans le coin afin d'attendre. Il ne resta pas assis là très longtemps.

Karen Ridgeway portait une jupe en tweed et une blouse en soie bronze. Ses cheveux blonds étaient coupés en carré court et elle portait des créoles en or aux oreilles et un simple anneau en or à son doigt. Son maquillage soulignait subtilement ses traits attrayants. Elle s'approcha et tendit la main avec un sourire amical.

— David ?

Il se leva et lui serra la main.

— C'est un plaisir de vous rencontrer enfin, dit-elle. Suivez-moi.

Elle l'emmena vers un long et large couloir. Ils dépassèrent plusieurs bureaux joliment aménagés et une grande salle de conférence et finirent dans un bureau en coin avec une vue imprenable sur le centre-ville et la rivière.

— Puis-je prendre votre manteau ?

— Non merci, je vais le garder.

Elle fit un geste vers un fauteuil en cuir bordeaux face à un grand bureau en acajou et s'installa sur un siège pivotant assorti derrière celui-ci. David avait les mains serrées et il se força à les détendre.

— D'accord, d'après le message que vous m'avez laissé, on vous a signifié des documents judiciaires hier ?

— Oui.

Il mit la main dans la poche de son manteau et en sortit l'enveloppe. Une fois qu'il l'eut placée dans sa main tendue, il l'observa nerveusement pendant qu'elle sortait le document. C'était un défi d'empêcher sa jambe de s'agiter tandis qu'elle lisait attentivement les trois pages, les sourcils légèrement froncés. Après quelques minutes, elle appuya sur un bouton du téléphone de son bureau.

— Brian, pouvez-vous venir, s'il vous plaît ?

Un jeune homme répondit rapidement à la convocation. C'était un homme séduisant aux cheveux blond vénitien, élégamment vêtu d'un pantalon foncé, d'une chemise et d'une cravate.

— Pourriez-vous appeler le tribunal afin de voir si cette affaire a été enregistrée ?

Il prit les papiers et jeta un coup d'œil à la première page, fronçant lui aussi légèrement les sourcils.

— Mais, ce n'est…

— Je sais, le coupa-t-elle. Une double vérification, s'il vous plaît.

— Oui, madame.

L'homme partit au moment où l'avocate de David décrochait son téléphone, composait rapidement un numéro, puis se penchait en arrière dans son fauteuil.

— Tony Sugarton, s'il vous plaît, dit-elle à celui qui répondit au téléphone.

Elle adressa un sourire rassurant à David pendant qu'elle attendait. Ce ne fut pas long.

— Tony, c'est Karen Ridgeway. As-tu fait signifier des documents à David Snyder au nom de ton client Trevor Blakenship ?

Elle écouta pendant plusieurs minutes son interlocuteur, son sourire vacillant à peine.

— C'est vrai ? D'accord, eh bien merci beaucoup. Embrasse Mimi pour moi, dit-elle avant d'écouter pendant un moment. Bien sûr, Ron et moi adorerions cela. Je t'appellerai avant le week-end.

Elle raccrocha alors que Brian rentrait dans le bureau.

— Cela n'a pas été enregistré, annonça-t-il en lui remettant les papiers avant d'adresser un sourire fugace à David et de quitter la pièce.

Karen se pencha en avant, posa ses coudes sur le dessus de son téléphone et lia ses mains. Elle pinça brièvement ses lèvres, tapotant ses pouces à plusieurs reprises.

— Eh bien, dit-elle enfin. Il semble que votre ex essaye de vous rouler dans la farine.

— Pardon ? demanda-t-il en se raidissant.

— Son avocat n'a pas rédigé ces documents. Monsieur Blankenship les a probablement téléchargés sur Internet. Ça ne veut pas dire qu'il ne pourrait pas porter plainte lui-même. Il pourrait. Mais… pas avec ces papiers, conclut-elle en soutenant son regard.

— Je suis désolé, répondit-il. Je ne comprends pas.

— Vous m'avez dit que monsieur Blankenship et vous n'êtes pas enregistrés comme concubins, n'est-ce pas ?

Il acquiesça.

— Il lui est alors impossible de demander la dissolution de quelque chose qui n'existe pas. Ce qu'il ne sait pas, parce qu'il n'a pas fait ses devoirs, c'est que tous les concubinages déclarés dans l'État de Washington avant 2014 ont été automatiquement enregistrés comme mariage dès que la loi légalisant la reconnaissance du mariage homosexuel a été adoptée. J'étais presque certaine que ces documents n'étaient pas le travail de son avocat. De plus, je savais qu'ils n'avaient probablement pas été enregistrés au tribunal.

— Mais j'ai été assigné, dit David. Dans mon bureau.

— C'est probablement une de ses connaissances, quelqu'un que vous n'aviez pas rencontré, expliqua-t-elle semblant presque s'excuser.

David pensa à l'homme qui était venu à son bureau et il pouvait dire, sans se poser de questions, qu'il ne l'avait jamais vu auparavant.

— Quoi qu'il en soit, ce n'était pas une vraie assignation. Je suis désolé, David, mais je pense que votre ex tentait simplement de vous intimider.

— M'intimider, répéta-t-il entre ses lèvres serrées.

— Il voulait probablement souligner qu'il serait beaucoup moins coûteux de payer les échéances de l'appartement que s'il obtenait un jugement du tribunal, y compris une pension alimentaire. Peut-être pensait-il que cela déclencherait des négociations avec vous pour ce qu'il veut. Visiblement, il ne sait pas qu'il n'a pas le droit à une pension alimentaire puisque vous n'étiez pas mariés.

Une colère à combustion lente monta dans la poitrine de David. Il tendit la main et ramassa les papiers qui avaient transformé les dernières vingt-quatre heures de sa vie en enfer.

— Donc, laissez-moi résumer : il a fait cela pour que je négocie avec lui pour le paiement des échéances de l'appartement ?

— Je pense que oui, effectivement.

Il serra ses doigts autour des documents et elle l'observa, une expression calme et compréhensive s'installant sur ses traits.

— Il a le droit à la moitié du produit de la vente parce que son nom figure sur l'acte de propriété de l'appartement, mais certainement rien d'autre. Et... commença-t-elle en posant son menton sur ses mains. Si vous n'êtes plus intéressé à garder cette propriété, vous avez légalement le droit de lui dire qu'il a l'option de vous racheter votre part ou de la vendre.

Elle l'étudia, son regard inébranlable avant d'arriver à la conclusion.

— Alors, êtes-vous prêt à arrêter de vous laisser marcher dessus ?

Il serra les dents, la colère l'étouffant. Puis, il se força à prendre une profonde bouffée d'air.

— Je crois que je le suis, dit-il, fier de sa voix si calme, ressentant exactement le contraire.

— Bien, dit-elle, un sourire lent et prédateur s'étirant sur ses lèvres.

TOUJOURS EN colère à la fin de son rendez-vous, David ne pouvait tout simplement pas faire face à l'idée de supporter la routine quotidienne de son travail. Il appela donc Michael.

— Comment ça s'est passé ? demanda celui-ci lorsqu'il décrocha.

— Exaspérant. La bonne nouvelle, c'est que je ne payerai pas douze mille dollars par mois. La mauvaise nouvelle, c'est que mon ex est encore plus salaud que je ne le pensais.

— Oh, bon sang. Il a fait autre chose ?

— Non, envoyer de faux documents judiciaires était son effort de cette semaine pour me rendre fou.

— Attends, il a fait quoi ?

— Écoute, on peut en parler plus tard ? Je ne suis pas d'humeur pour l'instant.

— Bien sûr, acquiesça-t-il rapidement. Tu ne viens pas, n'est-ce pas ?

— C'est pour cela que j'appelle. Je préférerais vraiment ne pas venir.

— Ne t'inquiète pas pour ça. La seule chose prévue aujourd'hui, c'est la conférence téléphonique avec Conderson's et je peux m'en occuper.

— Je t'aime, Michael, dit-il en laissant tomber sa tête contre l'appuie-tête. Si je devais prendre cet appel aujourd'hui, je leur dirais d'aller se faire voir avec leurs demandes.

— Tu n'as aucune garantie que je ne ferai pas exactement la même chose, assura son assistant, lui tirant un petit rire. Écoute, je t'appellerai quand je quitterai le bureau, d'accord ? J'ai besoin d'entendre ce qui se passe.

— Ça ira, dit-il en fermant les yeux pendant que le soulagement l'envahissait. Michael ? Je t'en dois une.

— Tu m'en dois tellement plus que tu ne pourras jamais payer, accepta Michael. Je t'appellerai plus tard.

Il rentra chez lui en voiture, parcourant les rues tranquilles du quartier, passant les bus scolaires et les jeunes mères au foyer dans leurs mini vans. Son cœur se mit à battre lorsqu'il s'arrêta dans l'allée et vit le camion argenté de Jackson garé devant sa maison. Le camion de Vern était là aussi, le hayon ouvert, des seaux de vingt litres de peinture sur la plate-forme du véhicule. David se gara devant la porte du garage et resta assis dans sa voiture pendant quelques minutes, submergé par la fatigue. Il était si fatigué du bazar avec Trevor, si lassé de la nervosité qu'il ressentait lorsque l'obscurité tombait, si usé par la méchanceté. Tout cela le rendait malade, même avec l'aide de Karen pour contrecarrer tout ce que Trevor avait fait.

La portière de sa voiture s'ouvrit et il se raidit instinctivement lorsque l'air froid se précipita sur lui. Jackson se pencha, le regarda avec inquiétude et David lui tendit la main.

— Bébé, tu vas bien ? demanda-t-il en prenant sa main et en s'accroupissant à côté de lui.

David fit une pause avant de hocher la tête. Il n'avait jamais été très friand de surnoms affectueux, mais il ressentit du plaisir en entendant Jackson l'appeler bébé.

— Oui, je vais bien.

— Est-ce que tout s'est bien passé ?

Jackson avait l'air si inquiet, un pli entre ses sourcils, que David tendit la main et le lissa du pouce.

— Oui, mais rentrons à l'intérieur pour parler, d'accord ?

— Vern et Gil préparent la salle de bains, dit Jackson en jetant un coup d'œil derrière lui. Veux-tu que la conversation reste privée ?

David apprécia sa discrétion et acquiesça.

— Tu viens avec moi ? demanda Jackson.

Ils se dirigèrent vers le pick-up de ce dernier en se tenant la main et lorsqu'ils démarrèrent, David ne se soucia même pas de l'endroit où ils allaient. Il ferma les yeux, reconnaissant pour le siège chauffant et sa façon de s'adapter à sa colonne vertébrale. La tension s'évapora de ses épaules.

153

Le silence réfléchi et le soutien de Jackson faisaient plus pour le calmer que les affirmations de Karen Ridgeway.

Jackson se gara alors qu'ils roulaient depuis plusieurs minutes et David ouvrit les yeux.

— Où sommes-nous ?

Il regarda autour de lui avec intérêt et vit des pins et des rochers imposants, entrecoupés de buissons rouge vif. Il y avait un ruisseau avec un courant rapide en bas de la pente, l'eau mousseuse et vert d'eau. De l'autre côté se trouvaient quelques petites cabanes nichées entre les arbres.

— Je suis venu ici en camp d'animateurs, révéla Jackson en parquant son pick-up et arrêtant le moteur. Ce n'est qu'à quinze minutes du centre-ville, mais ça pourrait aussi bien être à l'autre bout du monde. Je viens d'ici lorsque j'ai besoin de quitter la ville. Il n'y a pas de poissons dans le ruisseau, mais cela ne m'a pas empêché d'essayer de pêcher.

Il détacha sa ceinture de sécurité, puis il se pencha par-dessus la console entre eux et détacha également celle de son compagnon.

David saisit les revers de sa veste en jean afin de l'arrêter alors qu'il se reculait pour se rasseoir sur son siège. Il embrassa doucement Jackson, ses mains s'ouvrant pour lisser le tissu sombre.

— Prêt à parler ? demanda celui-ci en posant son coude sur la console.

David acquiesça.

— Bien, poursuivit Jackson en faisant un geste en direction du siège arrière. Voulez-vous entrer dans mon bureau ?

— Vous venez de m'inviter sur votre siège arrière, monsieur ? demanda David en souriant.

— Je crois que oui, répliqua-t-il après avoir fait semblant d'y réfléchir.

— Excellent.

David ouvrit sa portière et sortit. Au moment où il attrapa la poignée pour grimper sur le siège arrière, Jackson était déjà à l'intérieur, la main tendue. Il l'aida à s'asseoir sur le siège et referma la portière derrière lui.

— Impressionnant, dit David en souriant. On pourrait penser que tu as de l'entraînement.

— Eh, j'ai été un adolescent avec un pick-up avec une cabine prolongée. Je ne vais pas mentir.

David se détendit dans le coin du siège, une jambe pliée, l'autre allongée le long du plancher.

— Je parie que ce véhicule a vu sa part d'action.

— Celui-ci, pas tellement, affirma-t-il en se penchant en face de lui. Le Toyota 4Runner que j'avais au lycée? Disons que j'ai passé de très bons moments à faire des choses que mon père n'aurait jamais approuvées.

— Tu te serais probablement fait arrêter pour cela si tu avais été pris.

David admira la longue silhouette dégingandée de Jackson alors qu'il lui adressait un sourire impénitent.

— Sans aucun doute. Viens ici, dit-il en ouvrant les bras.

David glissa volontiers sur le siège, passant ses bras autour de la taille de son compagnon. Jackson se pencha en arrière contre la portière et accepta son poids, laissant la tête de David reposer sur son épaule.

Ses grandes mains calleuses se déplacèrent lentement de haut en bas sur la laine recouvrant le dos et les épaules de David.

Ce dernier ferma les yeux et se détendit dans son étreinte. Ils ne parlèrent pas pendant un moment. Il était presque en train de s'assoupir lorsque Jackson parla enfin.

— Tu veux me dire ce que ton avocate avait à te dire?

C'était aussi simple que cela, Jackson demanda et David répondit. Jackson était tranquillement installé, le tenant dans ses bras, et il présenta les suggestions de Karen. Elle voulait qu'il obtienne une ordonnance de restriction contre Trevor, lui indiquant noir sur blanc que le harcèlement devait cesser. De plus, son ex devrait payer pour l'appartement ou accepter sa vente. Il resta appuyé contre l'épaule de Jackson et attendit lorsqu'il eut fini.

— Je pense que tu as engagé une femme très intelligente et que tu devrais l'écouter, dit lentement son compagnon.

— Oui, je sais, soupira David. Tu ne penses pas qu'obtenir une ordonnance restrictive ne fera qu'aggraver la situation? J'essayais de ne pas le provoquer.

La main de Jackson glissa sur sa nuque, ses doigts pétrissant doucement les muscles tendus.

— Je ne pense pas que tu aies fait quoi que ce soit pour le provoquer et il chercher encore des moyens de te harceler. N'est-ce pas?

Le téléphone portable de David vibra dans sa poche comme un fait exprès. Il s'assit et le sortit, puis il secoua la tête devant l'ironie après avoir lu l'écran. Trevor avait envoyé un texto.

Es-tu prêt à régler cela comme un adulte?

David tendit le téléphone à son ami sans que celui-ci le lui ait demandé.

155

— C'est peut-être la personne la plus aveugle que j'aie jamais vue, s'exclama ce dernier avec incrédulité.

Le téléphone de David bourdonna encore une fois, puis à nouveau, et Jackson étudia l'écran.

— Qu'est-ce que tu voudrais que je fasse avec ça ? demanda-t-il.

— Je dois garder les textos pour Karen, mais je vais l'éteindre pour l'instant.

Jackson le lui rendit et David appuya sur le bouton et l'éteignit. Puis, il le laissa tomber par terre et retourna dans les bras de son ami. Il posa la tête contre sa poitrine et ferma les yeux. Pour une raison inconnue, il sentit soudainement qu'il pouvait pleurer.

— Est-ce vraiment stupide que j'aie l'occasion de te sauter dessus et que tout ce que je veuille, ce soit que tu me tiennes dans tes bras ? demanda-t-il d'une voix rauque.

— Non, répondit Jackson en resserrant son emprise. Non, ce n'est pas stupide.

SAMEDI MATIN, deux jours après avoir rendu visite à son avocate, David fut réveillé par la sonnerie de son téléphone portable.

— Allo ? répondit-il à moitié réveillé.

— Il faut qu'on parle, David.

Ce dernier eut besoin d'un moment pour réaliser de qui il s'agissait.

— Trevor ? demanda-t-il en tâtonnant pour trouver ses lunettes, réussissant finalement à les mettre.

L'horloge numérique sur sa table de nuit indiquait six heures trente.

— Merde, Trevor. Il est six heures et demie. Un samedi.

— Je sais quelle heure et quel jour nous sommes, répondit son ex. J'ai dit qu'il fallait que nous parlions et tu ignores mes textos.

C'était le cas. Trevor avait envoyé au moins une douzaine de SMS la veille, tous commençant par « il faut qu'on parle ». David les avait tous ignorés. Il voulait les supprimer, mais Karen lui avait dit de les garder au cas où ils en auraient besoin.

— Trevor, dit-il en frottant ses yeux sous les verres de ses lunettes. Je n'ai rien à te dire.

— J'ai plein de choses à te dire, rétorqua Trevor. Une ordonnance restrictive, David ? Vraiment ?

Il avait reçu la lettre de Karen. Elle l'avait averti que faire délivrer des papiers frauduleux, entrer dans le bureau de David lorsqu'il était absent et le suivre jusqu'à son domicile, sans parler des douzaines de SMS et d'appels téléphoniques, était un comportement de harcèlement criminel et constituait un motif d'ordonnance de restriction. La lettre était assez claire : arrêtez ou la demande sera immédiatement déposée.

— Tu as été surpris en train de fouiller mon bureau. À mon travail.

— Ce petit salaud d'assistant a une grande gueule.

— Tu as cassé la vitre de ma voiture !

— De quoi parles-tu ? demanda-t-il avec un silence surpris.

— Ne joue pas à l'imbécile avec moi, Trevor.

— Est-ce pour cette raison que la police est venue me voir, il y a quelques semaines, me posant un tas de questions ? Ta voiture a été vandalisée ?

Il semblait vraiment surpris, mais David savait que Trevor était un menteur expérimenté.

— Je n'ai pas fait cela, David.

Ce dernier roula sur le dos et passa sa main dans ses cheveux, ne le croyant pas un seul instant.

— Trevor, sérieusement. Arrête de m'appeler. Arrête de m'envoyer des textos. Si tu as un problème, appelle mon avocate. Je crois que tu as son nom et son numéro.

— Je ne veux pas vendre l'appartement, David.

— Alors, refinance-le.

— Je ne peux pas !

Cela fit réfléchir David et il ferma les yeux.

— Que veux-tu dire par tu ne peux pas ? Tu as un bon travail.

Il y eut une longue pause, mais cela ne rappela pas celui de Jackson à David. Celui-ci vibrait presque de tension.

Finalement, Trevor souffla bruyamment.

— Je suis un peu trop… surendetté et, par conséquent, ma cote de crédit n'est pas assez élevée pour que je puisse financer un prêt par moi-même.

David fixa le plafond, mobilisant sa détermination. Il s'interrogea sur tous les vêtements et le vin cher achetés sur une carte de crédit.

— Ce n'est pas de ma faute, Trevor. Je ne suis pas responsable si tu m'as trompé ni si j'ai dû déménager et non plus si tu ne peux pas financer un prêt.

— Tu n'avais pas à déménager.

— Oh, si je le devais, dit-il en plissant les yeux.

Il y eut une autre pause.

— Ce que tu veux dire, c'est que tu te moques que je perde ma maison à cause d'une fellation ? dit-il d'une voix vibrante d'une fureur mal réprimée.

David découvrit que là où, dans le passé, celle-ci pouvait l'effrayer, elle ne faisait plus que le fatiguer, à présent.

— Je n'ai pas dit ça. Bien sûr que je ne veux pas que tu perdes ta maison. Mais je ne payerai pas non plus pour que tu y vives.

— Si tu n'avais pas acheté cette foutue maison, si tu avais été raisonnable au début, rien de tout cela n'arriverait.

Il secoua la tête, même si Trevor ne pouvait pas le voir. Il commençait à penser qu'en plus d'avoir un côté cruel, l'homme était un manipulateur. Comment avait-il pu ne jamais remarquer cela ?

Mais il l'avait fait, répondit une petite voix dans sa tête. David savait que son ex pouvait être déraisonnable lorsqu'il n'obtenait pas gain de cause. Combien de chemises avait-il enterrées dans son placard parce que celui-ci ne les aimait pas ? Combien de fois avait-il eu peur d'acheter la mauvaise marque de crackers, le mauvais type de fromage, la mauvaise bouteille de vin ? Combien de fois, au cours des cinq dernières années, Trevor lui avait-il dit qu'il avait tort ? Combien de fois, alors que Trevor partait dans l'une de ses tirades, David avait-il secrètement craint que sa colère verbale se manifeste en quelque chose de plus physique ? Trevor avait réussi à lui faire croire qu'il devait tout accepter et le rendre heureux, non seulement pour qu'il ne lui fasse pas du mal, mais aussi en le persuadant que personne d'autre ne voudrait jamais de lui. Il était trop maigre, trop blanc, trop ouvertement homo. Brusquement, David en eut assez. Il se redressa, tous les muscles de son corps se crispant.

— Cette conversation est finie.

Il s'apprêtait à raccrocher, mais Trevor reprit la parole.

— J'ai vu le nouveau type avec qui tu es, David.

Celui-ci se figea pendant que son ex continuait à parler.

— Tu as fait toute une histoire à propos d'une fellation, mais cela ne t'a pas pris longtemps pour te trouver quelqu'un d'autre, n'est-ce pas ? dit-il, sa voix passant à un timbre bas, presque apaisant que David connaissait bien. Je sais tout de lui. Comment il prend soin de sa mère, où il vit, la voiture qu'il conduit. Mais tu ne devrais pas t'habituer à lui. Aucun homme ne lui ressemblant ne traînera longtemps avec toi. Sûrement pas avec toi. Puis, tu seras à nouveau seul, David. Seul et vulnérable.

— Qu'est-ce que c'est censé vouloir dire ? demanda-t-il, sentant sa peau se refroidir.

— Simplement ce que j'ai dit. Cela veut dire que tu seras seul. J'espère que tu as installé un système d'alarme. Je détesterais penser à ce qui pourrait t'arriver, seul, dans cette maison.

— Est-ce que tu me menaces ? demanda-t-il en déglutissant, déterminé à garder une voix stable.

— Je dis juste que tu ne peux pas être trop en sécurité, tu sais ? Il existe beaucoup de méchants dans le monde, David. Je n'aimerais pas penser que l'un d'entre eux pourrait te trouver, tout seul dans ta mignonne petite maison. Tu devrais peut-être envisager une sorte de protection. J'ai acheté une arme la semaine dernière parce que je voulais être sûr de pouvoir me protéger.

Il enroula ses doigts dans les draps, serrant le poing, essayant de réfléchir à ce qu'il devait dire, à ce qu'il devait faire. Finalement, il trouva.

— Trevor, tu dois savoir que cet appel est enregistré, comme tous les appels que tu passeras à l'avenir. J'ai aussi sauvegardé tous les SMS.

La pause suivante fut remplie de tension. Puis, David entendit un léger déclic lorsque l'appel fut déconnecté.

Son téléphone tomba de ses doigts sans forces et il se couvrit le visage de ses mains. Il trembla, ne sachant pas quoi faire ni qui appeler. Il n'était que six heures quarante-cinq, trop tôt pour appeler ses amis. Trop tôt pour appeler Jackson, ce qu'il voulait faire. Trevor avait-il raison ? *Aucun homme ne lui ressemblant ne traînera longtemps avec toi.* Les mots résonnaient dans sa tête et c'était comme si un poing se refermait sur son cœur, coupant tout le sang qui en sortait. Soudainement incapable de rester assis, David rejeta les draps et les couvertures et se leva.

Les mots de son ex essayaient de s'insinuer dans son esprit, mais il ne le permettrait pas. Il n'était pas le même homme qui avait toléré des années de stress verbal et émotionnel sur son ego. Il ne s'était jamais considéré comme une victime d'abus, mais en y repensant, il pouvait voir qu'il avait peut-être tort. Karen l'avait dit et Michael le disait depuis des années. Eh bien, malgré les menaces voilées de Trevor, il ne le laisserait pas gagner cette fois-ci.

Il s'habilla avec soin, enfilant un jean noir et une chemise à imprimé en cachemire rose et vert. C'était presque comme avoir une nouvelle garde-robe, refaire connaissance avec les vêtements que son ex détestait.

Il se regarda dans le miroir et se souvint de ce qu'il avait aimé à propos de cette chemise. Le rose pâle flattait sa peau et ses cheveux et le soupçon de vert dans l'imprimé cachemire faisait ressortir la couleur écume de mer de ses yeux. Bien sûr, à cet instant, il était pâle comme la mort et ses pupilles étaient si larges qu'un mince anneau blanc se dessinait tout autour de l'iris. Il se pinça les joues pour leur donner de la couleur, puis il entra dans sa chambre et fit méthodiquement le lit. Il prépara un pot de café et posa sur le comptoir une boîte de beignets qu'il avait achetée la veille. Plusieurs hommes travailleraient dans sa maison aujourd'hui et il voulait qu'ils se sentent les bienvenus. Il passa un balai à poussière sur les planchers en bois massif jusqu'à ce qu'ils brillent et dépoussiéra les meubles et les étagères encastrées, se déplaçant rapidement et efficacement. Mais les mots résonnaient toujours dans son esprit. *J'espère que tu as installé un système d'alarme. Je détesterais penser à ce qui pourrait t'arriver, seul, dans cette maison.*

À huit heures, alors qu'il avait tout terminé, David avait toujours l'impression d'être comme l'extrémité effilochée d'un fil électrique sous tension. Il appela le numéro privé de Karen Ridgeway. Elle répondit à la deuxième sonnerie comme si elle était debout depuis des heures.

— Karen, c'est David Snyder.

— Bonjour, David. Que se passe-t-il?

Il lui expliqua. Il essaya de se souvenir de la conversation mot pour mot, même s'il était sûr d'avoir raté des éléments. Cependant, c'était important, il le savait. Elle le coupa lorsqu'il lui dit que Trevor avait acheté une arme.

— Voilà ce que je veux que vous fassiez, dit-elle. Asseyez-vous, maintenant, pendant que la conversation est fraîche dans votre esprit et notez là. Envoyez-la moi par e-mail ou portez-la moi lundi à la première heure et je m'en occuperai rapidement afin que l'ordonnance restrictive entre en vigueur le plus vite possible. Appelez une compagnie de sécurité et faites installer une alarme aujourd'hui. Ce type est en train de dérailler et vous ne voudrez pas être dans la ligne de tir lorsqu'il disjonctera.

— Vous croyez qu'il y pense vraiment?

— Je sais qu'il y a trop de victimes de meurtre qui n'ont jamais pensé que leur partenaire mettrait leurs menaces à exécution. Je pense que vous devez gérer cette situation comme s'il allait le faire.

Elle fit une pause avant de reprendre la parole.

— Ce serait bien que vous ne soyez pas seul en ce moment. Vous pourriez peut-être demander à un ami de rester avec vous. C'est une situation sérieuse, David.

— D'accord, je le ferai, répondit-il, l'estomac noué.

— J'attends cet e-mail.

— Je vous l'enverrai.

Il resta assis pendant une minute lorsqu'elle eut raccroché, fixant le téléphone dans sa main. Puis, il se leva, récupéra son ordinateur portable sur le bureau et se rendit dans le salon. Il s'assit sur le canapé, alluma son appareil et ouvrit un document Word. Il resta là à fixer l'écran vide, son esprit tourbillonnant.

Je sais qu'il y a trop de victimes de meurtre qui n'ont jamais pensé que leur partenaire mettrait leurs menaces à exécution. Je pense que vous devez gérer cette situation comme s'il allait le faire.

Il ne voulait pas croire que Trevor lui ferait du mal, mais qu'en savait-il? Un souvenir des photos de Manny dans le journal lui revint spontanément, le patchwork de cicatrices sur son visage et ses yeux hantés. Le jeune homme n'avait probablement pas cru que George Wilkerson le battrait à moitié à mort.

Il fixa la page blanche. Pourrait-il se remémorer assez bien la conversation pour tout écrire? Il commença à taper sur le clavier, couvrant les bases. Il était tellement absorbé par ce qu'il faisait qu'il sursauta et porta la main à sa gorge où son cœur pulsait à présent lorsque la sonnette de la porte retentit.

De larges épaules et des cheveux foncés étaient visibles à travers les petites vitres de la porte et, pendant un moment, il se raidit. Mais, il aurait dû le savoir. David bondit et ouvrit la porte et Jackson se tenait là, les mains dans ses poches arrière tandis qu'il patientait. Il commença à sourire, mais dut voir quelque chose sur le visage de David.

— Qu'est-ce qui ne va pas? demanda-t-il en tendant la main pour attraper le bras de son compagnon.

David scruta la rue pendant qu'il tirait Jackson à l'intérieur et refermait la porte derrière lui. Il fixa les yeux pâles, essayant de rester debout contre la porte, tentant de raffermir sa colonne vertébrale. Mais l'inquiétude évidente de son ami l'attira et, tout à coup, il se retrouva contre lui, les bras enroulés autour de son cou, tremblant comme une feuille dans son étreinte.

— David, parle-moi, dit celui-ci, en posant une de ses grandes mains sur l'arrière de la tête de son compagnon. Que s'est-il passé ?

— Mon téléphone a sonné à six heures et demie, répondit-il en prenant une grande inspiration.

— Et ?

Il ne savait pas s'il était capable de tout répéter sans bafouiller. Il recula et pointa l'ordinateur du doigt.

— J'ai appelé Karen. Elle m'a dit de tout mettre par écrit.

— Je peux le lire ? demanda Jackson, le regard encore scrutateur.

— S'il te plaît. Je préférerais que tu le fasses, plutôt que de le répéter à voix haute.

Il fronça les sourcils, mais se dirigea vers le canapé, lançant un dernier regard inquiet à David avant de s'asseoir et de se pencher vers l'écran.

— Veux-tu un café ?

Jackson hocha la tête, son regard se déplaçant sur l'écran.

David se rendit dans la cuisine et versa des tasses de café, mettant plein de crème et de sucre dans le sien et laissant noir celui de son compagnon qui avait indiqué l'aimer ainsi. Il revint juste au moment où Jackson se reculait sur le canapé, la mâchoire tendue, les yeux dans le vague, mais durs.

Il prit son café lorsque David le lui tendit, mais il le posa immédiatement sur la table basse et se leva.

— Jackson ?

— Je reviens tout de suite. Je vais à mon véhicule.

David le suivit, puis se tint debout dans l'embrasure de la porte pendant que son compagnon descendait rapidement les marches. Il se pencha sur la boîte à outils à l'arrière de son pick-up, puis il revint avec ce qui ressemblait à une petite boîte à déjeuner noire dans les mains. David n'avait aucune idée de ce que ça pouvait être.

Jackson s'assit sur le canapé et tapota le coussin à côté de lui, puis plaça la boîte entre eux. Il sortit ses clés de sa poche et en mit une dans la petite serrure de la poignée.

David recula lorsque Jackson souleva le couvercle. Une arme à feu reposait à l'intérieur, sur un espace en mousse spécialement prévu à cet effet.

— Jackson ! haleta-t-il. Qu'est-ce…

162

— Je l'ai acheté pour l'avoir dans le camion après l'acte de vandalisme. En fait, c'est la police qui me l'a suggéré. Ils m'ont dit que si quelqu'un était prêt frapper mon camion à coups de batte de base-ball, je devrais être prêt à ce qu'ils me tapent avec. As-tu déjà tiré avec une arme à feu ?

David posa son café, qui avait commencé à déborder d'une manière alarmante sur les côtés de la tasse en raison de ses tremblements, sur la table basse et croisa fortement ses bras contre sa poitrine, plaçant ses mains sous ses bras.

— Non, je n'en ai jamais tenu une. Je ne veux pas commencer maintenant.

— Je comprends, assura Jackson et à en croire son expression, c'était vrai. Je ne l'ai jamais fait non plus. Mais, tu as été menacé, David. D'une manière assez flagrante. Je pense que tu dois prendre des mesures pour te défendre.

— Je vais appeler une compagnie d'alarmes, ce matin.

— C'est bien, mais je pense que tu as aussi besoin de l'arme.

— Je ne sais même pas comment tirer, Jackson. En plus, je ne pense pas que je pourrais la pointer sur quelqu'un, sachant que je ne pourrais pas appuyer sur la gâchette.

— D'accord, dit-il en l'étudiant calmement. Je veux que tu te souviennes de ce que tu as ressenti lorsque Trevor t'a dit qu'il avait acheté une arme et ce qu'il sous-entendait.

David doutait de pouvoir l'oublier un jour. Le simple fait de s'en souvenir lui provoquait des crampes d'estomac. Il fixa l'arme dans la boîte. Elle n'était pas grande, mais même posée là, elle avait l'air mortelle.

— S'il entrait ici sans être invité, ne te sentirais-tu pas mieux en sachant que tu as du renfort ?

David détestait la facilité avec laquelle son esprit s'orientait vers le oui. Pourtant, il hésita.

— S'il te plaît, David, dit doucement Jackson en tendant la main afin de prendre la sienne, le regardant intensément dans les yeux. Je ne peux pas être ici tout le temps avec ce qui arrive à ma mère. Mais, je vais m'inquiéter chaque fois que je te quitterai. Accepte de garder l'arme ici, s'il te plaît.

Celui-ci baissa les yeux sur l'arme, fixant le canon d'un bleu-noir mortel contre la mousse alvéolée gris foncé.

— Et toi ? demanda-t-il faiblement.

Même s'il détestait l'admettre, il se sentait plus en sécurité avec l'arme à feu dans la maison. Il pouvait même imaginer la prendre dans sa main. Un acte qu'il n'aurait jamais cru possible avant aujourd'hui.

— Mon père avait un petit arsenal et j'en ai gardé une partie, répondit Jackson, les lèvres tordues par un sourire ironique. Je suis couvert à la maison et je peux mettre un de ses pistolets dans le camion.

— Tu me montreras comment le tenir ? demanda David en prenant et relâchant une grande inspiration.

— Je t'emmènerai au champ de tir et je t'apprendrai à tirer.

Les paumes de David se mirent à transpirer rien qu'à cette idée et il les essuya sur son jean, mais il hocha finalement la tête.

— D'accord, dit-il en fixant toujours les yeux de Jackson. Je déteste vraiment cela.

— Je sais, bébé.

Le terme affectueux le réconforta alors même que Jackson glissait sa grande main autour de sa nuque et l'entraînait dans un baiser rapide. Devant la maison, des claquements de portières de voiture résonnèrent dans l'air clair du matin. Jackson se leva et se dirigea vers la fenêtre.

— C'est Vern et Gil, annonça-t-il en revenant vers David avant de ramasser la boîte. J'emmène ceci dans la chambre.

Il traversa rapidement la salle à manger et disparut dans le couloir. David se sentait bizarre, comme si les gens pouvaient savoir en le regardant qu'il avait une arme dans la maison. Ce qui était manifestement absurde. Il sauvegarda son document et ferma son ordinateur portable au moment où la sonnette de la porte retentissait.

— Bonjour, dit-il en ouvrant la porte, forçant un sourire éblouissant sur ses lèvres. Café et donuts dans la cuisine.

— Merci, David, dit Gil avec un sourire en passant.

— Salut, jolies fesses s'exclama Vernon en lui adressant un clin d'œil alors qu'il suivait Gil et David eut l'impression que son sourire devenait moins forcé.

Vernon agita un sourcil gris acier lorsque Jackson les rejoignit dans la cuisine, quelques instants plus tard, sa tasse de café à la main.

— Où étais-tu ? Dans la chambre ? dit-il en agitant ses sourcils d'un air comique.

David rit et ce n'était presque plus forcé du tout.

— Aux toilettes, répondit Jackson, en le fixant d'un air renfrogné.

— Avec ton café ?

— J'ai fait un détour par le salon pour le récupérer, dit-il en fixant l'homme plus âgé avec exaspération. Qu'est-ce que cela peut te faire, Vernon ?

— Oh, je ne sais pas, répondit ce dernier en se penchant afin d'étudier les donuts dans la boîte avant d'en choisir un avec du sirop d'érable. J'essaye juste de garder un œil sur vous, les amoureux. C'est tout, Jackson.

Il prit une énorme bouchée de sa pâtisserie en souriant autour et Jackson adressa un regard chaleureux à David.

Au moment où la moitié des donuts avaient disparu et où Manny arriva, David ne se sentait plus du tout mal.

XIV

DAVID PASSA du temps à ranger ses dossiers personnels et à nettoyer le bureau dans la pièce afin que rien ne gêne Gil et Vern lorsqu'ils seraient prêts à commencer là. Ils s'occupaient des finitions dans la salle de bains principale et allaient passer au bureau ensuite. Il prit son ordinateur portable et s'installa assez longtemps à son bureau pour envoyer le document à Karen, puis il enferma l'appareil dans son tiroir et se jura de ne plus penser à l'appel téléphonique de Trevor.

Entre les gars qui travaillaient dans la salle de bains et ceux sur le toit, c'était assez bruyant à l'intérieur de la maison. À treize heures, David décida qu'il devait sortir pendant un moment et faire les courses pour nourrir les hommes était le moins qu'il puisse faire. Il décida de prendre les commandes pour le déjeuner et il prit son iPad.

Il demanda à Gil et Vernon, qui étaient en train de finir la peinture blanc cassé dans la salle de bains, ce qu'ils voulaient chez Subway, puis il se dirigea vers sa porte d'entrée. Jackson et Manny se trouvaient dans la cour avant, près du trottoir. Jackson l'entendit arriver et le sourire qu'il adressa à David fit disparaître le froid de la journée.

— Hé, j'allais justement venir te voir.

— Me voici, répliqua David en lui offrant ce qu'il espérait être un sourire flirteur en retour.

Jackson glissa son bras autour de sa taille, sa main s'étendant sur le bas de son dos, et même le toucher innocent sembla lourd à David.

— Manny a fini d'inspecter le tuyau. Bonne nouvelle : rien n'est cassé.

— Oh, Dieu merci. Je donnerai ton nom à mon premier-né.

L'homme lui envoya un sourire timide sous le bord de sa casquette de base-ball.

— Tu prévois d'avoir un premier-né, alors ? demanda Jackson avec un sourire ironique.

— Enfin, pas en le portant.

Les deux hommes rirent. Manny parla, après un moment. C'était la première fois que David entendait sa voix.

— Tu as un léger blocage dans ta canalisation, ici, dit-il en pointant du doigt la bordure du trottoir. Je peux utiliser le serpent et régler le problème pour toi, si tu veux.

David étouffa le rire qui le menaçait. Ses émotions étaient à fleur de peau après la matinée qu'il avait vécue.

— Il y a tant que choses que mon moi intérieur de douze ans aimerait dire en réponse à cela, réussit-il finalement à dire. Mais, je pense que je vais en rester à « j'apprécierai beaucoup de prendre une douche dans ma propre maison. Merci.

Jackson lui adressa un regard amusé et les joues de Manny devinrent roses.

— Arrête d'utiliser des insinuations sexuelles pour harceler mes amis, murmura Jackson, mais David voyait bien qu'il se retenait de rire.

— Rabat-joie, jeta Manny à son ami avant de s'éloigner en balançant excessivement ses hanches.

Jackson et David se regardèrent l'un l'autre avant d'éclater de rire. Jackson se pencha en avant, près de l'oreille de son compagnon, alors que celui-ci riait encore.

— Je ne l'ai pas vu plaisanter comme ça depuis des mois.

— Je suis content qu'il aille mieux, dit-il en posant une main sur la poitrine de Jackson. Je suis venu ici pour avoir votre commande pour le déjeuner.

— Puis-je avoir ce que je veux ? J'aime ça, au fait, dit-il d'une voix grave en faisant glisser son doigt sur le devant de la chemise rose de David. Je préférerais que tu ne portes rien, mais j'aime ça.

L'expression sur son visage coupa le souffle de David et envoya une vague de chaleur au sud de sa boucle de ceinture.

— Tu es un sacré allumeur, tu le sais, n'est-ce pas ?

— Bébé, je ne plaisante pas, dit-il en accrochant son doigt entre deux des boutons de la chemise de David afin de le rapprocher de lui. À la minute où je trouve un moyen de m'absenter toute la soirée, nous aurons un rendez-vous correct tous les deux. Avec une bonne conclusion.

— Oh, prévois-tu de m'embrasser pour me souhaiter une bonne nuit sous le porche ? demanda David en se léchant les lèvres lorsque le bout du doigt de son compagnon effleura son estomac qui frissonna en réponse.

— Entre autres, répondit Jackson, ses lèvres pleines s'incurvant sur un sourire sexy.

— Vous réalisez que vous êtes au milieu de la cour avant en plein jour, n'est-ce pas ?

David regarda autour de lui, surpris de voir Michael, debout à environ quatre mètres de distance. Quand était-il arrivé ?

— Oui, je me suis garé, je suis sorti de la voiture, je suis resté là et tu ne m'as même pas remarqué.

— Bonjour, Michael, dit Jackson en le regardant par-dessus l'épaule de David.

— Jackson, répondit-il en traversant l'herbe sèche, son regard passant au-delà d'eux. David, sais-tu qu'il y a des hommes sur ton toit ?

— Oui, j'avais remarqué, dit-il celui-ci en s'éloignant à regret de la chaleur corporelle de Jackson. Ils réparent la fuite au-dessus du porche de service.

— Ah, s'exclama Michael en jetant un regard vers le trottoir, son expression s'éclairant. Est-ce le camion de Gil ?

— Vernon et lui sont en train de finir la salle de bains. Veux-tu entrer et lui dire bonjour ? demanda David, moqueur.

Michael lui fit un doigt d'honneur et Jackson tapota le bas du dos de David avant de s'éloigner.

— Jackson, attends, dit-il en attrapant un des passants de sa ceinture afin de l'arrêter. J'étais venu ici pour te demander quelque chose, avant que… eh bien…

— Avant que tu perdes la tête et décides de tripoter ton petit ami dans le jardin ? proposa Michael pince-sans-rire.

— Oh, la ferme, murmura David en surprenant la lueur malicieuse dans ses yeux.

— Il ne me tripotait pas, répliqua Jackson en souriant alors même que le visage de son compagnon s'échauffait. Je l'aurais remarqué.

— Je suis venu ici pour savoir ce que Manny et toi vouliez pour le déjeuner. Je vais aller chez Subway.

— Tu n'as pas à me nourrir, David, dit Manny en secouant la tête. Tu as déjà offert des donuts.

— Et tu n'as pas à introduire un serpent dans ma plomberie tout un samedi après-midi non plus, répliqua David avant de fusiller du regard Michael qui ouvrait la bouche. N'y pense même pas.

Le jeune homme garda le silence, mais ses yeux gris étincelèrent.

— C'est moi qui offre, Manny. Il faut que tu manges. Qu'est-ce que tu veux ?

— Laisse-le payer, dit Jackson en poussant doucement son ami. Comme ça, je n'aurais pas à en entendre parler plus tard.

David fronça les sourcils en le regardant, mais son compagnon n'eut pas l'air intimidé.

— Un Subway boulettes de viande et provolone dans un pain italien, annonça Manny. Merci.

— De rien, répondit David en tapant la commande. Une boisson ?

— Un Coca serait parfait.

— D'accord. Jackson ?

— Je vais prendre la même chose, en fait.

— Comment arrivez-vous à garder tous de tels corps si vous mangez ainsi ? dit Michael en secouant la tête.

— Travail manuel, répliqua David en lui jetant un regard alors qu'il s'apprêtait à contourner la maison. Tu devrais essayer un jour.

— Tu devrais tenter de ne pas être une salope, rétorqua son assistant et David entendit Jackson rire.

— Je vais te virer…

— Arrête de dire ça, l'interrompit Michael en le suivant en riant dans l'allée. Plus personne ne te croit.

Une fois qu'il eut toutes les commandes, David se dirigea vers sa voiture.

— Tu veux venir avec moi ? demanda-t-il à Michael.

— Bien sûr.

David lui lança la tablette avant de démarrer le moteur.

— Comment arrives-tu à faire quoi que ce soit ? demanda le jeune homme en attachant sa ceinture de sécurité.

— Qu'est-ce que tu veux dire ? demanda David tandis qu'il ajustait ses rétroviseurs et procédait aux réglages avant de rouler.

— Les nouveaux. Les hommes sur le toit. Ils sont chauds comme la braise. D'où viennent-ils ?

— Ce sont des amis de Jackson, répondit-il en faisant un petit geste à l'homme en question alors qu'ils reculaient hors de l'allée.

Jackson lui sourit en réponse. Un de ces sourires lents, ceux qui faisaient apparaître des fossettes dans ses joues et montaient jusqu'à ses yeux.

— Oh, bon sang, gémit Michael. Ce sourire est mortel.

— N'est-ce pas ? dit David en s'insérant dans la circulation. En réponse à ta question, Jackson agit en tant qu'entrepreneur général pour tout, car je n'ai aucune idée de qui embaucher.

— Sont-ils gays ?

— Les gars du toit ?

Michael hocha la tête.

— Aucune idée, répondit David en haussant les épaules. J'ai l'impression qu'ils sont du même bord que nous. On dirait qu'ils s'embauchent les uns les autres chaque fois qu'ils le peuvent. L'industrie du bâtiment ici n'est pas vraiment amicale avec les gays.

— Hum, répliqua son ami en tordant ses lèvres. Grosse surprise.

Il étudia un instant la tablette avant de continuer.

— Tu sais, il serait moins cher et plus facile d'acheter toutes ces boissons gazeuses à l'épicerie que d'essayer de ramener des plateaux de gobelets.

— Tu as raison. On va s'arrêter.

— Au fait, as-tu eu des nouvelles du fils du diable ?

Toute la légèreté qui s'était infiltrée dans la journée s'estompa d'un coup.

— En fait…

Il raconta à Michael l'histoire de l'appel téléphonique. Au moment où il termina, les doigts du jeune homme étaient blancs tellement il les serrait autour de la tablette.

— Merde, David, cet homme est fou. Au moins, tu ne le laisses pas s'en tirer comme ça.

— J'aurais pu, tu sais. J'aurais très bien pu, s'il n'y avait pas eu Jackson.

— Que veux-tu dire ? demanda-t-il en fronçant les sourcils. Pourquoi est-ce différent parce que tu as rencontré Jackson ?

David pouvait sentir le regard inquisiteur de son ami et il hésita avant de répondre, une autre habitude qu'il avait prise de Jackson. Il réfléchissait avant de parler, maintenant, ce qui était très différent de son attitude d'avant.

— Je ne veux pas qu'il pense que je suis faible, admit-il finalement. Si je laissais Trevor me piétiner, ce serait être faible.

Il jeta un coup d'œil à Michael et vit son expression satisfaite.

— Eh bien, bravo Jackson, alors. Tu mérites mieux et cet homme est certainement meilleur. Si tu as besoin que quelqu'un reste avec toi jusqu'à ce que ce gâchis avec la pourriture soit réglé, je serais heureux de le faire.

— Merci, dit David en tendant la main pour serrer celle de son ami.

— C'est normal, répondit ce dernier en pressant sa main en retour.

Ils décidèrent de se rendre d'abord à l'épicerie et ils virent que la caissière avait le visage maquillé de blanc avec un gros nez rouge en caoutchouc et une perruque ébouriffée couleur arc-en-ciel lorsqu'ils arrivèrent avec un chariot chargé de boissons gazeuses et de bières à la caisse.

— C'est quoi ce bordel ? marmonna David.

— C'est Halloween, David, l'informa Michael en riant. Tu n'as pas vu les petits enfants déguisés en super-héros sur le parking ?

— Je vois des enfants déguisés de temps en temps, répondit-il. Je n'ai pas fait le lien.

— Donc, tu n'as pas remarqué les citrouilles, les toiles d'araignées et les fantômes dans toutes les maisons de ton quartier ?

— Nous n'avons jamais prêté attention à Halloween à l'appartement, dit-il en souriant lorsqu'une petite fille en tenue de princesse avec un diadème passa à côté d'eux. Nous ferions mieux de prendre des bonbons pendant que nous sommes ici.

Michael partit en courant et revint avec trois sacs géants d'un assortiment de barres chocolatées.

— Tu vis dans la banlieue maintenant, mon pote, assena-t-il en réponse à l'expression horrifiée de David. Tu ferais mieux d'avoir assez de bonbons afin qu'ils n'écrasent pas une citrouille sur ton porche. Tu dois avoir de bons bonbons, pas des trucs merdiques trop sucrés.

— Je te crois sur parole, dit-il en ajoutant les bonbons aux boissons sur le tapis roulant.

Ils allèrent ensuite chez Subway et l'odeur des boulettes de viande et de sauce marinara fit presque regretter à David son sandwich à la dinde et au pain complet. Presque. Il ne bougerait jamais assez à son travail et un bedon ne serait pas mignon. Puisqu'il espérait que quelqu'un le verrait bientôt nu, la dinde sonnait de mieux en mieux.

Michael était calme, une fois qu'ils eurent quitté le restaurant, mais David voyait bien qu'il était préoccupé. Il lui jeta un coup d'œil, à un moment donné, pour voir son ami mâcher sa lèvre inférieure, le regard lointain.

— D'accord, crache le morceau.

— Quoi ? répondit-il en clignant des yeux.

— Tu as quelque chose en tête. Qu'est-ce que c'est ?

— L'autre jour, le contrat que Gil a perdu, c'est parce qu'il est gay, n'est-ce pas ? demanda-t-il en pinçant les lèvres.

— Même si personne ne le dit, mais ils pensent que c'est pour ça, oui.

— Alors, si tous ces hommes sont gays et que l'opportunité pour les gays dans d'autres entreprises du bâtiment n'est pas si géniale ici, pourquoi ne se regroupent-ils pas afin de démarrer leur propre entreprise ?

— Je ne sais pas, Michael, répondit-il en fronçant les sourcils. Le problème vient en partie du fait que les principaux entrepreneurs ne veulent pas les embaucher. Gil a perdu ce travail auprès d'un client privé. Je doute qu'ils veuillent s'unir et devenir une cible encore plus grande.

— C'était juste une idée, dit-il en haussant les épaules.

David y repenserait plusieurs fois au cours de l'après-midi.

GIL ET Vernon avaient fait un travail magnifique dans sa salle de bains et les cimaises du plafond brillant étaient maintenant d'un bleu doux et foncé assorti au carrelage du sol. David avait été convaincu qu'il devrait remplacer le revêtement laid du sol, ce qui aurait nécessité d'arracher le lavabo sur pied et la baignoire à pieds de lion. Maintenant que la peinture était terminée, les carreaux hexagonaux bleus sur le sol semblaient parfaits. Il n'y avait aucune coulure ni aucune trace de peinture nulle part et il étudia le résultat final avec soin. Les équipes qu'il engageait dans le cadre de son travail étaient bonnes, mais pas à ce point. Il se dirigea vers le bureau et observa Gil et Vernon qui couvraient soigneusement les planchers en bois massif, collant une bâche sur les bords, protégeant les lattes et les meubles avec plus de plastique. Gil leva les yeux et le remarqua.

— Salut, David. Est-ce que tout va bien ?

— Oh, oui. Ça va, répondit-il en souriant. La salle de bains est magnifique.

L'homme sourit et David aperçut une tache de peinture sur son menton.

— Notre but est de faire plaisir, dit-il en lui faisant un clin d'œil.

Il ouvrit ensuite le pot de peinture posé au sol. David avait choisi un vert mousse tendre pour les murs, mais Gil l'avait convaincu d'opter pour une couleur plus foncée et plus riche. Maintenant que la peinture était posée sur le plancher, il pouvait voir que le peintre avait raison ; elle ressortait mieux avec les boiseries et le lustre ancien en verre givré.

— Cela va être parfait, dit David en pointant du doigt la peinture que Vernon versait. Tu avais raison.

— Je savais que tu l'apprécierais plus lorsque nous y serions.

— Oui, et il est tellement modeste à ce sujet, intervint Vern alors qu'il nettoyait le côté de la boîte à l'aide d'un pinceau coudé avant d'appuyer sur le couvercle pour le refermer.

— Hé, il n'y a rien de mal à savoir que tu es bon à quelque chose, protesta doucement Gil.

— Oui, oui, Mary. Viens ici et prends un rouleau avant que je prouve le peu de travail que tu effectues.

Vern ramassa un plus petit contenant de peinture vert foncé et commença à peindre l'encadrement de la porte d'une manière experte.

— N'est-il pas mignon ? demanda Gil en sortant un rouleau neuf d'un sac en plastique. Je le garde parce que je me dis qu'il faut être gentil avec les personnes âgées.

Vernon lui fit un doigt d'honneur le long du manche de son pinceau sans même s'arrêter de peindre et David sourit.

Il se dirigea vers l'avant de la maison, réfléchissant à ce que Michael avait suggéré et à la qualité du travail de Gil et Vern. Les équipes qu'il embauchait pour sa société réalisaient des projets de masse avec des pistolets pulvérisateurs et des centaines de litres de peinture. Gil était un artiste, expert dans la finition de chaque mur et sans qu'une seule goutte de peinture ne finisse là où elle ne devait pas être, sauf sur son menton. Ils devraient vraiment travailler pour un décorateur d'intérieur, être payés comme ils le méritaient.

Le crépuscule striait le ciel de nuances d'orange pâle et de rose barbe à papa et il faisait vraiment froid lorsque la plupart des hommes prirent congé. Manny et les couvreurs avaient fini et étaient partis et Gil et Vernon dirent au revoir à David en prenant des barres chocolatées dans le saladier géant en céramique qu'il avait placé à côté de la porte.

Michael s'était installé sur le canapé, annonçant qu'il voulait aider à distribuer les bonbons et rester la nuit lorsque Jackson ouvrit la porte d'entrée. Il fit un signe de tête à Michael, puis tendit la main à David.

— Je peux te montrer quelque chose ?

— Oh, je suis sûr que... commença Michael.

— Rappelle-toi pour qui tu travailles, l'interrompit son ami.

— Dans tes rêves, répliqua-t-il en levant les yeux au ciel.

David lui lança un regard sévère alors que Jackson l'entraînait par la porte d'entrée.

Il enlaça leurs doigts tandis qu'il lui faisait descendre les marches, puis il s'arrêta près du côté de la maison où l'ombre était profonde et fraîche.

Il s'arrêta si vite que David faillit percuter son dos, puis il se retourna et le saisit par le bras.

— J'ai apprécié cela, tout à l'heure.

— Quoi? demanda David en étudiant son visage dans la lumière mourante.

— Lorsque Michael a dit que j'étais ton petit ami. Donc, nous y voilà, n'est-ce pas?

Il semblait presque méfiant, comme s'il avait peur que David ressente autre chose, veuille quelque chose de différent de lui. Il caressa la mâchoire tendue de Jackson. Son menton était rugueux contre la peau de sa paume.

— Oui, nous y voilà.

Les lèvres pleines de Jackson se recourbèrent sur ce sourire dévastateur qui grimpait jusqu'à ses yeux et il passa son bras autour de la taille de David.

— Merde, j'ai l'impression d'être au lycée.

— Je ne connaissais personne qui te ressemblait au lycée. Même si cela avait été le cas, il ne m'aurait pas remarqué. J'étais un horrible membre de la fanfare. Je parie que ce n'est pas ton cas.

— Non, je n'étais pas dans la fanfare, répondit-il, son pouce se déplaçant contre le dos de David, envoyant des frissons sur sa colonne vertébrale.

— Alors, qu'est-ce que tu faisais?

— Je passais ma vie en cours, dit-il d'un air penaud. Entre l'atelier de menuiserie et celui de métallurgie, je quittais rarement le bâtiment professionnel.

— Il n'y avait pas de cours de décoration d'intérieur lorsque j'étais au lycée. Par conséquent, fanfare.

— De quel instrument jouais-tu?

Il soupira, laissant tomber son front sur l'épaule de Jackson.

— Allez, David. De quel instrument?

— La flûte, répondit-il finalement d'une voix étouffée. Vas-y. Ris.

— J'ai l'air de rire?

Ce n'était pas le cas. David leva la tête et l'inclina, étudiant l'expression de son compagnon. Il souriait, mais sans aucune notion de ridicule.

— Je pense que c'est sympa.

— Tu es vraiment le seul gay que j'aie rencontré de toute ma vie qui n'a rien de sarcastique ou de salace à dire sur le fait que j'ai joué de la flûte.

174

Jackson sembla réfléchir à cela pendant un moment, puis il secoua la tête.

— Non, trop facile.

David rit doucement et Jackson l'attira plus près de lui. Puis, il enroula ses bras autour du cou robuste et se nicha contre le corps de celui-ci.

— Alors, Michael reste avec toi, ce soir ?

— Il a dit qu'il resterait autant de temps que j'en aurais besoin.

— C'est un bon ami.

— Oui.

— J'aimerais que ce soit moi, dit-il en le serrant plus fort contre lui. J'aimerais pouvoir rester avec toi.

— Moi aussi, soupira David.

Jackson glissa sa main dans le dos de son compagnon, la laissant reposer sur ses fesses. Il les agrippa et poussa son aine en avant. David sentit la dureté pressée contre lui et son sexe commença à se remplir.

— Ceci est vraiment injuste, tu sais, alors que tu vas grimper dans ton pick-up et partir.

— Si je ne n'étais pas sûr qu'un petit garçon déguisé en Iron Man soit sur le point de passer sur le trottoir avec sa maman, je tomberais à genoux et je te sucerais juste ici.

Le souffle de David se figea et il était sur le point de perdre son sang-froid et de supplier l'homme de faire exactement cela lorsque, comme s'il l'avait invoqué avec ses mots, le rire d'un enfant arriva jusqu'à eux porté par la brise froide. Il gémit et Jackson le serra avant de le relâcher. Leurs lèvres se rapprochèrent juste pour un bref baiser, doux et décevant.

— Je t'appellerai lorsque j'aurai tout réglé pour la nuit, d'accord ?

— D'accord. Est-ce vraiment stupide de dire que tu vas me manquer ? dit-il en hésitant.

— Pas alors que tu vas me manquer aussi, le rassura Jackson avec un doux sourire.

Ils remontèrent les marches du porche jusqu'à la porte, épaule contre épaule, leurs doigts enlacés. David l'ouvrit et Jackson se pencha suffisamment pour souhaiter une bonne soirée à Michael, puis il embrassa David rapidement et descendit les marches. David apprécia la vue sur les épaules carrées et les hanches étroites.

— Tu surveilles son cul, n'est-ce pas ?

David adressa un regard exaspéré à Michael avant de fermer la porte et son ami fixa son aine d'un air intense, l'un de ses sourcils arqués au-dessus des montures sombres de ses lunettes.

— Oh, tu es vilain, souffla David en s'ajustant et Michael lui retourna un sourire effronté.

Moins de dix minutes plus tard, la sonnette retentit et le premier d'un défilé de « des bonbons ou un sort » arriva jusqu'à sa porte d'entrée. Il y eut des enfants du primaire, déguisés en zombies, et même des lycéens en treillis et portant des draps blancs avec des trous découpés pour les yeux. Il y eut aussi une adolescente vêtue d'un tee-shirt qui disait : « c'est mon costume. Maintenant, donnez-moi ces satanés bonbons. » Michael rit lorsqu'il ouvrit la porte et les sourires flirteurs qu'il obtint firent sourire David.

— J'ai cru qu'elle allait te donner son numéro, plaisanta-t-il lorsque son ami eut refermé la porte.

— Que Dieu me protège des adolescentes, répondit-il en frissonnant. Je ne savais pas quoi en faire lorsque j'étais adolescent. C'est à ton tour.

La sonnette retentit à nouveau et David se leva du canapé. Ce fut à son tour de rire, cette fois.

Sa voisine, Jordyn, tenait son bébé qui était déguisé en joueur de football des Seahawks de Seattle avec un maillot vert et bleu orné du chiffre trois. Boots était en laisse à côté d'elle, tortillant son petit cul. Il portait une gaine large couleur taupe de son cou jusqu'au-dessus de sa queue avec de larges laçages blancs au centre du dos. Il était clairement le ballon de football. Il leva les yeux vers David, souriant de toutes ses dents.

— D'accord, tu gagnes le prix du meilleur costume.

Le bébé tenait un seau en forme de citrouille dans son petit poing et David lui sourit en laissant tomber trois barres chocolatées dedans.

— Un pour maman, un pour papa et un pour toi. Désolé, mon garçon, dit-il en baissant les yeux vers le petit chien. Je vais devoir m'approvisionner en biscuits pour ta prochaine visite.

Michael s'était approché de lui et il posa un genou à terre en riant afin de gratter Boots derrière une de ses oreilles en forme de chauve-souris.

— Oh, bon sang, je crois que je suis amoureux.

— Bootsy, voici Michael. Michael, je te présente Bootsy et sa propriétaire, Jordyn. Et voici clairement Russel Wilson, dit-il en pointant du doigt le bébé.

— Il s'appelle Colin, en fait. Je suis surprise que vous connaissiez les joueurs de football.

176

— Je suis gay, je ne vis pas dans une grotte.

Jordyn rit, mais cela ne dura pas et David remarqua qu'elle avait l'air tourmentée.

— Est-ce que ça va?

— Oui, ça va, répondit-elle rapidement avant de secouer la tête en soupirant. Juste pressée. Nous avons appris que la grand-mère de Paul est morte cet après-midi.

— Oh, je suis désolé.

Elle lâcha la laisse pendant que Michael continuait à caresser le chien et elle repoussa ses cheveux bruns derrière son oreille. Pour sa part, Boots avait apparemment décidé que Michael était son nouveau meilleur ami et il lui donnait un coup de museau à chaque fois qu'il avait l'air d'arrêter de le caresser.

— Elle était malade depuis un certain temps, mais ils ne s'y attendaient pas aussi vite. Sa famille est dans le Michigan, nous devons donc prendre l'avion. Paul a fait les réservations et je devrais être en train de faire les bagages. Mais, c'est son premier Halloween et je ne voulais pas qu'il le rate.

— Je comprends, assura David en souriant au bébé qui l'étudiait avec un sérieux désarmant.

Cette fois, sa petite bouche se releva sur un côté et il adressa un sourire baveux à David.

— Nous ne devons pas partir avant neuf heures, mais nous devons nous préparer et déposer Bootsy au chenil sur le chemin de l'aéroport, dit-elle en grimaçant. C'est chez le vétérinaire et je déteste l'y emmener, mais nous ne pouvons pas le laisser à la maison.

— Ne l'emmenez pas là-bas, Jordyn, dit David en secouant la tête. Je le garderai pour vous.

— Oh, David, merci, mais…

Elle regarda le chien qui avait roulé sur le dos et se pressait contre la main de Michael tandis que ce dernier lui grattait la tête.

— Vraiment? demanda-t-elle.

— Absolument.

— Nous ne serons partis que jusqu'à mardi, mais je ne veux pas vous déranger.

— Cela ne me dérangera pas, Jordyn. Boots et moi sommes potes. Ça ira très bien.

Ses yeux s'illuminèrent pour la première fois depuis que David avait ouvert la porte.

— Vraiment ? Il est vraiment gentil. Je le laisse parfois dans la maison pendant des heures et il ne fait pas de bêtises. Il aime se promener, mais ce n'est pas vraiment nécessaire. Il mange le matin et le soir, mais je peux vous apporter ses gamelles, sa nourriture et tout le reste. Vous êtes sûr, David ?

— Totalement. J'ai grandi avec des chiens. En plus, j'ai réfléchi à en avoir un, donc c'est le bon moment. Il peut me rappeler ce que c'est d'avoir un chien avant que je perde la tête et que j'achète un chiot corgi.

— Il ne va pas vous aider avec ça, répliqua-t-elle en souriant.

— Oui, je m'en doutais. Allez faire ce que vous avez à faire. Nous serons ici.

— Je suis désolée, dit-elle en regardant Michael alors qu'il se redressait, ses joues devenant d'un joli rose. Vous êtes Michael ?

Elle lui tendit la main et il la serra, jetant un regard perplexe à David.

— Est-ce que David et toi êtes ensemble, ou... ?

— Bon sang, non, répondit-il avec un frisson. Nous sommes seulement amis. Il sort avec le beau mec avec le pick-up argenté.

— Michael, gronda David.

— Quoi ? C'est la vérité, répliqua-t-il avant d'attraper un Snickers dans la main de son ami et de retourner vers le canapé.

— Celui avec les cheveux noirs et le menton ciselé ? demanda Jordyn, en haussant ses sourcils épilés.

David hocha la tête, sentant ses joues rosir, et elle lui adressa un sourire impertinent.

— Beau travail, David, affirma-t-elle avant de se pencher par l'embrasure de la porte afin de regarder Michael. Oh, vous êtes beau aussi. En fait, qu'il n'y a eu que des beaux mecs ici toute la journée. Le paysage était charmant pendant que je désherbais le jardin. Bien, je dois y aller, mais nous vous amènerons ce petit gars dans une heure ou deux.

Elle adressa un sourire soulagé à David et descendit les marches.

— Je l'aime bien, dit Michael en mordant dans sa barre chocolatée.

— Bien sûr que tu l'apprécies, répliqua son ami en fermant la porte. Elle t'a dit que tu es beau.

— Je le suis, affirma-t-il sans une once d'arrogance. C'est toujours agréable de l'entendre de temps en temps.

Il croisa ses longues jambes, lécha le chocolat sur ses doigts et David répondit à la porte lorsque la sonnette retentit à nouveau.

XV

LE FLUX des enfants déguisés diminua à partir de vingt heures trente. Jordyn et un Paul à l'air hagard amenèrent Bootsy avec un sac à provisions en tissu rempli de nourriture, de gamelles, de biscuits, d'un panier moelleux de taille moyenne et même d'une peluche en forme de hérisson. La jeune femme indiqua que c'était son «bébé» et Boots y semblait certainement très attaché. Lorsque Michael le lui tendit, il le prit dans sa gueule, puis il se coucha près du divan et, le menton posé sur lui, il surveilla la pièce, les yeux brillants.

— Oh, merde, s'exclama Michael en grattant son cou. Cet animal va me donner envie d'avoir un chien et ce n'est pas autorisé dans mon bail.

David s'assit à côté de Boots sur le sol et commença à lui caresser la tête. Le petit chien leva des yeux adorateurs sur lui.

— Alors, bouge, dit-il à Michael en souriant.

— J'en ai l'intention lorsque le bail sera fini.

— Ah oui? dit David en s'appuyant en arrière sur ses mains. Où veux-tu aller?

— Par ici, en fait. J'adorerais trouver une petite maison à louer.

— Je vais ouvrir l'œil.

Son téléphone portable sonna dans sa poche arrière et il se souleva sur une hanche pour le récupérer. Il vit le numéro et répondit en souriant.

— Salut. Ta mère est déjà couchée?

— En fait, elle est assise ici et Evelyn donne des bonbons à une bande de zombies miniatures.

— J'ai l'impression que les zombies sont nombreux cette année, répondit David en riant.

— Attends une seconde.

Jackson murmura quelque chose, une porte se ferma, puis il y eut une courte pause avant qu'il parle à nouveau.

— D'accord, maintenant, je peux t'entendre. Qu'as-tu prévu pour ce soir?

— Michael et moi allions commander chinois, je crois, dit David en jetant un coup d'œil à ses invités qui appréciaient clairement la compagnie de l'un et de l'autre. Pourquoi?

— Tu crois que cela dérangerait Michael si je t'empruntais?

— Jackson, que se passe-t-il? demanda-t-il, confus, même s'il sentait la joie monter en lui.

— Eh bien, je n'arrêtais pas de penser à notre discussion de cet après-midi sur un vrai rendez-vous. Maman va beaucoup mieux et Evelyn m'a proposé de rester avec elle chaque fois que j'avais besoin d'aide. Alors... j'ai demandé. Elle reste et je te sors en rendez-vous.

— Sérieusement? demanda David, son rythme cardiaque accélérant.

— Très sérieusement. Evelyn va rester jusqu'à demain matin.

— Tu vas rester la nuit, alors?

— Je réalise que je m'invite moi-même, mais je l'espère bien.

David était si excité qu'il se sentait un peu étourdi, mais il hésita.

— Peux-tu patienter une seconde?

— Bien sûr.

— Cela te dérange si je...? demanda-t-il à Michael en couvrant le micro du téléphone.

— Oh, pour l'amour de Dieu, ne sois pas stupide, s'exclama celui-ci avec un sourire. Boots et moi allons traîner, manger le reste des barres chocolatées et, ensuite, je rentrerai chez moi.

— Je t'invite à dîner.

— Pas question, répondit-il en secouant la tête. Je peux me l'acheter. Comme ça, je n'aurais pas à manger du poulet kung pao.

— Tu es sûr?

— David, dis-lui oui, déjà, dit Michael en le fixant, l'air exaspéré. Si tu n'y vas pas, je serai obligé de te voir bouder toute la soirée.

Ce dernier avait envie de protester, sauf qu'il savait que c'était plus que probablement la vérité.

— Monsieur Henry, j'adorerais venir, dit-il après avoir enlevé sa main du micro.

— Génial. Je passe te prendre dans une demi-heure. C'est assez de temps? demanda-t-il, David pouvant entendre le sourire dans sa voix.

— Cela devrait aller.

— David?

— Oui?

— Porte quelque chose de sexy.

David gloussait encore lorsqu'il raccrocha, puis il plaqua sa main sur sa bouche.

— Dis-moi que je ne gloussais pas.

— Tu ne gloussais pas, dit Michael en lui souriant.

— Oh, merde, tu mens.

— Hé, tu m'as demandé de te dire que tu ne gloussais pas. Que je ne t'entende jamais dire que je ne suis pas un ami solidaire.

— Je dois me doucher, dit David en se levant du sol.

— Oui, répondit son ami, en se relaxant dans le canapé, les mains derrière la tête et un sourire ironique aux lèvres. Tu voudras être vraiment complètement propre. Partout. Si tu vois ce que je veux dire.

— Oh, tais-toi, espèce de pervers ! s'exclama-t-il en sentant son visage s'enflammer.

Le rire de Michael le poursuivit dans la salle de bains.

Lorsque David sortit de la chambre, Jackson était accroupi près de la porte, frottant l'estomac de Boots, et le petit chien se tortillait de joie. Michael et lui levèrent les yeux lorsqu'il entra dans la pièce et la main de Jackson s'arrêta dans la fourrure blanche, son regard se déplaçant lentement sur David, de ses pieds à sa tête.

Celui-ci était si nerveux qu'il avait l'impression que sa peau était électrisée, mais il réussit à rester immobile sous le regard intense de son compagnon. Lorsque Jackson lui avait dit «porte quelque chose de sexy», David avait jeté sa prudence aux orties et avait plongé dans son ancienne garde-robe. Il portait un jean skinny noir, une chemise vert vif asymétrique avec une rayure grise et un pull gris à col en V par-dessus. Il avait accessoirisé sa tenue avec un grand foulard vert menthe et blanc et des demi-bottes zippées avec un petit talon. S'occuper de ses cheveux lui avait pris plus de temps que choisir ses vêtements et il avait opté pour une coiffure désordonnée, mais pas trop. Il savait qu'il avait l'air très mince et espérait avoir réussi à paraître plus hipster que nerd.

— Waouh, s'exclama Jackson en se levant, son appréciation sans équivoque. Tu es superbe.

Michael s'appuya contre les coussins du canapé, les mains derrière la tête, et il adressa un sourire lent et approbateur à son ami.

— Merci. Toi aussi.

C'était vrai. Il portait un jean bien usé, mais impeccable. Sa chemise était noire et la veste noire en daim qui la recouvrait semblait douce au toucher. Elle accentuait ses larges épaules et s'ajustait à sa musculature dans tous les bons endroits. Mais, ce qu'il remarqua le plus, c'est que sa barbe avait disparu. Son menton carré et sa lèvre supérieure n'avaient plus leur ombre habituelle et ses cheveux épais et foncés étaient nets, mais légèrement décoiffés, comme s'il y avait passé ses doigts. David voulait lui aussi y passer ses doigts.

Boots n'aimait pas être ignoré et il frappa le mollet de son humain avec sa tête. Jackson baissa les yeux sur lui en souriant.

— Michael m'a dit que tu avais un invité.

— Assez insistant en plus, semble-t-il. Ou alors, j'ai un rival pour ton affection.

— Il est mignon, mais pas vraiment mon genre, confirma Jackson en regardant David avec un sourire malicieux. Prêt à partir ?

David sortit un manteau en laine noire du placard et laissa son compagnon le glisser sur ses épaules.

— On se voit plus tard, dit-il en regardant Michael.

— Oui. Je vais manger toute ta nourriture et commander du porno à la télé à la carte pendant son absence, dit-il, David lui adressant un regard malicieux tandis qu'il précédait Jackson à la porte. Amusez-vous bien, les enfants. Profitez bien.

Son rire les poursuivit dans la nuit.

— Il est de bonne humeur, constata Jackson en riant alors qu'il refermait la porte derrière eux.

— Trop de chocolat, répondit David. Il est fou.

Les dents de Jackson brillèrent dans la lumière du porche. Il attrapa la main de David, entrelaça leurs doigts et ce dernier s'appuya contre son épaule.

— Alors, où allons-nous ?

— J'ai pensé que nous pourrions d'abord aller au cinéma, puis partager un dîner tardif. Qu'en dis-tu ?

— Parfait.

En fait, il se moquait d'où ils allaient. Il était juste content d'être en compagnie de Jackson. Il s'approcha de lui et celui-ci lâcha sa main et glissa son bras autour de ses épaules. Il se sentit bien contre sa chaleur concrète.

Un son doux résonna derrière eux dans l'allée sombre, comme le bruit d'un pas sur le béton, et David se raidit. Les cheveux sur sa nuque se dressèrent et Jackson s'arrêta à ses côtés.

— Qu'est-ce qu'il y a? demanda celui-ci en fronçant les sourcils.

David jeta un coup d'œil vers les ombres obscures près de l'arrière de sa maison. Quelque chose avait-il bougé? Il n'en était pas sûr et il se rapprocha de Jackson.

— David?

— Ce sont probablement les ombres, murmura-t-il. Mais depuis la nuit où Trevor m'a suivi et est resté assis dans sa voiture à me surveiller, je n'arrête pas de penser que j'entends et que je vois des choses.

— Tu veux que je vérifie?

— Non.

Il avait répondu avec plus d'emphase que nécessaire, mais il ne voulait vraiment pas que son compagnon se rende tout seul dans l'ombre.

— Allons-nous amuser. Je suis sûr que c'est mon imagination.

Jackson n'avait pas l'air convaincu, mais lorsque David enroula sa main autour de son bras et se dirigea vers la voiture dans l'allée, il se laissa tirer.

XVI

DAVID OUBLIA le bruit dans l'ombre lorsqu'il vit l'élégante Mercedes noire garée dans l'allée.

— Waouh. Elle est à toi ?

— Elle est à ma mère, répondit-il en déverrouillant la voiture, les lumières clignotant brièvement. En fait, c'était celle de mon père. C'est, à peu près, la seule chose qui lui reste de lui.

David admira la voiture alors qu'il se dirigeait vers la portière côté passager et s'installait. Un cuir noir impeccable recouvrait les sièges et des bois exotiques brisaient les lignes élégantes du cuir. Le tableau de bord, côté conducteur, comprenait tellement de cadrans et de boutons qu'on aurait presque dit celui d'un avion de chasse.

— C'est vraiment magnifique, dit-il en attachant sa ceinture de sécurité avant de passer sa main sur les inserts en cuir souple de sa portière.

— J'ai pensé que ce serait mieux pour un rendez-vous que le pick-up.

— J'aime bien le pick-up, répondit-il en regardant Jackson juste à temps pour voir le sourire qu'il lui adressait.

— Moi aussi. Mais, c'est plus facile pour se garer.

Jackson démarra et les feux illuminèrent l'allée, chassant les ombres. David se relaxa dans le siège avec un soupir silencieux de soulagement lorsqu'il ne vit rien d'inhabituel.

— Est-ce que ton père aimait les voitures de luxe ? demanda-t-il en jetant un coup d'œil à son compagnon.

— Mon père aimait tout ce qui coûtait cher, répondit-il, les lèvres tordues. Il gagnait beaucoup d'argent et il aimait le dépenser. Mes parents vivaient à Mill Wood, près de Northwest, quand j'étais petit.

David haussa les sourcils. La zone décrite par Jackson était un quartier exclusif plus proche du centre-ville et connu sous le nom de Knoll Ridge. C'était le domaine de prédilection des cardiologues, des neurochirurgiens. Des avocats.

— Nous vivions dans une maison de six pièces pleine d'objets coûteux et ma mère n'avait rien à faire. Il était très doué pour « sauver les apparences » avec les autres associés de son cabinet et leurs épouses. Nous avons découvert à sa mort que la maison était lourdement hypothéquée et qu'il était endetté jusqu'au cou. Les adhésions à des country clubs exclusifs et une série de maîtresses avaient aspiré une grande partie de ses revenus.

Il avait l'air amer et David ne pouvait pas lui en vouloir.

— Ta mère le savait ?

— Je pense qu'elle se doutait que quelque chose n'allait pas, mais c'est la seule chose sur laquelle Travis et moi avons été d'accord. Nous ne lui avons rien dit. Nous avons remboursé les cartes de crédit, y compris les factures d'hôtels et plusieurs milliers de dollars de bijoux qui n'ont jamais été offerts à notre mère, puis nous lui avons conseillé de vendre la maison parce qu'il avait fait de mauvais investissements. Elle ne posait pas beaucoup de questions ; il avait toujours insisté pour gérer leur argent et elle lui faisait confiance, dit-il en tapotant le volant avec son pouce. Comme s'il le méritait. Nous avons payé et j'ai réussi à la convaincre que Travis n'avait pas besoin d'une autre Mercedes et qu'elle devrait garder celle-ci, quelle que soit la façon dont il insistait à ce sujet. Lorsque nous avons eu fini de nous assurer qu'elle ne se retrouvait pas coincée par les dettes de notre père, il ne restait plus grand-chose avec une valeur monétaire.

Il s'engagea sur le boulevard principal en direction du centre-ville, semblant aussi à l'aise au volant de la Mercedes que dans son camion.

— Mon frère et ma sœur ont pris ce qu'ils voulaient dans la maison et ma mère a donné le reste à des œuvres de charité. Il lui a laissé une assurance vie raisonnable, donc si elle est prudente, tout ira bien. Elle n'a jamais été attachée à l'ancien endroit et à tout ce qu'il y avait dedans. La maison dans laquelle elle vit aujourd'hui appartenait à mes grands-parents et elle est à peu près dans le même état que lorsqu'ils étaient vivants. Sauf que nous avons enlevé une partie de la pelouse et mis une roseraie à l'arrière.

— Ma mère dit que c'est beau.

— Elle adore ça, c'est tout ce qui importe.

— Comment va-t-elle, aujourd'hui ?

— Beaucoup mieux, dit-il, ses lèvres se détendant sur un sourire. Je ne sais pas si cela vient de sa propre détermination ou si c'est la présence de ta mère, mais elle va bien. Je pense qu'elle pourrait rester seule pendant la journée, maintenant, mais je crois aussi qu'elles s'amusent bien. Elles jouaient au poker pour des myrtilles lorsque je suis rentré, hier soir.

David rit. Cela ressemblait bien à sa mère.

— Shirley a-t-elle revu son médecin ?

— Oui, il lui a dit de bien se tenir et de ne rien faire de stupide avant qu'il ôte les points de suture mardi prochain. Je crois que Beverley et elle prévoient une sortie au salon de beauté et un déjeuner à l'extérieur dès qu'ils auront été enlevés.

David se jura d'appeler sa mère dès le lendemain. Il lui était redevable que Jackson puisse finir le travail sur sa maison. Il sourit lorsque ce dernier tendit le bras par-dessus la console et attrapa sa main, la tenant pendant qu'il conduisait. Quelques minutes plus tard, il engageait la voiture élégante dans un parking souterrain du centre commercial du centre-ville qui abritait le cinéma Regal local.

PLUS TARD, David serait incapable de dire à qui que ce soit quel film ils avaient vu. C'était une comédie, mais au-delà de cela, il ne serait pas en mesure de raconter quoi que ce soit au sujet de l'intrigue. Il riait, mais il était plus conscient des Junior Mints que Jackson faisait éclater dans sa bouche, du grand Coca Light qu'ils partageaient, de la sensation de l'homme tenant sa main dans l'obscurité de la salle, son pouce se déplaçant sur les articulations de David dans des caresses lentes et constamment excitantes. Il était tellement absorbé par son compagnon qu'il n'aurait même pas remarqué si quelqu'un autour d'eux avait eu un problème avec deux hommes se tenant la main. Dans le passé, il n'avait jamais pu ignorer les réactions des autres, mais ce soir, il n'avait même pas remarqué qu'il y avait des gens autour d'eux.

Après le film, Jackson reprit la voiture et traversa quelques pâtés de maisons jusqu'à un restaurant italien populaire, Luigi's. Il était situé dans un bâtiment ancien du centre-ville, construit au tournant du XIXe siècle. L'ancienne façade en briques cachait un intérieur charmant avec des banquettes lourdes et sombres et un magnifique bar ancien le long du mur du fond. Un immense miroir suspendu au-dessus reflétait les dizaines de bouteilles de liqueur haut de gamme. David y était venu une ou deux fois avec ses parents, mais Trevor n'aimait pas la cuisine italienne, donc…

Ils partagèrent un plateau d'antipasti composé de mozzarella, de câpres, de salami et de crostini accompagné d'une bouteille de Sangiovese. David ne connaissait rien aux vins italiens. Trevor était l'expert en vin et il ne ratait aucune occasion de lui dire qu'il n'avait aucun palais. Il ne pensait pas forcément à reprendre un autre verre de l'excellent vin, mais il savait qu'il l'aimait. Il se jura qu'il avait fini de penser à Trevor.

Jackson et lui discutèrent tranquillement pendant l'entrée. David se sentit tranquillement ravi lorsque les orteils bottés de son compagnon finirent par se reposer sur l'extérieur de sa cheville, se déplaçant doucement contre le cuir souple de sa botte. C'était une si petite chose, mais c'était rassurant et un doux rappel que le bel homme en face de lui était bien plus que juste son artisan.

David commanda la piccata de poulet en plat et Jackson choisit les lasagnes, mais ils finirent par en emporter la plus grande partie à la maison. Ils marchèrent lentement jusqu'à la Mercedes, leurs épaules se frôlant, riant doucement. Le cœur de David lui semblait plus léger qu'il ne l'avait été depuis longtemps et tout le stress résiduel de l'appel téléphonique de ce matin semblait très lointain.

La lumière du porche était encore allumée lorsque Jackson s'arrêta dans l'allée et gara la voiture. Ils sortirent en silence et traversèrent la pelouse, main dans la main. Ils n'avaient aucune raison de parler, ils savaient tous les deux où ils allaient. Le cœur de David battait à toute allure et il était nerveux, mais il désirait Jackson plus désespérément que tout ce qu'il avait pu vouloir dans sa vie. Il déverrouilla la porte d'entrée, l'ouvrit et fit un bond en arrière en entendant un aboiement aigu. Boots passa la tête par l'encadrement de la porte et David éclata de rire en portant une main à son cœur.

— Il t'a fait peur ? demanda Jackson en pressant sa poitrine contre le dos de son compagnon.

— J'ai oublié qu'il était là, dit-il en se penchant pour repousser doucement le petit chien, conscient de Jackson qui le suivait, tout en ébouriffant la fourrure derrière les oreilles de Boots. Bon garçon, dit-il en complimentant le petit chien. Va te coucher maintenant. Allez.

Boots lui lécha la main, puis il trottina vers le panier molletonné que Jordyn et Paul avaient amené. Il grimpa dedans et s'enroula autour de son jouet hérisson. David ferma et verrouilla la porte et deux grandes mains se refermèrent sur ses épaules. Il fut doucement retourné, le dos appuyé contre la porte et tout ce qu'il pouvait voir, c'était Jackson, ses yeux, sa bouche.

— Hé, dit-il, à bout de souffle.

— Hé, répondit Jackson avec un sourire diabolique avant de placer ses mains sur la porte de chaque côté de la tête de David.

Il se pencha et quand son poids s'installa contre lui, David poussa un soupir tremblant.

Il savait que Jackson pouvait sentir son cœur battre la chamade et la façon dont son corps désespéré se tendait contre le sien. Il avait été à moitié dur pendant toute la soirée et son compagnon se pressant contre lui finissait le travail. Jackson poussa ses hanches en avant et David sentit la dureté correspondant à la sienne contre sa hanche. Il glissa sa main sur le flanc de Jackson sous sa veste.

— Est-ce que Michael est encore là ?

David fredonna alors que ses doigts s'étendaient sur les côtes de son compagnon. Il pouvait sentir des bandes de muscles durs sur sa cage thoracique.

— Non, répondit-il en secouant la tête. Il a dit qu'il partait vers dix heures.

— Bien, dit-il en se penchant et se blottissant sous le menton de David, son chaume légèrement râpeux envoyant des frissons dans sa colonne vertébrale. Après, nous n'avons plus qu'à nous inquiéter des voisins.

— Les vieilles maisons ont des murs épais, dit David en riant.

— Sont-elles insonorisées ? demanda Jackson en se reculant, sa bouche courbée sur un sourire légèrement tordu.

— Je ne suis pas bruyant. Je ne l'ai jamais été, dit-il en s'excusant presque, son corps frissonnant à l'implication.

— Peut-être pas avant, répliqua son compagnon, son sourire s'agrandissant.

La chaleur inonda son visage et il sut qu'encore une fois, il flamboyait d'un rouge vif.

— Bon sang, j'aimerais pouvoir arrêter de rougir, s'exclama-t-il en touchant sa joue chaude.

— J'aime que tu rougisses, assura Jackson en pressant ses lèvres là où les doigts de David s'étaient trouvés. Je suis impatient de voir si c'est juste réservé à ton visage ou si tu rougis partout.

David frissonna. Peut-être que la retenue de toute une vie changerait entre les bras de cet homme. Il le désirait tellement qu'il pouvait le goûter et c'était certainement nouveau.

Jackson fit un pas en arrière, prit la main de David et se dirigea vers le couloir sombre. David se laissa conduire.

— Oh, attends une seconde, dit ce dernier lorsqu'ils arrivèrent à la porte.

David fit un détour par le salon afin de récupérer le sac presque oublié contenant leurs repas, puis il se précipita dans la cuisine pour le mettre au réfrigérateur. Il prit quelques biscuits pour chien sur le plan de travail et s'accroupit à côté du petit chien pour lui donner la friandise.

— Tu es un bon garçon, murmura-t-il.

Boots commença à mâcher un biscuit dur, le croquant joyeusement.

— Tu le gâtes trop, dit Jackson en le regardant avec indulgence lorsqu'il se redressa.

— Je m'en moque. Il n'est là que jusqu'à mardi. Je doute de pouvoir faire beaucoup de dégâts.

Il saisit la main de Jackson et ce fut son tour d'ouvrir le chemin vers sa chambre, s'arrêtant lorsqu'il vit la porte entrouverte. Il regarda à l'intérieur pour la trouver vide, mais la lumière sur la table de nuit brillait doucement. Le dessus-de-lit sombre était soigneusement plié au pied du lit, révélant les draps bordeaux immaculés et les oreillers soigneusement gonflés. Une bouteille de lubrifiant et plusieurs préservatifs se trouvaient sur la table de nuit et un grand Snickers était posé sur chaque oreiller. Il ferma les yeux, soupirant d'exaspération embarrassé.

— Quoi ? demanda Jackson en s'appuyant contre son dos, son souffle sur le cou de David.

— Mon meilleur ami a vraiment beaucoup de bonnes qualités, mais la subtilité n'en fait pas partie, répondit-il en frissonnant. Il a, apparemment, ressenti le besoin de fournir un service de luxe.

Il ouvrit la porte en grand et Jackson crachota un rire effaré. Il se dirigea vers le lit et prit une des barres chocolatées.

— Drôle de type, dit-il en plaçant le bonbon à côté du flacon de lubrifiant. Entre ma voisine et ton meilleur ami, tout le monde essaye de nous dire que nous avançons trop lentement.

— Je pense que nous sommes exactement là où nous devrions être, quand nous devrions y être, dit David en fermant la porte et en s'appuyant contre lui.

Jackson ôta sa veste, puis la posa sur le dossier d'un fauteuil dans le coin avant de revenir vers son compagnon.

— Je pense que tu as raison, répondit-il en le tirant de la porte et en faisant glisser le lourd manteau de laine le long de ses bras. Je pense aussi que nous avons assez parlé. Pour l'instant.

Il posa aussi sa veste sur la chaise et David fit glisser l'écharpe au-dessus de sa tête, la jetant ensuite dans la même direction générale, sans se préoccuper de l'endroit où elle atterrissait. Jackson se rapprocha, glissa sa main autour de la nuque de son compagnon et l'attira dans un baiser lent du genre à recroqueviller les orteils.

David ne savait pas à quoi il s'attendait, mais ce n'était pas au rythme tranquille et doux de la séduction de Jackson. Ce dernier l'embrassa longtemps et totalement, puis il se sépara de lui juste assez longtemps pour glisser ses doigts sous l'ourlet du pull de David et le faire passer par-dessus sa tête. Il déboutonna ensuite sa propre chemise et David fixa l'aperçu de la poitrine de Jackson encadré par le tissu noir du vêtement.

Son cœur pulsa d'un battement lourd et lent à la vue des poils sur la poitrine de son amant qui partaient de son sternum pour s'enrouler autour de chaque mamelon couleur cuivre. Les poils foncés délimitaient ses tablettes avant de s'amincir pour disparaître dans la ceinture de son jean. David tendit les doigts en gémissant afin de suivre le sillon mince sur la partie basse de son abdomen. Il aimait les hommes au torse poilu et c'était plus doux qu'il n'y paraissait.

Jackson glissa une main le long du bras de David et lui pressa la main, tenant sa paume plus fort sur ses abdominaux.

— Que voulait dire ce son ?

— Tu es si parfait, répondit-il en repoussant la chemise de son compagnon.

Il leva ensuite les deux mains pour couvrir la totalité des muscles pectoraux, ses pouces caressant les mamelons. Jackson inspira fortement et ses pupilles se dilatèrent tandis que sa poitrine se gonflait et David éprouva un moment de plaisir enivrant à savoir qu'il pouvait provoquer cette réaction. Puis, son amant commença à déboutonner sa chemise du bas vers le haut et David ressentit un pic de peur. Il attrapa les doigts de Jackson et les immobilisa.

— David ? dit-il en levant les yeux pour croiser les siens.

Celui-ci se lécha les lèvres, mais sa bouche était si sèche que cela ne l'aida guère.

— Je ne ressemble pas à ça, murmura-t-il, passant une fois de plus la paume de sa main sur la poitrine de Jackson, incapable de s'arrêter de le toucher. Je ne suis pas comparable à cela.

Jackson leva la main et attrapa la mâchoire de son compagnon. Il le maintint et se pencha pour l'embrasser, ses dents pinçant sa lèvre inférieure.

— Ce sont des foutaises, David, dit-il tout contre sa bouche. Tu es mince et tu es beau. Je n'ai jamais vu de plus beaux yeux que les tiens.

191

Il descendit une main dans son dos jusqu'à la poser sur un de ses globes fessiers et le serra.

— Ceci m'a empêché de dormir, ajouta-t-il.

La capacité de réagir intelligemment de David se volatilisa lorsque Jackson se pencha en avant et posa ses lèvres sur sa gorge.

— Oh, bon sang, s'exclama-t-il en sentant la langue de Jackson toucher sa peau.

Son cou était depuis toujours une zone sensible, mais cet endroit, juste là où son cou se rattachait à son épaule, le faisait trembler. Il enroula ses doigts autour du poignet de Jackson et se détendit contre la caresse alors que son amant étendait ses doigts sur sa mâchoire.

Jackson remonta plus haut sur sa gorge, repoussant son col tandis que ses dents taquinaient la peau pâle et que ses doigts revenaient sur les boutons de la chemise de David, les faisant glisser hors de leurs boutonnières.

— Jackson, s'étouffa David en levant sa main sur l'arrière de la tête de son compagnon, accrochant ses doigts dans l'épaisse douceur de ses cheveux.

Il gémit lorsque Jackson pinça à nouveau son cou.

— Oui, David ? murmura-t-il contre sa peau.

— Je veux juste… je veux…

Ses divagations s'estompèrent lorsque Jackson fit glisser la chemise de ses épaules et le tira contre sa poitrine nue. Les poils doux frottèrent contre les mamelons de David et ils s'érigèrent. Il frissonna et essaya de rassembler ses pensées, mais elles étaient aussi intangibles que des nuages dispersés par la brise.

— Je veux… tenta-t-il à nouveau.

— Tu veux quoi ? demanda Jackson en le rapprochant, glissant sa cuisse entre ses jambes.

David devait mobiliser chaque once de sa maîtrise de soi pour ne pas se frotter contre sa cuisse et maintenant son compagnon voulait qu'il parle ? C'était presque alarmant de voir à quel point il était excité. Il n'avait jamais ressenti cela auparavant.

— Toi, réussit-il finalement à dire, haletant lorsque Jackson pressa sa cuisse contre ses testicules douloureux. Je te veux.

— C'est une bonne chose, répondit son amant d'une voix rauque. Parce que je te veux aussi.

La chemise de David était restée bloquée sur ses coudes et Jackson passa ses paumes rugueuses sur la peau exposée de son dos et de ses épaules.

— Ta peau est si douce, si belle, reprit-il.

Il ouvrit ensuite encore plus ses lèvres sur la gorge de David et tira sur la peau. Celui-ci agrippa une poignée de muscles pectoraux et enfonça son autre main dans les cheveux de Jackson.

— Je... merde, gémit David.

La langue tourbillonnante de Jackson apaisa l'endroit lorsque celui-ci commença à le faire souffrir. David céda et frotta son érection contre la cuisse de son compagnon.

— Cette journée a été la plus longue de ma vie.

— C'est vrai? demanda David en laissant sa chemise glisser de ses bras avant de faire tomber celle de Jackson au sol également.

— Je ne me souviens pas de la dernière fois où j'ai autant désiré quelqu'un, acquiesça-t-il.

David fixa l'homme devant lui, incapable de trouver une seule parole rationnelle à dire. Jackson était mince, brun doré et son jean descendait assez pour qu'il puisse voir le haut des muscles de chaque hanche. Chaque mouvement de ses mains tendait ses biceps et fléchissait ses solides avant-bras.

Il était époustouflant et David voulait lécher chaque centimètre de lui. Il était tellement beau et il bégaya quelque chose dans ce sens, mais il doutait que cela ait un sens.

— Toi aussi, David, dit Jackson en posant ses mains de chaque côté sur la cage thoracique de son amant. Tu es parfait.

Ce dernier fit un bruit moqueur avant de pouvoir s'en empêcher.

— Bordel, je veux vraiment botter le cul de ton ex, s'exclama-t-il, son regard honnête et sérieux.

Il se pencha plus près de lui et son visage bloqua tout le reste. Ses lèvres flottaient à quelques centimètres de celles de David lorsqu'il parla.

— Je ne veux personne d'autre dans cette pièce à part toi et moi. J'aime tout en toi, assura-t-il en glissant ses mains sur la colonne vertébrale de David afin de l'attirer vers lui jusqu'à ce que leurs poitrines soient à nouveau fermement serrées l'une contre l'autre.

David reprit son souffle.

— J'aime même tes lunettes.

La sensation de la peau de Jackson combinée avec ses mots étourdit David.

Puis il prit sa bouche dans un baiser profond et ses lèvres se déplacèrent sur les siennes, persuasives, les poussant à se séparer.

Un gémissement monta de la poitrine de David à la sensation douce et mobile de la langue de Jackson glissant entre ses dents. Il enroula ses bras autour du cou de son amant et s'y accrocha. Jackson se tourna au fur et à mesure que le baiser s'approfondissait, plaçant David sur le dos sur le lit, enfonçant son genou dans le matelas à côté des hanches de ce dernier alors qu'il s'abaissait pour le couvrir de son corps.

Ils s'embrassèrent jusqu'à ce que les sens de David soient liquéfiés et que son seul point d'ancrage sur le lit soit ses bras autour du cou de Jackson. Finalement, ce dernier se mit à genoux et ses mains se posèrent sur la ceinture du jean serré de son amant. David entendit sa ceinture se détacher et sentit le dos des doigts de Jackson frôler la peau juste au-dessus des boucles brun pâle de son aine. Ses articulations effleurèrent son sexe lorsqu'il fut libéré et David était si dur qu'il faillit jouir juste à ce contact. Son jean et son caleçon glissèrent sur ses jambes et ses bottes furent arrachées. Tout tomba sur le sol avec un bruit sourd. Puis, Jackson fut de retour, son visage planant au-dessus du sexe dressé, rouge et rebondissant sur le ventre de David.

Celui-ci ferma les yeux et sentit son visage se réchauffer. Il n'était pas gêné par sa taille. Il avait surmonté cela au lycée, dans un gymnase, lorsqu'il s'était rendu compte qu'il était plutôt moyen. Mais, se retrouver sous le regard de Jackson alors qu'il était dur était à la fois excitant et terrifiant. Puis, son amant enroula sa main autour de sa hampe et il remonta contre lui, approchant ses lèvres de son oreille.

— Il n'y a aucune raison d'être embarrassé à propos de ceci. Tu es magnifique, dit-il en caressant David d'une manière experte.

Il glissa à nouveau vers le bas, son visage si près que son souffle chaud ressemblait à des plumes caressant la peau étirée.

Le premier contact de la pointe de la langue de Jackson, léchant le liquide séminal sur la fente, aspira tout l'air des poumons de David. Il se força à ouvrir les yeux, les baissa et haleta d'étonnement en voyant Jackson ouvrir la bouche, détendre sa gorge et le prendre jusqu'à la base. Son amant recula ensuite lentement, ses yeux bleus remontant le long du corps de David pour rencontrer son regard.

— Oh, oh, murmura celui-ci, une de ses mains remontant dans ses propres cheveux, les empoignant afin d'essayer de s'arrimer sur place.

La sensation de chaleur brûlante et humide agissait de concert avec le regard intense dans les yeux de Jackson.

Il le prit de nouveau en profondeur, avalant tout, puis il se retira et concentra l'action de sa langue autour de son gland, glissant sa main vers le haut de la cuisse de David. Il écarta les jambes de son amant et enroula de longs doigts autour de ses testicules avant de passer doucement derrière eux. David combattit l'envie de pousser dans la bouche de son compagnon en tenant un poing devant ses lèvres afin d'essayer d'étouffer la série de gémissements haletants qui sortaient de sa gorge. Les yeux bleus continuaient de l'observer, mesurant sa réaction.

Il ne se passa pas beaucoup de temps avant que la peau de David picote et qu'il écarte ses jambes. Il tira ses genoux plus près de sa poitrine et il ne lui restait plus assez de neurones pour se sentir gêné d'être ainsi ou de montrer à quel point il était excité.

— Jackson, l'avertit-il d'une voix étranglée. Je suis très près.

Jackson recula en faisant glisser sa paume sur le gland gonflé du sexe de son amant dans une lente torsion et David frissonna.

— Est-ce un problème? demanda-t-il.

— Je ne veux pas que cela finisse si vite, répondit David, luttant contre l'orgasme qui menaçait.

— Ah, mon chéri, répliqua-t-il, en frôlant avec ces doigts l'entrée ourlée que son compagnon avait exposée et offerte comme un cadeau. Ce n'est pas parce que tu jouis que c'est fini.

David comprit enfin comment on pouvait s'étouffer pour quelque chose parce que ce fut ce qu'il fit.

Jackson lécha lentement la queue empourprée de son amant de la base vers le gland, puis il roula sur le côté. David sentit son érection humide rebondir contre le bas de son abdomen alors que les mains de Jackson se dirigeaient vers son propre jean. Il l'ouvrit et le descendit ainsi que son slip, et David vit les longues cuisses musclées, les hanches proéminentes et le sexe parfait, non circoncis, émergeant rouge foncé du nid de boucles sombres entre ses jambes.

David en eut l'eau à la bouche, mourant d'envie de le goûter.

— Celui-ci, dit-il en enroulant ses doigts autour de l'érection épaisse de son amant. Amène-le ici.

— Oui, monsieur, acquiesça-t-il en lui adressant un sourire.

Il se souleva et chevaucha la poitrine de David. Sa queue était juste là et David pouvait voir le gland gonflé sortant de sa manchette de peau, pouvait sentir son excitation. Il inhala le parfum musqué et tendit les mains, serrant les hanches de Jackson et le tirant plus près de lui.

Lorsque son nez fut niché contre la chair épaisse, frottant sa joue contre elle, Jackson gronda profondément.

195

David ouvrit la bouche, le prit et le goût salé, légèrement amer, le fit gémir. Il sentit la main de Jackson s'enrouler autour de sa nuque, ne le tirant pas, le tenant simplement, son pouce caressant la base de son crâne. Il relaxa sa gorge et le prit aussi loin qu'il le pouvait jusqu'à ce que son nez caresse les boucles noires et que sa gorge soit pleine. Il passa sa langue sous le prépuce de son amant, l'entourant autour du gland brillant avant de le sucer fortement.

Jackson inspira vivement, puis il se retira.

— Ai-je fait quelque chose de mal ? demanda David en levant les yeux vers lui, les sourcils froncés.

— Tu l'as fait trop bien. J'étais sur le point de me mettre dans l'embarras et de me lâcher après une succion.

Il se baissa pour l'embrasser, passant sa langue sur la lèvre inférieure de David avant de se retourner afin d'attraper la bouteille de lubrifiant.

David eut son premier aperçu du tatouage sur la hanche de Jackson. C'était un triangle rose à l'envers avec une ligne noire épaisse. Il tendit la main et le caressa, lissant la peau encrée du bout des doigts, sentant le bord légèrement surélevé du contour noir. C'était le seul tatouage qu'il avait et David en reconnaissait l'importance.

Jackson le regarda chaleureusement à nouveau.

— Pousse-toi un peu, ordonna-t-il doucement.

David s'empressa de faire coopérer ses membres et espéra qu'il ne ressemblait pas à une sorte d'insecte pâle aux longues jambes.

Jackson se pencha sur lui lorsque sa tête fut sur l'un des oreillers, étendant sa main sur sa poitrine en le regardant dans les yeux.

— Juste pour clarifier, dit-il. Que veux-tu ?

David savait ce qu'il demandait et espéra qu'il n'allait pas rougir des pieds à la tête pendant qu'il se battait pour dire les mots à voix haute.

— Je te veux en moi.

— Et je veux y être, répondit Jackson en fermant les yeux et prenant une grande inspiration. Je ne sais pas combien de temps je vais tenir. Ça fait un moment.

— Cela n'a pas d'importance, dit David en levant une main pour la poser sur la nuque de son compagnon, ses doigts se glissant dans ses cheveux foncés. Cela fait un moment pour moi aussi. Plus longtemps que tu ne le crois.

Jackson sourit, sa main glissant sur l'estomac de David, soulevant la chair de poule sur sa poitrine et faisant en sorte que ses mamelons deviennent aussi durs que de la pierre.

— Est-ce que c'est puéril de ma part que cela me fasse plaisir d'entendre ça ?

Jackson baissa la tête et l'embrassa, sa langue glissant immédiatement entre ses lèvres. David joignit ses bras autour du cou de son amant et entendit le bouchon de la bouteille de lubrifiant s'ouvrir.

Le gel était toujours froid lorsqu'il était appliqué pour la première fois et David s'y prépara mentalement en soulevant une jambe et l'enroulant sur la hanche de Jackson. Mais celui-ci l'embrassa de nouveau et lorsqu'il sentit une caresse légère comme une plume derrière ses testicules, puis le long de la peau tendue jusqu'à ses fesses, Jackson avait réchauffé le lubrifiant dans sa main. David soupira lorsque son amant frotta presque délicatement un doigt autour de son anneau. Au moment où il glissa la pointe à l'intérieur, David était en train d'incliner ses hanches vers le haut, presque sur le point de mendier.

Trevor avait toujours dit que David était un « passif naturel », mais il y avait un petit ricanement dans sa voix qui insinuait qu'il y avait quelque chose de mauvais à cela et donc chez David pour cela. Il s'était battu contre cette partie de lui-même, pour rejeter son plaisir, et cela avait fini par tuer sa vie sexuelle avec son ex. Le fait de savoir que si Trevor prenait du plaisir à utiliser le corps de David, il ne le respectait pas le rendait incapable de se détendre et Trevor ne comprenait pas pourquoi il n'y arrivait pas.

Mais il n'avait aucun mal à se détendre avec Jackson. Le doigt de celui-ci glissa à l'intérieur en appuyant juste un petit peu plus et ils gémirent tous les deux lorsqu'il fut à l'intérieur de lui jusqu'à la deuxième articulation. Lorsque Jackson courba son doigt et trouva sa prostate, David gémit et arqua le dos au-dessus des draps.

— C'est bon ? demanda Jackson en le regardant attentivement et en le caressant de nouveau.

David haleta, essayant de soulever son autre jambe, arquant ses hanches pour l'emmener encore plus loin.

— Bon sang, oui, s'il te plaît.

— S'il te plaît quoi, David ?

Celui-ci détourna son visage du regard pénétrant de Jackson, se sentant encore plus que nu. Si Jackson se moquait de lui ou le traitait avec mépris, David n'était pas sûr de se remettre de la déception.

— Ne me fais pas supplier, Jackson, dit-il, choqué de se sentir si près des larmes.

— David.

Il prit sa lèvre supérieure entre ses dents, ferma ses yeux, son érection commençant à s'estomper.

— David, regarde-moi, s'il te plaît.

David se força à ouvrir les yeux et croisa ceux de son amant, mais au lieu de la dérision froide et moqueuse qu'il avait trouvée dans les yeux de Trevor, il trouva chez celui-ci un désir calme, mais désespéré.

— Je voulais juste savoir si tu avais besoin d'être plus préparé ou si je pouvais…

Ses paroles traînèrent vers le silence, mais la faim dans ses yeux ne s'estompa pas.

— La seule façon pour que ce soit bon pour moi, c'est que cela le soit aussi pour toi, reprit-il. Mais, tu dois me dire quoi faire.

Le sourire de David était tremblant. Il se sentait à nouveau au bord des larmes, mais pour une raison tout à fait différente.

— Je suis prêt.

— Mais tu es toujours aussi serré.

Jackson déplaça son doigt en lui, puis le sortit presque et David serra ses muscles pour l'empêcher de le laisser vide et en attente.

— J'aime… commencer de cette façon, dit David, incapable d'admettre qu'il aimait simplement la brûlure de son corps s'étendant autour d'un sexe épais. Doucement, doucement. D'accord ?

Jackson prit une grande inspiration et hocha la tête. David entendit la déchirure de l'emballage du préservatif. Il sut que Jackson le déroulait sur lui, mais il ne regarda pas vers le bas ; il fixa le regard de son amant. Il se concentra sur ses traits réguliers et beaux, le regarda frissonner comme si le simple fait de se toucher était presque trop.

Puis, Jackson se profila au-dessus de lui et David leva les jambes jusqu'à sa poitrine, les mains derrière ses genoux, en attente. Jackson soutint son poids sur un bras raidi et utilisa son autre main pour s'aligner. Il s'avança et David poussa, haletant tandis que Jackson glissait lentement à l'intérieur. Il lui fallut toute sa concentration pour rester détendu pendant toute la poussée.

David gémit lorsque les os des hanches de Jackson se pressèrent au ras de ses fesses et il souleva une main pour enfoncer ses doigts dans le bras de son compagnon. Il avait presque oublié cette sensation, à quel point il était tendu, à quel point il était plein.

— Trop rapide ? Je suis désolé, je…

— Non, pas trop vite. Juste…

David ouvrit la bouche et ses yeux se révulsèrent. Il était incapable de se concentrer sur autre chose que la délicieuse brûlure se propageant à travers ses fesses et dans sa colonne vertébrale.

— Juste une seconde…

Il réussit à réguler sa respiration et se repoussa contre l'invasion bienvenue. La brûlure s'estompa et le sentiment merveilleux de complétude qu'il aimait le remplaça. Il se força à regarder Jackson et vit les lignes de tension autour de sa bouche, les perles de sueur sur son front.

— Bouge, chuchota-t-il en tendant la main sur le côté du visage tendu de son amant.

Le soupire de gratitude de Jackson sembla provenir de son âme. Il se recula et poussa à nouveau lentement et David leva ses hanches à sa rencontre.

— Tu peux aller plus vite, murmura-t-il.

La poussée suivante fut plus rapide, celle d'après encore plus et il posa une main sur David, inclinant ses hanches plus haut. David poussa un cri de plaisir étranglé lorsque le sexe de Jackson poussa contre le faisceau de terminaisons nerveuses gonflé en lui. Sous cet angle, Jackson frappait sa prostate à chaque poussée et David perdit la trace de tout, sauf de la ruée vers le plaisir.

Il avait arqué le cou, sa vision était en noir et blanc et il babillait, sa tête se déplaçant sur l'oreiller à mesure que chaque muscle de son corps se tendait de plus en plus. Il supplia pour plus, plus fort, plus vite, et sentit que le cadre du lit commençait à trembler. Il pouvait entendre le bruit de la peau de Jackson claquant contre la sienne, sentir la sueur sur ses flancs alors qu'il essayait de l'agripper.

Finalement, la voix de Jackson lui parvint.

— Allez, bébé, le poussa-t-il. Allez.

David ne trouva pas de mots pour répondre.

— David, s'il te plaît !

Jackson haleta et son désespoir ainsi que les puissants coups de boutoir dans son canal le poussèrent à bout. David vint si fort sans jamais avoir touché sa queue que des étoiles éclatèrent derrière ses paupières et que l'océan rugit dans ses oreilles. Il cria et s'accrocha à Jackson jusqu'à ce que celui-ci pousse fort et jouisse, son corps fort frissonnant, son sexe se crispant assez fort pour que l'une des répliques de David ressemble à un plus petit, mais pas non moins fracassant, orgasme.

David était conscient que Jackson s'était effondré sur lui, mais il ne resta pas longtemps sur lui. Il se retira prudemment, roula sur le côté et les jambes de David retombèrent sur le lit comme des spaghettis trop cuits. Il s'en moquait et ne se sentait pas connecté à son corps pour le moment. S'il avait dû bouger, cela lui aurait été presque impossible.

Le lit bougea et Jackson s'assit sur le bord, puis il se pencha et enfila son jean avant de se lever.

— Jackson? demanda David d'une voix rauque, se sentant encore plus lourd.

Son compagnon lui adressa un doux sourire et se pencha pour l'embrasser.

— Je reviens tout de suite.

Il se dirigea vers la porte de la chambre. David fixa son beau et large dos, apercevant juste le haut de son tatouage sur le jean descendant bas sur ses hanches. Il ferma les yeux et la prochaine chose qu'il perçut fut le craquement du plancher en bois et le lit qui s'affaissait à ses côtés. Un linge humide et chaud commença à se déplacer sur son estomac.

Il ouvrit les yeux, les leva et Jackson lui sourit.

— Tu vas bien?

— Hum, mmhmm, marmonna David en clignant lentement les yeux. Alors le vieil adage « avoir le cerveau en compote » pourrait bien être vrai. J'ai l'impression que le mien est sorti par mes oreilles.

— Je dois dire que c'était assez spectaculaire, approuva Jackson en riant doucement. Merci.

— Je t'en prie, répondit-il en laissant sa main reposer sur la poitrine de son amant. Bien que je n'aie pas l'impression d'avoir fait grand-chose.

— Tu te trompes, dit Jackson en riant.

Il se leva assez longtemps pour jeter le gant dans le panier et se dépouiller de son jean, puis il revint s'allonger.

Même si David était rassasié comme il ne l'avait jamais été dans sa vie, Jackson lui coupa le souffle.

— Tu es incroyable, s'exclama-t-il.

Il se glissa dans le lit, glorieusement nu, et se pencha pour embrasser David.

— Merci, dit-il. Tu l'es aussi.

David n'allait pas discuter avec lui. À la place, il regarda son compagnon se pencher pour tirer les couvertures sur eux.

Le triangle rose à l'envers tatoué sur la hanche de Jackson apparut et David tendit la main pour le caresser. Jackson s'immobilisa et le regarda par-dessus son épaule.

— J'aime ça.

— Merci.

Jackson attendit que la main de David retombe, puis il tira les couvertures, couvrant David avant de s'allonger sur le côté face à lui.

— Nous sommes allemands du côté de ma mère, commença-t-il, son expression et sa voix pensive alors qu'il levait la main pour repousser les cheveux humides de David de son front. Ils vivaient à l'extérieur de Düsseldorf avant la Seconde Guerre mondiale. La grand-mère de ma mère avait un frère nommé Erich. Il était parti à l'université de Munich lorsque les nazis ont commencé à rassembler les juifs. Et les gays. Il n'avait pas fait son coming out, ses parents ne lui auraient jamais pardonné. Mais il vivait avec un autre homme et je suppose que c'était suffisant, à l'époque. Ils n'ont jamais su exactement ce qui lui était arrivé, mais après la guerre, un voisin a dit à la famille qu'Erich et son amant avaient disparu une nuit.

Il ferma les yeux un instant avant de reprendre son explication.

— Je pense que les gens, même les membres de ma famille, préfèrent oublier que les homosexuels sont aussi allés dans les chambres à gaz.

David sentit ses yeux commencer à brûler. Il porta sa main à la joue de Jackson et celui-ci pressa ses lèvres dans sa paume.

— J'aurais aimé le connaître, reprit Jackson. Ma grand-mère m'a dit que je lui ressemblais.

— Tu as des photos ?

— Ma mère, oui.

— J'aimerais les voir.

— Je te les montrerai, répondit Jackson en frottant ses jointures sur la joue de David.

Il se rapprocha plus de Jackson, courba sa main sur sa hanche à l'endroit où le tatouage marquait sa peau et frotta sa paume dessus. Il était chaud et la chaleur rayonna entre eux. Jackson enroula son bras autour de la taille de David alors que leurs jambes s'emmêlaient et ce dernier sentit le poids doux et réconfortant du sexe de son amant pressé contre sa cuisse. D'habitude, c'était le moment préféré de David, les câlins après, mais ce soir, le sexe avait été si incroyable qu'il ne savait pas si la conversation sur l'oreiller pouvait rivaliser cela. En fait, il se demandait quand ils pourraient repartir, même si sa queue n'était pas particulièrement intéressée pour le moment. Il était tellement préoccupé qu'il n'avait pas réalisé qu'il caressait les fesses de son compagnon jusqu'à ce que celui-ci s'arque sous sa main.

— Oh, désolé, s'exclama-t-il en retirant sa main.

— J'aime ça, affirma Jackson en saisissant sa main afin de la remettre sur son tatouage.

— Vraiment?

Jackson murmura affirmativement.

— Cela fait combien de temps que tu as fait ce tatouage?

Jackson passa ses doigts le long de la colonne vertébrale de David avant de répondre.

— Il y a dix-huit mois environ. J'ai vu un film intitulé *Bent* avec Clive Owen et Sir Ian McKellen. Mick Jagger jouait même dedans, dit-il avant de s'arrêter pour prendre une grande inspiration. Je ne crois pas que la plupart d'entre nous savent ce qu'ils ont vécu. Je sais que c'était mon cas. Le simple fait de regarder le film est une expérience pénible. Je ne l'oublierai jamais. Je suis sorti et je me suis fait tatouer le lendemain. Stephen pensait que c'était stupide.

Il regarda dans la chambre, l'air sombre.

— Trevor l'aurait pensé aussi. Je doute qu'ils eussent pu aimer quelque chose qui n'était pas un hommage pour eux.

— Des mots plus que vrais, répondit Jackson, un sourire relevant un côté de sa bouche. Je pense juste qu'on doit se souvenir.

— Nous le faisons. Surtout en ce moment. La loi sur le mariage pour tous a mis tant de gens en colère. Je savais que certaines personnes le prendraient mal, mais je ne m'attendais pas aux répercussions qui ont eu lieu.

— C'est vrai, dit Jackson, la mâchoire serrée. Je me fiche qu'ils aiment ça ou pas. Je paye mes impôts. Je devrais pouvoir me marier avec qui je veux.

— Je suis d'accord avec toi, affirma David en faisant glisser sa main sur le flanc de son compagnon.

— Je sais, dit-il en soupirant. Mais, c'est le week-end après la décision du tribunal qu'un connard s'en est pris à mon camion.

David continua à faire glisser sa main sur la peau lisse de Jackson. Il ne se lassait pas de le caresser. Les muscles sous la peau de son amant étaient tendus en ce moment et il voulait les détendre, le calmer.

— Est-ce que la police a trouvé qui avait fait cela ?

— Non, dit-il. Et ils ne le feront pas. Ce n'est pas que les flics ici en ville s'en moquent, parce que je pense qu'ils ne s'en préoccupent pas. Mais il y a des crimes tellement plus importants pour eux. Je ne pense pas qu'un gay dont on a détruit le véhicule soit très haut sur la liste.

— Ont-ils qualifié cela de crime de haine ?

— Oui. Mais il s'agissait de dégâts matériels et non d'une agression physique, donc c'est encore très bas sur la liste des priorités.

— Comme la vitre de ma voiture, dit David.

— Oui, probablement, admit Jackson d'une voix douce.

— Tu sais, Michael m'a parlé d'un truc, aujourd'hui, et je n'ai pas réussi à m'arrêter d'y penser, dit-il en calant sa tête sur ma main libre en se mordillant pensivement la lèvre.

Jackson refléta sa position et cala sa main sous sa tête.

— De quoi s'agit-il ?

— Est-ce que les hommes qui travaillaient sur le toit aujourd'hui sont gays ?

— L'un d'entre eux l'est. L'autre était son frère. Pourquoi ?

— Je me posais juste une question. Connais-tu des gays qui montent des charpentes et installent des cloisons sèches ?

— Je connais probablement des personnes qui sont gays dans toutes les phases de la construction et de la rénovation, ou qui ont un lien de parenté avec quelqu'un qui l'est, répondit-il, l'air intrigué. Nous ne sommes pas nombreux, honnêtement, et ce n'est pas une grande ville. Nous nous soutenons les uns les autres dès que nous le pouvons.

David tendit la main, ses doigts se frayant un chemin sur la poitrine de son compagnon, apparemment de leur propre volonté. Les poils étaient soyeux, pas rêches. Cela lui donnait également quelque chose à faire avec ses mains qui commençaient à trembler d'impatience nerveuse.

— Jackson, si vous êtes tous gays et que nous savons que les entreprises de construction locales ne se précipitent pas pour embaucher de la main-d'œuvre qualifiée gay, pourquoi ne pas créer votre propre entreprise ?

Jackson n'ayant pas répondu immédiatement, David s'aventura à jeter un coup d'œil à son visage.

Son compagnon affichait une expression neutre.

— Genre une entreprise où nous serions tous sortis du placard ? demanda-t-il enfin après avoir observé David pendant quelques secondes.

— Peut-être pas seulement ça. Peut-être… même faire de la publicité à ce sujet. Faire un argument de vente du fait que c'est une entreprise favorable aux gays.

— Tu penses que c'est un plus ? demanda-t-il, un sourcil arqué.

— Peut-être.

Jackson entra dans une de ses longues pauses de réflexion, mais il ne semblait pas penser que c'était une mauvaise idée et cela encouragea David à élaborer.

— Je sais qu'il existe une communauté gay active ici, en ville. D'une assez bonne taille, compte tenu de la situation. Je sais que certains d'entre eux ont une très bonne situation financière. Je connais aussi des hétéros qui engageraient une société de rénovation ouvertement gay.

— Il y en a aussi qui découvriraient que nous sommes gays et nous vireraient.

— Mais, tu vois, c'est la beauté de cette idée. Ils le sauraient dès le départ. Gil ne serait plus jamais viré à cause d'un autocollant sur son pare-chocs. Toi non plus.

— Tu ne penses pas qu'on peindrait une grosse cible sur notre dos ?

— Je ne sais pas. Je ne crois pas. Oui, il y aura des trous du cul. Mais il y en aura toujours. Cela peut prendre un certain temps pour que le bouche-à-oreille fonctionne, mais tu es génial dans ce que tu fais. Gil aussi. Il y a Manny et les autres hommes qui travaillent en solo parce que les grandes équipes de construction ne veulent pas les embaucher. Et si Gil, Vern, toi et les autres vous concentriez sur la rénovation en équipe ? Comme vous le faites ici. Vous pourriez faire de la publicité en tant qu'entreprise à embaucher si vous possédez une maison du début du siècle qui a besoin de soins, des réparations mineures à la restauration majeure. Vous pourriez même faire de la publicité en tant qu'entreprise spécialisée dans le travail d'Andrej Janic. Combien de maisons de cet architecte existe-t-il ?

— Trente-six, répondit-il sans hésitation. Quatre ont déjà été rénovées et six autres sont en cours de rénovation. Y compris la tienne.

— Tu vois ? Tu le savais d'entrée de jeu. Je parie que tu les as toutes vues, n'est-ce pas ?

Jackson haussa une épaule, s'immobilisa et hocha la tête.

— Ce qui veut dire qu'il y en a encore vingt-six intactes. Il y a aussi des centaines de maisons anciennes ici, juste de ce côté de la ville, même si ce ne sont pas celles de Janic. Les propriétaires de ces maisons sont des gens qui peuvent se permettre de les entretenir et de les rénover. Sans parler des quartiers de la vieille ville que la ville tente de revitaliser. Je pense que ce serait une initiative qui les intéresserait, montrer la diversité en employant une entreprise composée de personnel LGBT.

— Eh bien, pas tant sur le L, le B ou le T, répliqua Jackson, ses lèvres se recourbant.

— Mais si on apprenait qu'une telle entreprise existait, il pourrait y en avoir une.

Son compagnon continua à le fixer, mais, à présent, David pouvait voir de la spéculation dans ses yeux.

— Tu y as vraiment réfléchi, n'est-ce pas ?

Ce fut au tour de David de hausser les épaules.

— Je pense que ce qui serait encore mieux serait d'avoir un architecte d'intérieur attaché à cela, reprit lentement Jackson. De cette façon, les travaux de rénovation pourraient être pris en charge du début à la fin, y compris la décoration.

— L'idée m'est venue à l'esprit, admit David en lui adressant un petit sourire.

— Vraiment ? dit-il, l'air surpris.

— Je ne suis plus vraiment heureux là où je suis. Les affaires ont changé. C'est plus une question de rapidité et de coût que de qualité. Je devrais y rester jusqu'à ce qu'on sache si cela fonctionne. Nous devrions tous continuer à travailler. Mais, je ne sais pas, dit-il en fixant la clavicule de Jackson et en suivant le motif des poils sombres sur sa poitrine avec son doigt. Je n'arrête pas de ressasser toutes les raisons pour lesquelles c'est une mauvaise idée et mon esprit continue à me fournir des raisons pour lesquelles ce n'en est pas une.

Jackson prit la main de David, la porta à sa bouche et pressa ses lèvres contre les articulations osseuses.

— Ce n'est pas une mauvaise idée. Je ne vois aucune raison pour laquelle nous ne devrions pas au moins transmettre l'idée aux autres.

— Oui ? dit David en levant les yeux avec un sourire, ses orteils se recroquevillant de plaisir.

— Pourquoi pas ? Le pire qu'ils puissent faire, c'est de dire non.

— Je suis content que tu ne penses pas que c'est stupide, dit David en appuyant son front contre le menton de son amant.

— Je ne pense pas ce soit stupide, assura ce dernier en baissant la tête, ses lèvres près de l'oreille de David. Je ne suis pas sûr de ce que les autres diront, mais je ne pense pas que ce soit idiot.

Jackson attrapa ensuite le menton de David et le souleva afin de le regarder dans les yeux.

— Je ne veux vraiment plus parler, maintenant, conclut-il.

— Es-tu fatigué ? demanda David en étudiant ses traits calmes.

Son compagnon gloussa et poussa ses hanches en avant. David avait été si absorbé par la conversation qu'il n'avait pas remarqué que le sexe de Jackson s'était épaissi et qu'il se pressait maintenant avec insistance contre sa cuisse.

— Non, pas vraiment.

— Oh, s'exclama-t-il avec un sourire complice. Tu ne l'es pas, n'est-ce pas ?

— Non, pas vraiment.

— Qu'est-ce que tu avais en tête ? demanda David en se penchant en avant, empaumant la mâchoire carrée de Jackson dont les yeux s'assombrirent.

Ce dernier prit la mâchoire de David dans sa main et il tira la lèvre inférieure de son amant entre ses dents avant de les relâcher.

— Eh bien, si tu n'es pas trop endolori, j'aimerais vraiment goûter à nouveau à ceci, dit-il en passant sa main derrière David, ses doigts glissant le long du pli de l'objet en question avant de caresser son intimité.

— Je ne suis pas trop endolori, affirma David en frissonnant.

— C'est la meilleure nouvelle de la journée, répondit Jackson avec un sourire coquin et ce fut suffisant pour que le sang se précipité directement dans la queue de David.

— Tu es facile à satisfaire, dit-il en riant.

— En fait, je ne le suis pas, assura-t-il, son sourire s'affirmant et s'adoucissant tandis qu'il enroulait son bras autour de la taille de son compagnon, le tirant jusqu'à qu'il soit tout contre son corps. Je suis particulièrement difficile sur l'endroit où je mets mon sexe. Nous allons travailler pour que tu puisses accepter gracieusement un compliment.

— Nous allons faire ça ? dit David qui avait à peu près perdu le fil de la conversation lorsqu'il avait senti toute la peau chaude et bronzée contre la sienne.

Il regarda Jackson dont les yeux étincelaient d'un amusement étouffé.

— Nous le ferons. Mais, pas maintenant.

— Oh, bien, dit David en inclinant la tête avant de lécher la lèvre inférieure de Jackson. Parce j'ai bien enregistré lorsque tu as dit que tu voulais encore faire l'amour.

— Oui, je sais.

Il se pencha en avant, sa bouche s'ouvrant sur la même zone tendre de la gorge à laquelle il s'était accroché plus tôt. C'était très sensible maintenant et David poussa ses hanches vers l'avant, essoufflé par la montée soudaine de son excitation.

— Peut-on s'arrêter de parler maintenant? chuchota-t-il en s'accrochant au biceps de Jackson, ses doigts s'enfonçant dans le muscle.

Son amant rit et ce son retentit directement dans la colonne vertébrale de David, vibra vers le bas dans son coccyx avant d'envoyer des étincelles dans son intimité derrière lui.

— Absolument, répondit Jackson avant d'embrasser son compagnon et de le faire rouler sur le dos, l'épinglant sous son poids.

David poussa un gémissement rauque, enroula ses longues jambes autour de la taille de Jackson et ouvrit la bouche à l'assaut sensuel renouvelé des baisers de son amant.

XVII

DAVID ÉTAIT profondément endormi lorsqu'il fut abruptement réveillé. Il paniqua en se rendant compte qu'une main était pressée sur sa bouche. Il saisit le bras dur qui y était attaché, son cœur battant alors qu'il essayait de l'éloigner.

— Bébé, arrête.

La voix de Jackson coupa à travers la peur et David s'immobilisa lorsqu'il réalisa que c'était la main de son compagnon.

— Il y a quelqu'un dans la maison, l'informa ce dernier.

David cligna des yeux et s'assit dans le lit alors que Jackson se levait. Le clair de lune brillant à travers la fenêtre révéla une image floue de Jackson en train d'enfiler son jean et David tâtonna sur la table de chevet pour trouver ses lunettes. Puis, il les posa sur son nez.

— Qu'as-tu entendu ? demanda-t-il alors que Jackson devenait plus net.

— Chut, l'exhorta son amant en levant une main.

Un bruit sourd arriva de l'arrière de la maison, puis le son d'un chien grognant. On aurait dit que Boots se trouvait de l'autre côté de la porte. Ils se figèrent et se regardèrent, puis Jackson s'avança à pas silencieux afin d'ouvrir avec précaution le tiroir du bas de la commode.

— Appelle le 911, dit-il.

David entendit quelques clics métalliques doux, puis son compagnon se redressa avec le pistolet à la main. Il avait presque oublié l'arme et il la fixa d'un air alarmé.

— Jackson, chuchota-t-il, refusant qu'il quitte la chambre.

Il avait appelé une compagnie d'alarmes le matin même, mais il n'y avait pas de rendez-vous possible avant mardi. Il y avait un intrus dans sa maison, mais s'il existait une menace, il ne voulait pas que Jackson l'affronte seul. Même avec le pistolet.

Il y eut un autre bruit plus fort en provenance de la cuisine et la peur l'envahit. Boots grogna à nouveau, un son bas. David sentit le froid l'envahir.

— Jackson, s'il te plaît. Je vais appeler la police et nous les laisserons…

Le plancher en bois massif grinça quelque part dans la maison et la voix de David mourut dans sa gorge. Le grognement du petit corgi prit de l'ampleur et David fut envahi de peur pour lui.

— Boots, Jackson, chuchota-t-il.

— Je sais, répondit-il d'une voix étouffée en posant sa main sur la poignée. 9-1-1. Maintenant, s'il te plaît.

David saisit son téléphone portable sur son chargeur dans ses mains tremblantes et tapa les chiffres. Ses yeux ne quittèrent pas un instant Jackson alors que celui-ci se tenait à côté de la porte, la main sur la poignée, la tête inclinée d'un côté pendant qu'il écoutait. Il y eut un autre bruit aigu provenant du vieux plancher du salon ou de la salle à manger, mais il ne pouvait pas en être sûr.

Boots gémissait et on aurait dit qu'il grattait à la porte de la chambre.

— 9-1-1, quelle est votre urgence ?

La voix dans son oreille le fit sursauter et il parla rapidement.

— Il y a quelqu'un dans ma maison, dit-il en gardant sa voix basse, appuyant en même temps sa main sur l'endroit où son cœur galopait dans sa poitrine.

— Il y a un intrus dans votre maison ?

Un bruit sourd fit vibrer le plancher de la chambre. Boots commença finalement à aboyer et on aurait dit qu'il courait dans le couloir. Jackson tourna la poignée de la porte.

— Jackson, attends, s'il te plaît. S'il te plaît.

— Monsieur ? Est-ce que vous dites qu'il y a un intrus chez vous ?

— Oui.

— Quelle est l'adresse ?

David la lui donna, ses yeux implorant Jackson de rester là où il était en sécurité. Boots donnait l'impression d'être féroce et bien plus grand qu'il ne l'était en réalité et il gardait le faible espoir qu'il ferait peur à quiconque se trouvait là afin qu'il quitte la maison.

Puis, Boots gémit et se tut.

— Oh, mon Dieu, s'exclama David, si effrayé pour le petit chien que les larmes piquèrent ses yeux.

— Monsieur, vous allez bien ? Monsieur ?

Jackson se précipita hors de la chambre et David lutta pour se relever, arrachant le drap du dessus du lit.

— Oui, je vais bien. Mais je dois raccrocher. Le chien de mes voisins… mon petit ami…

Il se moquait que cela n'ait pas de sens. Il enroula le drap autour de sa taille, refusant de prendre le temps d'essayer de démêler son jean de ses sous-vêtements avec le téléphone à la main.

Jackson était déjà hors de vue et la peur traversa David lorsqu'il l'entendit crier.

— Ne bougez pas !

Il entendit ensuite un homme gémir et un bruit sourd.

— Oh, bon sang ! s'écria-t-il en se précipitant hors de la chambre en essayant de ne pas trébucher sur le drap traînant derrière lui.

— Monsieur, monsieur ? Ne raccrochez pas le téléphone. Restez avec moi jusqu'à l'arrivée de la police.

— Je ne peux pas. Je dois y aller.

David traversa le couloir en bataillant, le drap menaçant de le faire trébucher à chaque pas.

Il arriva à la porte de la salle à manger, vit des silhouettes sombres se débattre dans l'obscurité du salon et entendit Boots grogner. Il saisit le drap, le resserra autour de lui, puis il jeta son téléphone sur la table de la salle à manger et tâtonna sur celle-ci à la recherche d'un truc, de quoi que ce soit, qu'il pourrait utiliser comme une arme. Il paniqua pendant un instant en ne sentant que la surface lisse du bois, mais ses doigts rencontrèrent un objet épais et lourd : le saladier qu'il avait utilisé pour les bonbons d'Halloween. Il l'attrapa et se jeta dans le salon.

Le clair de lune éclairait assez par la fenêtre frontale pour qu'il puisse voir deux hommes se débattre sur le sol. Il se rendit compte avec un pic de peur que Jackson était sur le dos alors que l'autre homme le chevauchait et ils se battaient tous les deux pour la possession de l'arme à feu. Une cagoule noire couvrait la tête de l'intrus, mais il y avait suffisamment de lumière pour que David puisse viser. Il se redressa et balança le saladier aussi fort qu'il le pouvait, le claquant sur le côté de la tête de l'intrus. Il y eut un bruit de craquement explosif lorsque le saladier se brisa, des petits morceaux volèrent dans tous les sens et l'homme se raidit pendant un instant, puis tomba sur le côté. Jackson le repoussa de lui, se mit debout et pointa le pistolet vers ce que David espérait être l'homme inconscient.

— As-tu eu le 911 au téléphone ? demanda-t-il ensuite d'une voix étonnamment stable.

— Oh ! s'exclama David en retournant dans la salle à manger, s'arrêtant pour allumer avant de récupérer son téléphone sur la table.

— Monsieur ? Monsieur, vous êtes là ?

— Oui, je suis là, répondit-il à bout de souffle.

— Tout le monde va bien ?

David regarda dans le salon. Son compagnon se tenait debout au-dessus de l'intrus, son arme pointée vers lui, ses épaules larges et nues luisant légèrement dans la lumière. Des morceaux de céramique blanche jonchaient la pièce, des éclats accrochés aux épaules du pull noir de l'intrus et dispersés autour de sa tête. Il y avait également des éclats sur la cagoule et de grandes barres chocolatées un peu partout. Il n'avait même pas remarqué qu'il y avait des bonbons dans le saladier lorsqu'il l'avait pris.

Il vit avec soulagement que Boots s'accrochait de tous ses crocs à la cheville de l'homme, grognant et secouant la tête, ne souffrant apparemment pas de ce qui l'avait fait gémir.

— Nous l'avons eu, dit-il sans respirer dans le téléphone. Je l'ai frappé avec un saladier et mon petit ami a une arme et…

— Qui a une arme ? demanda l'opérateur alarmé.

— Mon petit ami. L'intrus est…

David se rapprocha d'un pas ou deux.

— Je pense qu'il est inconscient, reprit-il. Oh, et le chien de mon voisin l'a mordu.

Ils entendirent des freins grincer à l'extérieur et des gyrophares rouges et bleus éclaboussèrent les stores du salon.

— La police vient d'arriver, annonça-t-il.

— Vérifiez avant d'ouvrir votre porte.

Il faillit lui dire qu'il ne connaissait personne d'autre avec un gyrophare sur sa voiture, mais il pensa que c'était probablement l'hystérie qui se manifestait. On frappa fortement à la porte et il s'avança pour traverser le salon.

— Reste là ! Ne reviens pas ici, dit Jackson. Il y a des morceaux de ce saladier partout et tu es pieds nus.

— Toi aussi, répondit-il.

— Je suis déjà plus près de la porte, répondit-il.

Il recula, glissa quelque chose hors de la crosse de son arme et posa les deux parties sur la petite table à côté de la porte d'entrée. Il regarda par les petites impostes de la porte avant de l'ouvrir.

— Quelqu'un a appelé à propos d'un intrus ?

Jackson recula en pointant du doigt l'homme à la cagoule allongé sur le sol. Le premier policier sortit son arme de son étui et entra dans la pièce.

211

Boots grognait encore et secouait la tête, sa gueule autour de la cheville de l'homme inconscient. Le flic le regarda, puis Jackson.

— Pouvez-vous rappeler le chien, s'il vous plaît?

— Boots, viens ici, mon garçon, dit David en tapotant sa jambe.

Le corgi leva les yeux, puis, avec une visible réticence, il relâcha la cheville de l'homme. Il s'avança vers David et celui-ci s'alarma en le voyant boiter. Boots s'assit à ses pieds en soupirant.

L'agent de police s'approcha de l'homme au sol avec prudence, son arme à feu toujours pointée sur lui. Il regarda Jackson, puis David.

— Avec quoi l'avez-vous frappé?

— Un saladier en céramique de cinq kilos, répondit David. Plein de bonbons.

— Je vois ça, répondit le policier, semblant un peu amusé.

Il se pencha, attrapa la cagoule et l'arracha de la tête de l'homme immobile.

David s'agenouilla et sentit le sang déserter son visage, mais il ne pouvait pas dire pourquoi il était surpris.

La tête de Trevor était inclinée sur le côté.

— On dirait que vous l'avez frappé fort, commenta le second policier qui s'était arrêté juste à l'intérieur, près de la porte.

Le premier agent de police, dont le badge indiquait Hernandez, vérifia que Trevor avait un pouls juste sous son menton. Ils attendirent tous silencieusement. Lorsque l'officier retira sa main et rangea son arme à feu dans son holster, David se sentit alarmé.

— Il n'est pas mort, n'est-ce pas?

— Non, son pouls est fort, dit Hernandez en le regardant avant de repousser les longs cheveux qui s'étaient étalés sur le front de Trevor. Mais il a une sacrée bosse en formation.

David pouvait voir l'hématome se former même de là où il se trouvait et il grimaça.

— Devons-nous appeler pour un transport? demanda le second officier en se penchant en avant afin d'étudier le front de l'homme inconscient.

— Oui. C'est un bel œuf de pigeon.

L'officier Hernandez fit rouler le corps mou de Trevor, sortit ses menottes et lui attacha les bras dans le dos.

— Je vais appeler une ambulance et alerter l'unité d'investigation des scènes de crime, dit-il en se relevant.

Johnson accepta et Hernandez sortit par la porte d'entrée.

L'officier Johnson jeta un coup d'œil sur David, puis reporta son attention sur Trevor.

— Est-ce que l'un d'entre vous le connaît ?

— Lui et moi vivions ensemble, expliqua David en s'approchant. Il s'appelle Trevor Blankenship.

— D'accord, dit le policier en sortant un petit carnet de la poche de poitrine de sa chemise d'uniforme noire. Pouvez-vous me l'épeler, s'il vous plaît ?

Il sortit aussi un stylo de sa poche et David épela le nom de Trevor.

— Qui est propriétaire de la maison ?

— Moi.

— Votre nom ?

Il le lui donna et l'épela.

— Une idée de la raison pour laquelle il s'est introduit chez vous avec une cagoule, monsieur Snyder ?

David tenta de penser à une brève réponse et n'y arriva pas.

— C'est une longue histoire.

— Pourquoi ne vous habilleriez-vous pas ? Ensuite, vous pourriez me la raconter, dit le policier en hochant la tête.

David sentit la chaleur envahir son cou depuis sa poitrine lorsqu'on lui rappela qu'il se tenait là sans rien de plus qu'un drap.

— Ce serait probablement bien, accepta-t-il avec gratitude.

XVIII

LORSQUE MICHAEL était arrivé, peu de temps après les ambulanciers, David avait été surpris par sa présence. Du moins jusqu'à ce que Michael chuchote que Jackson l'avait appelé en lui disant qu'il pensait que David pourrait avoir besoin de son meilleur ami.

Le sang froid de ce dernier tenait par un fil auquel il s'accrochait à ce moment-là et la délicatesse du geste avait fait monter en flèche ses émotions. Il avait commencé à trembler et les larmes avaient rempli ses yeux. Michael l'avait ramené dans sa chambre et l'avait tenu dans ses bras, laissant sortir les larmes et les tremblements jusqu'à ce qu'il se sente suffisamment calme pour revenir et donne son témoignage à la police. À présent, ils étaient assis côte à côte sur les marches du porche, regardant les ambulanciers charger Trevor dans la cellule arrière de l'ambulance.

Il était menotté au brancard, mais avait quand même réussi à montrer qu'il était blessé, gémissant au sujet de sa tête et de sa jambe. Ils ne l'avaient remarqué qu'après l'arrivée des secouristes, mais Boots avait réussi à mâcher plus que sa jambe de pantalon. La cheville de Trevor présentait plusieurs perforations rondes et nettes. Ils avaient aussi découvert que son taux d'alcool était trois fois supérieur à la limite légale, ce qui aurait pu expliquer pourquoi il était resté inconscient aussi longtemps. Cela ne l'aiderait pas à échapper à l'accusation d'effraction.

— Ça va ? demanda Michael à David en cognant son épaule contre la sienne.

— Oui, répondit-il en caressant doucement la fourrure zibeline sur le flanc du petit chien qui posa sa tête sur sa cuisse. Je veux qu'ils partent afin que nous puissions emmener Boots aux urgences vétérinaires.

— Ils devront probablement lui faire des radios pour s'assurer qu'il n'a rien de cassé, dit son meilleur ami en se penchant vers l'avant et tendant le bras par-dessus lui pour caresser la tête du corgi. Tu es un si bon garçon. Mordre la jambe du méchant. Dommage que tu n'aies pas été assez grand pour atteindre son entrejambe.

Boots lui lécha la main et David lança un regard ironique à son ami, mais il ne pouvait nier cela.

— Vont-ils rendre son arme à Jackson ? demanda ensuite Michael.

Ils regardèrent vers l'endroit où celui-ci se tenait, près d'une voiture de patrouille, parlant avec l'inspecteur Mitchell. Ce dernier était arrivé peu de temps après les officiers en uniforme.

Lorsque les premiers intervenants avaient vu l'arme à feu et le chargeur posés sur la petite table à côté de la porte, ils avaient cru qu'elle appartenait à Trevor et l'avaient saisie comme preuve. Même si Jackson leur fournissait le document d'enregistrement et le numéro de série de l'arme, il pourrait s'écouler un jour ou deux avant qu'ils la lui rendent. Ils avaient emballé les tessons de céramique ainsi que le pied-de-biche que Trevor avait utilisé pour forcer la porte arrière et la cagoule qu'il avait sur la tête.

Michael lia ses mains autour de ses genoux minces et se pencha vers l'avant, fixant Jackson.

— Alors, dit-il.

— Alors ? répliqua David en lui jetant un coup d'œil.

— Alors, reprit Michael en se balançant légèrement d'avant en arrière. Je suppose que Jackson est un amant spectaculaire.

— Michael ! s'exclama son ami en le frappant au bras.

— Hé, tu ne peux pas m'en vouloir. Je suis juste observateur.

— Qu'est-ce que tu as pu observer qui te donne cette impression ?

— Eh bien, commença lentement le jeune homme. Pièce à conviction A : Regarde l'homme.

Il pointa l'homme en question du doigt et David regarda. Jackson se tenait dans l'allée et parlait à l'inspecteur. Il avait les cheveux mouillés et sa chemise était à moitié boutonnée, les pans sur ses hanches et sortants de sous sa veste. En fait, il avait l'air de sortir du lit, ce qui n'était rien d'autre que la vérité.

— Tout homme qui a l'air si agréablement froissé, mais si suprêmement satisfait doit avoir bien fait l'amour.

David soupira avec exaspération, ce qui n'empêcha pas Michael de continuer.

— Tu t'es aussi assis avec précaution sur cette marche, mon ami.

— Oh, bon sang, souffla David en enterrant son visage dans le creux de son bras. Personne ne devrait en savoir autant sur la vie sexuelle de ses amis. Je pourrais entrer en combustion spontanée.

— Alors, vas-y, crache le morceau, lui dit Michael en lui donnant un coup de poing dans les côtes, David lui frappant la main en retour. Il est incroyable, n'est-ce pas ?

— Il a été, en fait, spectaculaire, répondit-il en fixant ses yeux avides, un sourire aux lèvres. Deux fois.

— Espèce de traînée, chantonna Michael.

David leva les yeux au ciel, puis il se pencha en avant et enterra son visage dans la fourrure de Boots.

— Oh, tais-toi.

— Pourquoi ? Je te taquine, c'est tout.

David tourna la tête et jeta un coup d'œil à Michael qui souriait.

— En fait, je suis incroyablement jaloux, continua son meilleur ami. Combien de fois est-ce que la performance est à la hauteur de l'emballage, surtout lorsqu'il ressemble à ça ?

Peu importait ce que Jackson faisait ou à quel point ses vêtements étaient froissés ; il était magnifique. Il jeta un coup d'œil à David et lui fit un clin d'œil, et celui-ci soupira avant de pouvoir s'en empêcher.

— Tu es ridicule, se moqua Michael.

David pensa à répliquer, puis il décida qu'il ne se souciait pas vraiment de savoir si Michael le trouvait stupide ou pas.

— Oui, je suppose que oui.

— Tu as gagné le gros lot, cette fois, dit Michael en faisant un geste en direction de Trevor qui se plaignait et gémissait à l'arrière de l'ambulance.

Le visage pâle de l'homme était éclairé par les plafonniers de l'ambulance et ils pouvaient entendre le son irrité, presque grincheux de sa voix.

— À quoi pouvait-il bien penser ? poursuivit le jeune homme. S'introduire ainsi par effraction dans une maison ?

— Je n'en ai aucune idée. Il dira qu'il était ivre, comme si c'était une excuse. Je suis juste content que Jackson ait eu une arme.

— Pourquoi ? dit Michael avec un sourire mi-figue mi-raisin. Tu n'avais pas besoin d'une arme. Tu l'as à moitié assommé avec un saladier de bonbons.

— Je n'allais pas le laisser faire du mal au chien, répliqua David en se redressant.

— J'aime que tu aies pensé à le protéger, assura son ami en posant sa tête sur son épaule.

— Nous sommes potes, répondit David en passant encore une fois la paume de sa main sur le petit chien. N'est-ce pas, mon garçon ?

Cette fois, Boots grimpa sur ses genoux et il rit doucement pendant que Michael passait ses doigts longs et minces sur la tête du corgi.

L'un des ambulanciers ferma les portes arrière avant de faire le tour du côté du conducteur et quelques instants plus tard, l'ambulance sortit de l'allée sans les gyrophares et la sirène. Trevor râlait peut-être comme un perdu, mais les secouristes avaient assuré à David qu'ils ne pensaient pas qu'il était gravement blessé. Jackson rit à quelque chose que l'inspecteur marmonna.

David eut la sensation que sa gorge se bloquait et il se força à avaler. Quand il parla, sa voix sembla ténue.

— Je l'aime.

— En es-tu sûr ? s'inquiéta Michael en se redressant, les yeux écarquillés.

— Plutôt sûr, oui, acquiesça-t-il.

— Est-ce que c'est… différent ? demanda Michael en attrapant la main de David, liant leurs doigts et les serrant.

— Tellement différent, répondit-il sachant ce que son ami lui demandait. Comme… je dirais, le jour et la nuit, mais c'est plus grand que cela, plus profond que cela. Ce que je ressentais pour Trevor n'arrive pas à la cheville de cela. Ça me fout la trouille.

Il poussa un soupir tremblant.

Risquer à nouveau son cœur si peu de temps après Trevor était probablement insensé. Mais c'était déjà fait et il ne pouvait rien y faire.

— Tout ira bien, assura Michael en lui serrant la main.

— Tu ne peux pas promettre ça, dit-il en regardant son ami dans les yeux.

— Je peux, assura Michael avec un petit sourire. J'y crois.

Jackson et l'inspecteur Mitchell s'avancèrent vers le porche et Michael lâcha la main de David, qui reposa la sienne sur la tête de Boots.

— Monsieur Snyder, s'il vous plaît, assurez-vous que votre avocate obtienne cette ordonnance restrictive, dit Mitchell. Ils emmènent Blankenship aux urgences pour un examen de la tête, puis ils l'emmèneront à la prison du comté. Il ne sera probablement pas traduit en justice avant lundi au plus tôt, puis il ne sera pas libéré à moins qu'il n'ait les moyens de payer une caution. Mais ne prenez aucun risque, surtout pas alors qu'il vous a déjà menacé. Je ne sais pas à quel point ce type est stable.

— J'ai déjà parlé à mon avocate, répondit David.

Il avait appelé Karen une fois que Trevor avait été arrêté et elle avait promis de déposer la demande d'ordonnance restrictive dès le lundi matin.

— Bien. D'accord, on reste en contact.

Il serra chacune de leurs mains, puis se dirigea vers la berline sombre garée devant.

— Eh bien, cette nuit a été mouvementée, dit Jackson en baissant les yeux sur eux, les mains dans les poches de sa veste.

— Ce n'est pas encore fini, dit David en soulevant doucement le petit corgi de ses genoux avant de se lever. Je veux emmener Boots aux urgences vétérinaires pour m'assurer qu'il n'a rien de cassé.

— D'accord. Je vais conduire.

— Je l'aime bien, mais on n'emmène pas le chien chez le vétérinaire dans la Mercedes de ta mère, dit David en lui jetant un regard ironique. On peut prendre ma voiture. Je n'ai pas de sièges en cuir.

— Je vais chercher la laisse et tes clés, dit Michael en se relevant.

— Nous y allons tous ? demanda Jackson en les regardant tous les deux.

— Bien sûr, répondit Michael. Il est plus de deux heures du matin. Que pourrions-nous faire d'autre ?

Il entra dans la maison et Boots le suivit en boitant.

David commençait à le suivre lorsque Jackson attrapa sa main, le tirant en arrière. Il se tenait sur la marche inférieure, ce qui le plaçait à environ quinze centimètres sous la tête de David. Il leva les yeux.

— Nous n'avons pas eu une seconde pour parler. Est-ce que ça va ?

— Oui. Pourquoi ?

— Tu as vécu quelques minutes difficiles.

— Oui, c'est vrai, répondit David en fermant les yeux et soufflant doucement.

— J'ai pensé que comme c'était ton ex, ça pourrait être dur pour toi, dit Jackson, ses yeux fouillant le visage de son compagnon.

— Ce qui était dur pour moi, c'est que je n'ai pu balancer ce saladier qu'une seule fois sur sa maudite tête, répliqua-t-il avec un sourire sinistre.

— Vraiment. Est-ce que ça va ? demanda Jackson en serrant sa main.

— Oui, vraiment, dit David en laissant tomber le sourire. Je vais très bien. Je suis reconnaissant qu'il ait choisi de ne pas apporter une arme avec lui s'il en avait une.

Il frissonna, libérant la main de son amant et s'enveloppant de ses bras, le froid n'étant pas le seul à le faire frissonner.

— Ça aurait pu être bien pire, Jackson. Tellement pire, conclut-il.

Jackson attrapa son poignet et il se laissa tirer de la marche et dans ses bras. Son compagnon le tint bien serré et peu à peu le froid que David ressentait s'éloigna. Il encercla la taille de Jackson avec ses bras, posant sa tête sur son épaule.

— Je suis content qu'il ne puisse plus te faire du mal, dit Jackson en embrassant l'arrière de la tête de David.

— Moi aussi.

— Bon sang, David… Comment suis-je censé dormir la nuit si tu es seul, une fois qu'il sera sorti de prison ?

— L'alarme sera installée mardi.

— Bien. C'est bien, dit Jackson en le serrant plus fort. Tu as peut-être besoin d'un chien aussi.

— J'ai pensé cela aussi.

Jackson resta silencieux, sa bouche toujours appuyée sur la tête de son compagnon. David sentait son haleine chaude et humide à travers ses cheveux et il sentit le frisson qui secoua les bras de son amant.

— Jackson ? dit-il en levant la tête, sursautant en voyant les yeux de Jackson brillants de larmes.

Son compagnon déglutit, sa pomme d'Adam tressautant alors qu'il clignait des yeux rapidement. Il relâcha David, mais prit son visage entre ses mains.

— Il ne peut rien t'arriver, David, dit-il enfin. Rien.

— Je vais bien, Jackson, assura-t-il en enroulant ses doigts autour des poignets de son compagnon. Je ne ferai rien de stupide.

— Bien. Je vais te croire sur parole. Parce que s'il t'était arrivé quelque chose… Je ne veux même pas y penser.

Il avait l'air hagard et effrayé et David le crut.

— Chut, dit David en posant ses doigts sur les lèvres de Jackson. Je vais bien. J'irai toujours bien. Je te le promets.

Jackson lui adressa un faible sourire, puis il l'attira vers lui et l'embrassa.

— Oh, merde, s'exclama Michael en sortant de la maison avec Boots en laisse à côté de lui. Vous allez arrêter de vous embrasser dans la cour pour que nous puissions emmener ce chien chez le véto ?

David se recula et jeta un coup d'œil torve à son meilleur ami par-dessus son épaule, mais ce dernier sourit avec vivacité après avoir verrouillé la porte d'entrée.

— Je vais bouger la Mercedes.

— Ramène-la une fois que j'aurais reculé, dit David rapidement. Mets-la dans le garage. Je détesterais qu'il lui arrive quelque chose.

Jackson donna un autre baiser furtif à David, puis se dirigea vers le coûteux coupé.

Michael ramassa Boots avec un grondement doux et le porta en emboîtant le pas de David. Ils marchèrent jusqu'au garage et Michael grimpa à l'arrière avec le petit chien, puis se tendit vers l'avant entre les sièges et saisit l'épaule de David.

— Je te l'ai dit.

— Que m'as-tu dit? tergiversa David, mais il savait ce que Michael allait répondre et l'idée rendait son pouls erratique.

— Je t'avais dit que ça irait, répondit son ami en serrant son épaule en se penchant plus près de lui. Il est aussi amoureux de toi que tu l'es de lui. Alors, détends-toi.

David prit une grande inspiration alors qu'il reculait sa voiture hors de l'allée.

— Michael, un jour, lorsque tu tomberas désespérément amoureux, je te dirai ce que tu m'as dit. Nous verrons à quel point tu es doué pour te détendre.

Le jeune homme rit en s'installant sur la banquette arrière, Boots grimpant immédiatement sur ses genoux.

— Cela n'arrivera jamais.

David attendit que Jackson revienne à la voiture, souriant légèrement en regardant son ami dans le rétroviseur.

— Derniers mots fameux.

— Tu peux les graver dans la pierre. Je ne tombe pas amoureux.

Jackson monta sur le siège passager et David conduisit vers le vétérinaire. Jackson prit sa main et lia leurs doigts.

— Bon sang, pourriez-vous arrêter? se moqua Michael. Il y a un chien impressionnable, ici.

Jackson rit et David se fit une note mentale pour se souvenir de ce que Michael avait dit sur l'amour.

Parce qu'il tomberait amoureux un jour, lui aussi. Et la vengeance était un plat qui se mangeait froid.

XIX

DAVID ÉTAIT nerveux. Philosophiquement, il savait qu'il n'avait aucune raison de l'être, mais cela n'empêchait pas les papillons de voleter dans son estomac ou le léger tremblement dans ses mains alors qu'il déposait méticuleusement du fromage et de la charcuterie sur un grand plateau.

Il n'aurait pas pu expliquer pourquoi il insistait autant pour que tout soit parfait si on le lui avait demandé. Il savait juste que, pour ce soir, il était important que tout soit aussi homogène que possible.

Six semaines s'étaient écoulées depuis la nuit où Trevor était entré par effraction dans sa maison. Dans un premier temps, il y avait eu les accusations portées contre lui : cambriolage au premier degré, car le pied-de-biche qu'il avait amené pour casser la serrure était considéré comme une arme. La sanction pourrait être une longue peine d'emprisonnement et une amende pouvant aller jusqu'à cinquante mille dollars dans l'État de Washington. Trevor avait dit au procureur qu'il voulait simplement parler à David, mais cela n'avait pas vraiment expliqué pourquoi il avait forcé la porte arrière. De plus, Karen voulait qu'une accusation de menaces soit ajoutée pour le cambriolage du bureau, les appels téléphoniques et les nombreux SMS menaçants. S'il avait été reconnu coupable de ces accusations, cela aurait pu ajouter vingt-quatre mois de plus à sa peine.

Au début, Jackson, Michael et même sa mère avaient voulu que David porte plainte afin que son ex obtienne la peine maximale. Et, au début, il y avait pensé. Cependant, ensuite, il s'était entretenu avec Karen et il n'en avait plus été aussi sûr après cela.

— Que lui arrivera-t-il si je porte plainte et qu'il est condamné ? lui demanda-t-il.

— Il ira en prison, répondit-elle en croisant ses mains sur son bureau. Pas simplement en maison d'arrêt, je parle d'un vrai centre de détention. Il pourrait être libéré plus tôt pour bonne conduite, mais il purgera au moins la moitié de sa peine. Il sera en probation pour un an de plus lorsqu'il sortira. Il aura beaucoup de mal à trouver un emploi avec son casier judiciaire. Il ne pourra plus faire partie d'un jury, ce qui, franchement, n'est pas une grande perte, mais il n'aura plus le droit de posséder une arme à feu. Ou de voter.

David regarda ses mains sur ses genoux. Était-ce qu'il voulait faire ? Envoyer Trevor en prison ? Oui, il était entré par effraction dans sa maison et, oui, il l'avait menacé au téléphone. Mais il pouvait se passer deux ans avant le procès, ce qui signifiait que tout cela resterait suspendu au-dessus de sa tête comme un nuage sombre planant sur ce qui pourrait être le meilleur moment de sa vie. Était-ce vraiment ce qu'il voulait ?

— Avez-vous des doutes ?

Il s'était mordu la lèvre. À ce moment-là, Trevor était sorti de prison depuis deux semaines et avait complètement disparu de la circulation. C'était bon signe, n'est-ce pas ?

— Avons-nous d'autres options que le procès ?

— Bien sûr, répondit-elle. Nous pouvons toujours proposer un marché à l'assistant du procureur au lieu de porter plainte.

— Un marché ?

— Nous pouvons demander une probation supervisée avec les termes et les conditions y étant attachées. Je ne peux pas garantir que l'assistant du procureur acceptera les suggestions, mais cela ne coûte rien d'essayer.

— Quels termes et suggestions vous semblent appropriés ?

— Eh bien, je garderais certainement l'ordonnance restrictive et j'y ajouterais une ordonnance de non-communication, commença-t-elle en s'adossant au dossier de son siège et en se balançant légèrement. À ce stade, vous pouvez également stipuler que la propriété commune doit être vendue. De cette façon, vous n'aurez plus rien à faire l'un avec l'autre, mais Trevor ne s'en sortirait pas avec rien, ce qui pourrait l'apaiser un peu. Je dois dire que son avocat m'a informé que cela s'était assez mal passé pendant ses deux jours de détention. Il a dit quelque chose à un autre prisonnier et a reçu un coup de poing sur la bouche en réponse. Il a fini aux urgences avant d'être mis en garde à vue pendant quatre heures. Je doute que nous ayons du mal à le convaincre d'adopter la voie que vous voulez suivre. En fait, tout dépend de vous et de ce que vous souhaitez.

Puis, elle le fixa et attendit sa réponse.

— Je peux vous rappeler ?

— Bien sûr.

Ce soir-là, il s'était réuni avec sa mère, sa sœur, Jackson et Michael. Comme on pouvait s'y attendre, son meilleur ami et Beth étaient assoiffés de sang et voulaient que Trevor purge sa peine maximale au pain sec et à l'eau.

— Je ne pense pas qu'on puisse stipuler le menu, répondit David d'une voix ironique. Si cela va au tribunal, nous ne pourrons pas vraiment demander quoi que ce soit.

— Ce qui veut dire qu'il pourrait ne pas être condamné, dit Jackson en plissant les yeux.

— C'est une possibilité, acquiesça David. Karen dit qu'on ne sait jamais ce qu'il va se passer avec un jury. À part cela, j'en veux à Trevor, mais je ne sais pas si je veux être responsable de sa perte.

— David, s'exclama Michael, la voix teintée d'incrédulité. Il est entré dans ta maison par effraction. Avec un pied-de-biche.

— Il était ivre, riposta-t-il. Combien d'entre nous ont fait des trucs stupides en étant ivres ?

— J'ai peut-être fait des conneries, mais je n'ai jamais commis de crime, répliqua Michael. Je n'arrive pas à croire que tu envisages de pardonner à ce type.

Il souffla et leva les yeux au ciel.

— Oh, attends une minute, dit David en se penchant en avant, posant son poing fermé sur la table. Je ne pardonne rien.

— Alors, que veux-tu dire ? demanda Beth avec un froncement de sourcils irrité. S'il ne va pas en prison et que c'est toi qui fais toutes les concessions, alors il s'en tirera.

— Laisse ton frère s'expliquer, Beth, dit Beverley en lui adressant un regard apaisant.

— Dis-nous ce dont Karen et toi avez discuté, bébé, dit Jackson en posant sa main sur celle de son compagnon sur la table.

David tira son calme du soutien constant et inébranlable de Jackson. La chaleur de sa main l'aida à se recentrer.

— S'il acceptait un marché, et son avocat pense que c'est une possibilité, il serait en probation.

— Pour combien de temps ? demanda Michael.

— La durée que décidera le juge. C'est lui qui arbitre en dernier ressort si cela est possible ou pas, mais Karen dit que si je choisis de ne pas faire pression pour un procès, alors il ordonnera presque certainement une probation pour, eh bien, d'après elle, au moins dix-huit mois. Il devrait voir un agent de probation une fois par mois. L'ordonnance restrictive resterait en vigueur, de sorte qu'il ne pourrait pas avoir de contact avec moi ou s'approcher à moins de cent cinquante mètres de l'endroit où je suis à n'importe quel moment. Il lui serait interdit de posséder une arme, donc s'il en a effectivement acheté une et si elle est enregistrée, elle devrait être vendue ou cédée. Il ne pourrait plus boire et il devrait se soumettre à des tests sanguins aléatoires pour s'assurer qu'il ne l'a pas fait. Et comme condition spéciale de sa probation, tout ce qu'il possédait en commun avec moi devrait être vendu.

— Ce qui veut dire qu'il devrait vendre l'appartement, dit Michael qui semblait plus pensif qu'en colère maintenant.

— Il devrait rendre sa voiture. C'est moi qui ai signé les papiers du crédit sur la Mini Cooper, pas lui.

— Eh bien, c'est la plus abjecte des hontes, dit Michael en souriant.

Le silence s'installa autour de la table de la salle à manger dans la maison de sa mère et il dura quelques instants.

— Et s'il s'approche de toi ? dit finalement Jackson.

— S'il passe devant la maison, je peux le faire arrêter et le marché ne tiendra plus, dit David en le regardant en face. Ma première impulsion a été aussi d'aller au tribunal. Je voulais qu'il souffre. Cependant, ensuite, j'ai dû me demander pourquoi je voulais qu'il souffre. Pour être entré par effraction dans ma maison ? Pour m'avoir harcelé au téléphone ? Pour m'avoir trompé avant tout ça ? Je ne veux pas être cette personne, dit-il enfin d'une voix douce en secouant la tête. Je veux que tout soit fini avec Trevor, mais je n'ai pas besoin de le détruire pour y arriver.

Le silence régna à nouveau.

— Tu fais ce qui te semble bien, David, dit Jackson en se raclant la gorge. Je soutiendrai toute décision que tu prendras.

— Joli, Jackson, souffla Michael en se renfrognant. Si nous ne sommes pas d'accord, nous aurons l'air d'abrutis. D'accord, mais je ne suis pas obligé d'aimer ça.

— Maman ? Beth ? demanda David en regardant sa famille.

— Tu es une meilleure personne que moi, répondit sa sœur en levant les yeux au ciel. Tu sais ce que je ressens pour ce salaud, mais, en fin de compte, c'est à toi de décider.

Beverley se pencha de l'autre côté de la table et posa sa main sur les mains jointes de Jackson et David.

— Je ferai tout ce que tu veux que je fasse, chéri. Mais, tu dois comprendre que si je le vois… dit-elle avec un sourire de matrone. Je me réserve le droit de lui botter le cul.

— J'en prends bonne note, répondit David en sentant une vague de soulagement l'envahir.

— Je pense toujours que tu devrais avoir un chien, dit son compagnon en serrant ses doigts.

— D'accord, répondit-il en s'appuyant contre l'épaule de Jackson.

Comme prévu, Trevor accepta le marché. La seule et dernière fois que David l'avait vu, c'était à l'audience où le juge avait approuvé ce que l'assistant du procureur présentait. Ils ne s'étaient pas parlé. Trevor lui avait jeté un regard insistant d'où il était assis, à côté de son avocat, mais David s'était refusé à le lui retourner et son ex avait fini par détourner les yeux. L'appartement s'était vendu dans les trente premiers jours pour ce que David considérait comme un profit raisonnable. Il laissa les meubles à Trevor ; il n'en voulait plus.

Boots avait quelques côtes meurtries à l'endroit où Trevor lui avait donné un coup de pied, mais il s'était rétabli en moins d'un mois. Jordyn et Paul avaient été très compréhensifs et le petit chien continuait à rendre régulièrement visite à David lorsqu'il s'échappait par leur porte d'entrée. Il voulait trouver un chien comme lui, mais après avoir écumé la société d'aide aux animaux et les groupes de sauvetages, il avait découvert que les corgis étaient extrêmement populaires et étaient adoptés très vite. Il avait quasiment abandonné lorsque Jackson avait appelé tôt un samedi matin.

— Qu'est-ce que tu fais ?

— J'attends que tu reviennes, répondit David. Je croyais que nous prendrions le petit déjeuner après la mise en appétit.

Jackson avait passé plusieurs heures athlétiques dans le lit de David la nuit précédente et n'était parti qu'aux alentours de cinq heures. Shirley s'était remise de sa chute et allait bien, mais Jackson n'était pas encore à l'aise de la laisser seule toute la nuit. David attendait avec impatience le moment où ils pourraient se coucher et se réveiller dans les bras l'un de l'autre, mais il comprenait la prudence de son amant.

— Changement de plan, mais je serai là dans dix minutes. Mets quelque chose de chaud.

David n'eut même pas l'occasion de lui dire au revoir avant qu'il raccroche.

— Mettre quelque chose de chaud ? commenta David en fixant son téléphone avec confusion avant de le glisser dans sa poche.

Il supposa que Jackson voulait dire plusieurs couches de vêtements et il se rendit à son placard afin d'enfiler un polo lavande avec son sweat-shirt Dolly Parton violet par-dessus. Michael avait plaisanté au sujet du retour gay de sa garde-robe, mais Jackson aimait toutes les couleurs, ce qui était bien. David ne changerait plus pour n'importe qui, même Jackson.

Exactement dix minutes après son appel, la porte d'entrée s'ouvrit. Jackson avait toujours sa clé et David espérait qu'il ne ressentirait jamais le besoin de la rendre.

— David?

— Je suis là, répondit-il en sortant du couloir pour trouver son compagnon rebondissant quasiment sur place. Que se passe-t-il?

— J'ai trouvé quelque chose, dit-il en saisissant sa main, le tirant vers la porte.

— D'accord, acquiesça-t-il en riant, se laissant tirer vers l'extérieur.

Le ciel était couvert et froid, les arbres étaient nus et les pelouses commençaient à jaunir. David avait installé deux chrysanthèmes géants en pot sur ses marches et des coussins bronze et bordeaux sur sa balancelle, mais c'était à peu près les seules couleurs dans sa cour. Si on ne tenait pas compte du bandana rouge vif autour du cou du corgi noir et feu aux pieds d'une femme debout près du trottoir. Elle se pencha en souriant, décrocha la laisse du collier du chien et Jackson siffla.

— Viens ici, Scooter, appela-t-il.

Les oreilles en forme de chauve-souris se dressèrent et les yeux noirs brillèrent. Le petit chien courut vers celui qui l'appelait aussi vite que ses petites pattes le lui permettaient et Jackson s'accroupit pour le caresser lorsqu'il arriva à ses pieds.

David fixa le beau petit chien, son cœur battant comme un fou à la base de sa gorge.

— Eh bien? Tu ne viens pas dire bonjour? demanda son compagnon en levant les yeux vers lui.

Il descendit lentement les marches, regardant alternativement Jackson et le chien.

— C'est...?

— La tienne? répliqua Jackson en grattant l'animal derrière ses oreilles. Oui. Si tu la veux.

— Elle s'appelle Scooter?

— Oui, elle appartenait à une dame très âgée qui est décédée récemment. Elle est apparue hier matin dans les messages sur les corgis hier. J'ai appelé et la bénévole, Kate, l'a ramenée de l'Idaho ce matin. C'est une super petite chienne, David. Elle a trois ans, elle est complètement éduquée et propre. Elle a beaucoup de personnalité.

David n'arrivait pas à trouver une seule chose à dire. Il ne se souvenait pas d'une époque de sa vie où quelqu'un avait fait des pieds et des mains pour lui à part ses parents. Il leva la main et la passa dans la fourrure ; elle était aussi douce que celle de Boots. Elle était un peu plus petite et lorsqu'elle leva les yeux vers lui, la tête inclinée d'un côté avec une expression mignonne et alerte, David tomba fou amoureux, juste là, dans sa cour.

— David ?

Il enregistra finalement que Jackson avait l'air inquiet et il le regarda rapidement. Son compagnon le regardait, les sourcils froncés d'inquiétude avec peut-être une expression un peu blessée dans ses yeux clairs.

— Tu ne l'aimes pas ?

David repoussa la boule qui bloquait sa gorge et jeta ses bras autour du cou de son amant, le faisant tomber sur les fesses juste là, sur la pelouse. Puis, il s'assit sur ses genoux.

— Je dirais que c'est un oui, dit la femme, qui s'était approchée plus près, au-dessus d'eux.

David leva les yeux vers elle, les larmes aux yeux. Elle lui adressa un sourire rayonnant et il réussit à lui en retourner un humide.

— C'est définitivement un oui.

Scooter et Boots devinrent rapidement amis. Jackson installa une chatière pour chien menant à l'arrière-cour et une clôture pour l'enfermer. Et tous les deux ou trois jours, Jordyn amenait Boots pour un « rendez-vous jeu ». Ils faisaient la course pour entrer et sortir et ils étaient si mignons que David ne pouvait même pas être énervé par les battements presque constants de chatière. Michael l'adorait, même s'il s'était tordu de rire lorsque David lui avait appris son nom.

— Scooter ? Bootsy ? Scoots et Boots pour faire court ? Bon sang, on dirait le titre d'une chanson country.

David avait ri avec lui, mais il ne l'appelait pas Scoots [5]. Le fait qu'elle lui fasse la fête lorsqu'il rentrait à la maison était le deuxième meilleur moment après Jackson le saluant d'un baiser.

David écarta ces souvenirs, prit le plateau de charcuterie et de fromages qu'il avait préparé et l'emporta dans la salle à manger. Il le déposa sur un des grands plats de service rouges qui étaient déjà disposés sur sa

5 Dérivé de l'anglais « Scoot ! », qui peut notamment se traduire par « Ouste ! » ou « File ! ».

table. Ce n'était pas vraiment un buffet complet, juste des collations, mais cela avait l'air festif et appétissant. Il y avait un centre de table rouge, un bol transparent contenant des décorations de Noël dorées avec un ruban doré au milieu. Des bougies étaient déjà allumées dans de grands chandeliers posés sur la table et les étagères encastrées, et un feu brûlait dans la cheminée du salon, non loin du sapin de Noël. L'arbre était placé au centre de la fenêtre avant et était décoré de guirlandes lumineuses blanches, d'arcs dorés et d'ornements en verre réfléchissant. Jackson l'avait taquiné en lui disant que l'endroit ressemblait à une salle d'exposition de Pier Import, mais David était fier de sa maison et voulait la montrer. Les réparations et rénovations étaient enfin terminées, les planchers brillaient et les meubles étaient parfaits sur les tapis, coussins et jetés qui complétaient l'ameublement. David serait le premier à admettre que la maison avait l'air décorée par un professionnel, mais elle était accueillante et élégante. De plus, si elle n'avait pas l'air d'avoir été décorée par un décorateur d'intérieur, alors il s'engageait définitivement dans une mauvaise voie.

Il entendit du bruit sur le porche avant et se retourna en prévision de l'arrivée de Jackson. Scooter se dirigea vers la porte, mais au lieu de remuer la queue comme d'habitude, elle grogna et David se raidit.

— Qu'est-ce qu'il y a ? lui demanda-t-il en regardant par les petites impostes en verre de la porte.

Mais tout ce qu'il voyait était le reflet réfracté des lumières de l'arbre dans le verre biseauté. Il ouvrit la porte avec précaution et regarda à l'extérieur, mais le porche était vide, tout comme la cour au-delà. Scooter le poussa, les poils du dos hérissés, grondant sourdement en regardant dans la cour obscure.

Ce n'était pas la première fois que cela se produisait depuis la nuit où Trevor était entré par effraction dans la maison. David avait essayé de se détendre, s'était dit qu'il avait l'alarme et le chien et que Trevor ne reviendrait pas, cependant, il n'arrivait pas à effacer le sentiment que quelqu'un l'observait, l'attendait. Il en avait même parlé à Karen, mais la peur demeurait. Elle lui avait conseillé de se ménager, que cela prendrait du temps. Il n'avait pas du tout apprécié cette réponse.

Il sortit sur le porche afin d'essayer de scruter l'ombre près de son entrée. Il aperçut un flou de blanc en pointillés sous les buissons près de la rue et Scooter aboya de nouveau. Quelques instants plus tard, un petit chat gris et blanc s'élançait dans la rue. David sentit que les nœuds dans ses épaules commençaient à se détendre et il se mit à rire d'une manière un peu instable.

— C'est Precious, espèce d'andouille, dit-il à la petite chienne.

Precious appartenait à sa voisine de gauche, madame Pearson. Le chat n'arrêtait pas de venir dans sa cour et David aurait aimé que la femme le garde dans la maison. Vernon, quant à lui, avait dit qu'il souhaitait qu'il soit légal de le transformer en coussin.

— Allez, Scooter. Il gèle ici.

Ils rentrèrent dans la maison et il se pencha pour caresser la fourrure au-dessus de son collier écossais festif.

— Tu es une bonne fille, le félicita-t-il.

Elle retourna dans son panier et il repartit vers la salle à manger afin de réarranger les plateaux. Encore une fois. Il eut besoin d'un certain temps pour que les tremblements disparaissent et, à ce moment-là, il en avait assez. Pourquoi ne pouvait-il pas se convaincre que tout allait bien ?

Karen lui avait suggéré de consulter un conseiller afin de parler de ses peurs et il commençait à penser que ce n'était pas une mauvaise idée.

Quinze minutes plus tard, la porte d'entrée s'ouvrit et Jackson entra dans une rafale de vent froid. Il portait une épaisse veste bleu foncé, un bonnet en laine et tenait une boîte de gâteaux dans ses mains.

Scooter sortit de son panier douillet et sauta autour de lui comme un jouet à ressort.

— Bonjour, ma belle, la salua Jackson en lui frottant la tête.

David s'approcha de lui, prit la boîte blanche de ses mains et Jackson posa un baiser rapide sur ses lèvres.

— Bonjour, chéri.

Il l'embrassa à nouveau avant de retirer ses gants et d'ôter le bonnet de sa tête.

— Désolé, je suis en retard, dit-il en passant une main dans ses épais cheveux noirs. La circulation en ville est juste une purge. J'ai l'impression qu'il va neiger ce soir.

— C'était annoncé, répondit David.

Il se dirigea vers la cuisine pendant que Jackson rangeait ses gants et son bonnet dans les poches de sa veste, puis suspendait le tout sur le portemanteau mural que David avait trouvé dans l'un des magasins d'antiquités du centre-ville.

Il prit une grande inspiration en entrant dans la cuisine. Maintenant que son compagnon était là, sa nervosité commençait à se calmer. Il ne voulait pas que celui-ci sache à quel point il était nerveux et sursautait à cause des ombres.

— Quelle est cette odeur délicieuse ? demanda Jackson qui l'avait suivi dans la cuisine.

— Ce sont soit les bougies au bois de santal, soit les boulettes de viande suédoises dans la mijoteuse.

— Définitivement une odeur comestible, répondit-il en soulevant le couvercle de la casserole et inhalant profondément afin de l'apprécier. C'est ta mère qui les a faites ?

— Oui, répondit David en disposant les biscuits de Noël élégamment décorés sur le plateau qui les attendait, un dessus d'assiette en forme de flocon recouvrant le fond. Je ne ferai même pas semblant d'être insulté que tu n'aies pas pensé que j'étais capable de faire des boulettes de viande.

— Je suis sûr que tu en es capable, répondit Jackson en se penchant sur l'épaule de son amant afin d'attraper quelques noix de cajou dans un bol rempli sur le plan de travail. Mais pourquoi voudrais-tu le faire alors qu'elle est si douée ?

— Ce n'est qu'une des nombreuses raisons pour lesquelles je t'aime, dit David en l'embrassant sur la joue. Tu m'as compris.

— Je t'aime aussi, répondit-il en posant ses mains sur les hanches de David. Nouveau pull.

Le pull à torsades d'un rouge profond l'avait presque ensorcelé lorsqu'il s'était rendu à Nordstrom l'après-midi précédent et, Dieu merci, il était soldé à moitié prix.

— Oui.

— La couleur te va très bien, assura Jackson, une lueur d'appréciation dans les yeux. Quand pourrais-je te l'enlever ?

— Après la fête, répliqua son compagnon en lui jetant un regard tolérant par-dessus son épaule.

Jackson gronda doucement et attrapa une autre poignée de noix de cajou.

— Et si tu les prenais et les mettais sur la table ? dit David en lui tendant le plat en cristal.

— Bien sûr.

David s'occupa de mettre le reste des biscuits sur un autre plateau et transporta les deux dans la salle à manger. Il en plaça un à chaque extrémité de la table, puis déplaça les noix de cajou d'à côté de la viande et le fromage pour les poser près d'un plateau de chocolats. Jackson le regardait faire avec amusement.

— Quoi?

— Quelqu'un t'a-t-il déjà dit que tu étais un peu un obsédé de l'ordre? répondit Jackson avec un grand sourire.

— Et toi, tu es un obsédé tout court, répliqua David en redressant les serviettes et les assiettes pour la centième fois.

Jackson rit et attrapa son amant par la taille, l'attirant plus près.

— Je le suis certainement, gronda-t-il malicieusement contre l'oreille de David, une de ses mains glissant sur le tissu recouvrant ses fesses tandis qu'il lui mordillait le lobe de l'oreille.

La porte arrière s'ouvrit, puis se referma bruyamment, une brise fraîche traversant la salle à manger. Un instant plus tard, Michael apparut avec un grand porte-documents.

— Maman, dis à papa d'arrêter de te toucher dans un endroit vilain, s'exclama-t-il en se couvrant théâtralement les yeux.

David souffla, exaspéré.

— J'attends les résultats du test de paternité avant de te mettre sur le testament, répliqua Jackson en tapotant les fesses de son compagnon avant de laisser tomber sa main.

Michael traversa le salon et posa le porte-documents contre le mur.

— Vous avez entendu ça? Mon propre père ne veut pas de moi. Est-ce étonnant que j'aie besoin d'une thérapie? Bonjour, princesse, dit-il en s'accroupissant à côté du panier de Scooter, se penchant en avant et acceptant le léchage délicat de son menton. C'est la seule d'entre vous dont je me réclame.

— Très bien, vous êtes tous les deux adoptés, rétorqua David en se tournant vers Jackson. Chéri, pourrais-tu sortir les verres à vin du placard pour moi?

— Bien sûr, bébé. Où veux-tu que je les pose?

— À côté de ceux-ci, répondit-il en faisant un geste vers le haut des étagères encastrées où deux bouteilles de vin rouge étaient déjà posées.

Jackson prit plus de noix dans sa main, puis il sortit de la pièce et David le regarda partir, appréciant la façon dont son jean noir et son pull bleu foncé s'ajustaient à son corps.

— Oh, bon sang, vous me donnez la nausée, tous les deux. Bébé, chéri. C'est suffisant pour me faire vomir, dit Michael en se levant et en s'approchant de David avant de se pencher et d'étudier les biscuits. Ils sont jolis. Où les as-tu eus ?

— Qu'est-ce qui te fait croire que je ne les ai pas faits ?

Michael lui lança un regard sardonique et David rit.

— La boulangerie de la 8e, dit-il avant de s'approcher de son ami en baissant la voix. Tu l'as eu ?

— Il a l'air génial, acquiesça-t-il.

— J'aimerais avoir du temps pour... commença-t-il avant de soupirer lorsqu'il fut interrompu par la sonnette. Je suppose que cela devra attendre.

Il répondit à la porte et pendant les deux heures qui suivirent, accueillir les gens lui fit oublier tout le reste.

Sa maison était pleine de rires et de bons amis et cela étouffa une partie de l'énergie nerveuse de David. Sa mère était là, recevant des éloges bien mérités pour ses boulettes de viande et sa sauce aux épinards. Gil et Vern arrivèrent ensemble, les joues roses de froid, et offrirent une bouteille de champagne à David.

— Un cadeau pour l'hôtesse, dit Vern en clignant de l'œil.

Manny arriva seul, l'air un peu mal à l'aise, jusqu'à ce que Jackson parvienne à lui faire boire un verre de vin. La tension dans ses épaules se relâcha et il se retrouva assis sur le canapé avec Beverley, mangeant ses boulettes de viande et ayant une conversation animée sur le jardinage.

Tommy et son frère arrivèrent avec la nouvelle que la neige avait finalement commencé à tomber et tout le monde prit quelques minutes pour se rendre sur le porche afin d'observer les minuscules flocons blancs dérivant vers le bas. Ils ne tenaient pas encore, mais David espérait qu'il y en aurait assez pour couvrir les guirlandes lumineuses qu'il avait installées dans les buissons à l'avant. Il aimait la vision qu'offraient les lumières de Noël à travers la neige. C'était une des choses qui lui avaient manqué lorsqu'il vivait en appartement. Il n'y avait aucun endroit où accrocher les guirlandes de Noël. Ils restèrent tous figés à regarder les flocons dérivant jusqu'à ce que Vern grogne.

— C'est juste de la fichue neige, les gars. Je retourne à l'intérieur avant que mes noix gèlent, dit-il avant de rentrer.

— Charmant, Vernon, l'interpella Gil. Vraiment. C'est cette personnalité étincelante qui t'attire les meilleures invitations.

— Va te faire voir, Gilbert.

Gil leva les yeux au ciel en entendant les rires. Peu à peu, ils retournèrent tous à l'intérieur et tout le monde s'installa dans des groupes de conversation autour de la pièce. Michael et Gil se moquèrent l'un de l'autre et Vern servit d'arbitre. Manny et Beverley furent rejoints par Tommy et son frère, équilibrant leurs assiettes sur leurs genoux et plaçant soigneusement les verres à vin sur les sous-verres de la table basse. Tout le monde sembla s'installer dans une accalmie agréablement sereine et avec un sursaut de nervosité, David se rendit compte qu'il était temps. Il attira l'attention de Michael et hocha la tête en direction du bureau. Son ami s'excusa et navigua gracieusement entre les jambes des autres convives assis sur le canapé avant de quitter la pièce.

— Respire profondément, dit Jackson en s'approchant de son compagnon et glissant son bras solide autour de sa taille.

— Ai-je l'air d'en avoir besoin ? demanda David en appuyant son front contre son épaule.

— Tu as l'air un peu pâlichon. Ce sont nos amis, bébé. Tu n'as pas à t'inquiéter de quoi que ce soit. S'ils n'apprécient pas l'idée, ils peuvent toujours travailler pour moi comme ils le font maintenant.

— C'est vrai. J'ai juste pensé qu'ils pourraient vouloir participer, tu vois ?

— Ne capitule pas avant même d'avoir commencé.

Michael le dépassa avec un chevalet noir et le positionna près de la cheminée. Puis, il prit le porte-documents et l'installa dessus.

David frotta ses mains afin d'essayer de rétablir la circulation dans ses doigts ; ils étaient gelés.

— Pourrais-je avoir l'attention de tout le monde un instant ?

Il dut le répéter, mais finalement tous les yeux furent braqués sur lui et il se sentit un peu comme un lapin pris dans les phares d'une voiture.

— Si vous êtes d'accord, Michael et moi avons une idée que nous aimerions vous exposer.

— Si c'est un achat en multipropriété en Floride, je me tire d'ici, grogna Vern, faisant rire tout le monde.

— Ce n'est pas un achat en multipropriété, je vous le promets.

— D'accord, Michael, dit Gil en s'appuyant sur le canapé, les mains derrière la tête. Tu as mon attention.

Il sourit et fit un clin d'œil au jeune homme, et David remarqua que ce dernier l'ignorait. Mais il rougit aussi.

— D'accord, dit-il en frottant ses paumes sur ses cuisses pour les sécher. L'idée m'est venue de quelque chose que Michael m'a dit un jour où vous travailliez tous ensemble ici. Il m'a demandé si tous les membres de l'équipe là ce jour-là étaient homosexuels et nous avons parlé du fait qu'il était universellement difficile de trouver du travail à cause de l'état d'esprit des principaux entrepreneurs ici en ville. Michael m'a demandé pourquoi vous n'envisagiez pas de lancer votre propre entreprise de rénovation. Nous savons tous qu'il y a beaucoup de travail à faire de ce côté de la ville, en particulier avec les maisons Janic qui prennent de la valeur. Le travail que tu fais est magnifique, Gil. Vraiment, meilleur que tout ce que je peux faire sur mes travaux à grande échelle.

— Merci, répondit ce dernier en inclinant légèrement la tête.

— Manny, quelle quantité de travail pourrait être faite sur la plomberie de ces endroits si tu étais rattaché réellement à un entrepreneur ?

— Pas mal, j'imagine, dit-il en donnant l'air de ne pas avoir envie d'être mis sur la sellette, ses pommettes hautes se tachant de rose.

— Mais plus que ce que tu fais actuellement ? insista David.

Manny passa un moment à y réfléchir, le silence prolongé rappelant Jackson à David.

— Chaque fois qu'un entrepreneur vous propose un travail, cela peut mener à plus de travail.

— Même chose pour toi, Tommy. Est-ce que tu gagnes plus d'argent en faisant ta propre publicité ou est-ce que tu as plus de contrats avec quelqu'un d'autre ?

Tommy regarda son frère qui haussa les épaules.

— Nous nous sommes toujours débrouillés seuls. Mais je dois te dire que s'il y avait quelqu'un pour nous faire travailler en tant qu'entrepreneur, ce serait de l'or.

— Alors, que suggères-tu exactement, David ? demanda Gil en fronçant les sourcils.

David s'arrêta pour centrer ses pensées tourbillonnantes avant de parler.

— Je suggère que nous mettions nos ressources en commun et nous lancions notre propre entreprise composée d'employés gays et de leurs amis, dit-il en hochant la tête vers le frère de Tommy qui lui adressa un bref sourire. Je propose que nous commercialisions exactement ce que c'est. Une entreprise de rénovation et de décoration entièrement gérée par des gays.

Il pouvait voir Gil et Vern reculer un peu, mais il s'y était préparé.

— Gil, tu as perdu un contrat rentable et tu as dit que tu pensais que c'était à cause de l'autocollant sur ton pare-chocs, n'est-ce pas ?

— Eh bien, oui. Mais, je n'ai aucune preuve.

— Je sais que ce n'étaient pas tes compétences et ils l'auraient su aussi si un autocollant de pare-chocs ne les avait pas fait changer d'avis. Tu vois, voilà la beauté de tout ça. S'ils nous embauchent, ils sauront que nous sommes homosexuels parce que nous ne ferons pas semblant d'être autre chose. Qu'est-ce que tu m'as dit, Jackson ? Nous n'avons pas besoin de lancer un défilé et de péter des paillettes arc-en-ciel, mais tous ceux qui nous embaucheraient le sauraient.

— Comment le sauraient-ils ? demanda Vern. Des chemises roses ? Des shorts courts avec bretelles ? Des sweat-shirts Dolly Parton ?

Il y eut des rires éparpillés et David se sentit rougir.

— Ils sauraient à cause de notre logo, dit-il en se tournant vers le chevalet.

C'était l'instant où il se sentait le plus nerveux. Il ne savait pas comment Jackson allait réagir et cela lui donnait l'impression d'être décentré.

Lorsqu'il retira le morceau de carton de l'affiche sur l'épais panneau en mousse, ses mains tremblaient. Il posa le carton de côté et il attendit.

Sur le panneau en mousse se trouvait un grand triangle rose pâle, à l'envers, délimité par une fine ligne noire. Delta était écrit dessus dans une écriture élégante, puis sous la pointe du triangle en caractères d'imprimerie identiques se trouvaient les mots Rénovation, Restauration et Décoration. La pièce tomba dans le silence au fur et à mesure que les hommes l'étudiaient, mais David n'attendait qu'une seule réaction.

Jackson fixa le logo pendant longtemps, puis regarda David. Celui-ci n'était pas sûr de ce à quoi il s'attendait, mais ce n'était certainement pas le mélange vif et douloureux d'émotions tourbillonnant dans les yeux expressifs de son compagnon.

Jackson posa son front contre celui de David.

— C'est parfait.

David poussa un soupir frémissant.

Il y eut un débat animé au sujet de son idée et il n'était pas sûr que les autres se lancent. Il y avait beaucoup de détails à régler. Mais c'était un début, au moins un point de discussion. Il n'avait pas encore donné son préavis. Mais si Gil, Vern et Jackson embarquaient et qu'il savait que Michael aussi, eh bien… c'était un début. Ils pourraient travailler avec ce groupe et faire intervenir d'autres personnes selon les besoins du travail.

David sentait un noyau d'excitation là où sa passion pour son diplôme avait d'abord coulé, au fond de son estomac. Cela pouvait marcher.

Il ferma les yeux et s'appuya contre le côté de Jackson, surpris qu'avec toutes les fois où celui-ci l'avait touché depuis qu'il était arrivé, il n'ait pas senti le film plastique collé juste au-dessus de sa fesse droite. C'était l'autre surprise pour Jackson, celle qu'il avait faite ce matin-là après le départ de son amant.

Il arrivait tant de bonnes choses dans sa vie et alors qu'il écoutait à nouveau la conversation, il se rendit compte qu'ils n'étaient pas les seuls à penser que c'était une bonne idée, finalement.

Jackson passa son bras autour des épaules de David pendant qu'ils écoutaient les autres hommes argumenter sur les points les plus importants. Il pourrait, en fait, être en mesure de se remettre à faire ce qu'il aimait et tous les hommes pourraient avoir un travail régulier s'ils pouvaient mettre les gens à l'aise avec l'idée. C'était la question, n'est-ce pas ? Quelqu'un les embaucherait-il ?

Le débat dura encore une heure et demie et rien n'avait été décidé lorsque leurs amis commencèrent à partir, mais David estima que la plupart d'entre eux étaient au moins disposés à en discuter davantage. C'était plus que ce à quoi il s'attendait et une petite flamme d'excitation brillait dans sa poitrine.

Michael et Beverley furent les derniers à partir et, alors qu'elle se dirigeait vers la porte, la mère de David attrapa le bras de Jackson.

— Je vais passer la nuit avec ta mère, lui dit-elle. Reste ici et aide David à tout ranger et vous pourrez dormir demain matin.

Jackson se pencha et déposa un baiser sur la joue de la vieille dame.

— Merci, Beverley, murmura-t-il.

Cette dernière essayait de le pousser à l'appeler maman, mais il disait que c'était bizarre parce qu'elle était plus une amie qu'une parente.

— Un si gentil garçon, dit-elle en caressant sa poitrine avec tendresse avant d'enlacer son fils avec tout autant de tendresse. Tout était charmant.

Elle baissa la voix lorsque Jackson se tourna vers Michael.

— Je t'enverrai un texto.

David hocha la tête, puis l'aida à mettre son manteau et son foulard.

— Je t'aime, maman, dit-il en ouvrant la porte. Les routes seront glissantes, alors conduis prudemment.

Elle lui fit un signe enjoué de la main et suivit prudemment l'allée jusqu'à sa berline garée au bord du trottoir. La neige commençait à tenir, mais il n'y en avait pas encore beaucoup sur le trottoir. Il l'observa quand même jusqu'à ce qu'elle soit dans sa voiture, les portes bien verrouillées.

Michael s'accroupit et mit son visage dans la fourrure de Scooter, mais il avait déjà enfilé son manteau et son bonnet. Il se redressa alors que David s'approchait et, ce qui était inhabituel de sa part, attira celui-ci dans une solide étreinte. David l'a lui rendit en souriant.

— Tu as bien fait, dit Michael, contre l'oreille de son ami. Je pense qu'ils vont le faire.

— Je le pense aussi, répondit-il en se reculant afin de le regarder dans ses yeux gris. Puis-je te poser une question ? Quand vas-tu donner une chance à Gil ?

— Quoi ? s'exclama Michael en se figeant.

— Sérieusement, Michael. Qu'est-ce qui te fait penser que ça ne pourrait pas marcher entre vous deux ?

— Le fait que je ne pense pas à lui comme ça, répliqua-t-il en grimaçant.

Mais il rougissait à nouveau. David choisit de ne pas l'énerver en le mentionnant.

— Écoute, ce n'est pas parce que vous vous êtes bien trouvés que le reste d'entre nous veut aussi cela.

— D'accord, dit David avec un léger sourire.

Son ami se renfrogna et se détourna pour partir. À la dernière minute, il embrassa David sur la joue, puis quitta la maison en courant, fermant fermement la porte derrière lui.

— Tu sais que tu risques ta vie chaque fois que tu fais ça, dit Jackson en glissant ses bras autour de son amant, l'embrassant derrière l'oreille.

David inclina la tête pour lui offrir un meilleur accès avant de répondre.

— Michael ne me fait pas peur, assura-t-il en couvrant les mains de Jackson avec les siennes et se nichant en arrière dans sa force. Il dit qu'il n'a pas de sentiments pour Gil, mais il ment.

— Oui, eh bien, il n'est pas le seul. Gil n'arrête pas de me dire que Michael est trop morveux pour lui, avoua Jackson en riant. Mais il aime ça.

Il pinça brièvement le lobe de l'oreille de David et un frisson se fraya un chemin le long de la colonne vertébrale de celui-ci, dévia entre ses jambes et atterrit dans son sexe.

— D'accord, assez parlé des autres, dit-il en se détachant de l'étreinte de Jackson avant de saisir sa main et de se diriger vers la chambre.

— Et le ménage ?

— Le désordre ne partira nulle part, répliqua David. Je m'en occuperai plus tard.

— Ça me va.

Le sourire taquin sur le visage de Jackson rendait la queue de David encore plus dure, mais il y avait aussi un frisson de nervosité dans cela. Qu'est-ce que Jackson allait penser de ce qu'il avait fait ? Aimerait-il ou aurait-il l'impression qu'il était allé trop loin ? Avait trop présumé ?

Jackson ôta son pull bleu foncé lorsqu'ils arrivèrent dans la chambre, puis il tendit la main vers l'ourlet de celui de son compagnon. Il fit une pause d'une seconde alors que les bras de David étaient pris en l'air dans son pull et il se pencha vers l'avant afin de lécher son mamelon. David frissonna lorsque la chair de poule éclata sur sa poitrine en réponse et ses tétons se contractèrent en pointes dures. Jackson jeta le chandail sur le côté et David recula d'un pas, ses mains descendant jusqu'à sa ceinture. Son amant le regardait avidement, ses mains s'occupant rapidement de ses propres jean et caleçon. Il se redressa après les avoir écartés d'un coup de pied et David admira le corps tonique et bronzé, les jambes musclées et l'épais et lourd sexe pointant entre ses jambes. Le désir se lova en lui et il s'émerveilla encore une fois que qui que ce soit pouvant ressembler à Jackson soit nu devant lui, le désirant. Il enleva ses chaussures, fit glisser son pantalon et son boxer, mais lorsque Jackson tendit la main vers lui, David leva la sienne et l'arrêta.

— Quoi… ?

David lui adressa un sourire tremblotant, puis il se retourna, tête baissée. Il était encore à moitié dur, mais assez effrayé que son érection ne s'estompe rapidement.

Il n'y avait aucun bruit derrière lui. Cela augmentait sa nervosité et ses tremblements s'accentuèrent. Il avait peur de regarder par-dessus son épaule et Jackson se taisait. Son cœur martelait comme s'il voulait s'échapper de sa poitrine. Finalement, alors qu'il pensait qu'il pourrait mourir à cause de la tension, David sentit une main glisser délicatement le long de sa colonne vertébrale, de son cou jusqu'au pli de ses fesses, puis jusqu'au tatouage recouvert de film plastique qui ornait maintenant sa hanche, juste en dessous de sa taille.

— David.

La voix de Jackson semblait étouffée et instable. Il s'éclaircit la gorge avant de faire une nouvelle tentative.

— David. Bon sang, bébé.

Ses mains se posèrent sur ses hanches et il le fit se retourner. David chercha ses yeux, surpris par les larmes bordant ses cils noirs.

— Oh, je ne voulais pas te rendre triste, chuchota-t-il.

— Ce n'est pas ça, répondit-il en secouant la tête. Je ne suis pas triste. Je suis tellement… touché, David.

Jackson l'entoura de ses bras et l'attira contre lui, le serrant fortement.

David enroula ses bras autour du cou de son compagnon, pressant sa joue contre la sienne, laissant la sensation de sa peau chaude et son propre soulagement dissoudre la tension de son corps.

Après avoir vu pour la première fois le tatouage de Jackson, David avait demandé à Shirley de lui montrer des photos du grand-oncle de son amant, Erich, celui qui avait inspiré le triangle rose sur sa hanche. Celui qui avait disparu pendant l'Holocauste nazi. La grand-mère de Jackson avait raison : il ressemblait à Erich. Le visage de ce dernier était mince, sa peau plus pâle, ses traits plus délicats, mais les yeux étaient les mêmes, évidemment bleu pâle, même sur les vieilles photos sépia, et ses cheveux foncés et son implantation capillaire étaient identiques.

Le simple fait de voir le visage du jeune homme condamné le rendait presque insupportablement triste. Tant de choses avaient changé dans le monde et, pourtant, tant d'autres étaient restées les mêmes. Il restait tant de haine et il voulait prendre Jackson dans ses bras et le protéger, même s'il savait que c'était stupide.

Ce jour-là, l'idée du tatouage assorti lui était venue à l'esprit et il n'avait pas réussi à s'en débarrasser. Il avait pris rendez-vous à dix heures sachant que Jackson serait avec sa mère d'ici là, espérant que son compagnon ne trouverait pas cela ridicule.

Deux heures plus tard, il portait l'image miroir du tatouage de Jackson. Cela lui avait fait un mal de chien et le dessin avait l'air tellement plus foncé sur sa hanche pâle, surtout avec la peau rouge et enflée tout autour. Mais il était fier d'avoir réussi et fier qu'à présent Jackson et lui partagent quelque chose d'important, de significatif. Quelque chose de permanent.

— Tu sais que cela veut dire pour toujours, n'est-ce pas ? demanda Jackson d'une voix rauque.

— Je l'espère.

La réponse de Jackson fut un rire court et rauque, puis il souleva David, tourna et se laissa tomber sur le lit avec son amant étendu sur lui. Jackson glissa ses mains dans les cheveux de David, immobilisa sa tête et l'embrassa avec plus de passion que David n'en avait jamais vécue dans sa vie. Il sentait son corps s'affaiblir, ses hanches se relâcher et il essaya de retourner cela aussi bien que possible. La langue de Jackson avait envahi sa bouche et David la suça, la pressant contre son palais doux. Son amant gémit, écartant encore plus les lèvres de David, passant ses doigts le long de son dos et dans son pli fessier. David l'avait taquiné en disant qu'il était obsédé par son intimité, mais lorsqu'ils étaient ainsi au lit et qu'il pouvait sentir chaque centimètre de la peau douce et veloutée de Jackson contre lui, tout ce qu'il voulait, c'était sentir le sexe de son amant le remplir. S'il était obsédé, David l'était aussi.

Ils n'étaient pas sur le lit depuis longtemps lorsque Jackson se glissa soigneusement sous David pour venir derrière lui.

— Ne bouge pas, chuchota-t-il à l'oreille de David en appuyant ses mains sur la tête de lit.

Jackson baissa ensuite ses mains vers les fesses de David et, évitant la peau encore rouge et sensible, il massa ses monticules bien charnus. Il posa sa paume de main entre ses omoplates et le poussa doucement en avant, puis il retourna à son cul, écartant ses globes. David se sentit vraiment exposé jusqu'à ce qu'il sente les lèvres de Jackson frôler doucement la peau encrée avant de glisser plus bas pour embrasser son entrée exposée. Puis, sa langue tourbillonna autour de la chair sombre plissée et David gémit en arquant plus son dos. Il aimait lorsque son amant faisait cela, chérissait la sensation de sa langue contre la chair hypersensible, adorait lorsqu'il poussait contre son anneau, essayant de se glisser à l'intérieur. Il creusa un peu plus le dos, se repoussa, et la langue de Jackson fut juste là, pressant contre lui, cherchant à être admise. Puis, sa langue fut remplacée par de longs doigts lubrifiés, pressant à l'intérieur, l'étirant, trouvant l'endroit qui faisait se fléchir sa queue et se serrer ses testicules.

— Tu es prêt, bébé? murmura Jackson contre son oreille.

David réussit à secouer la tête, même en se sentant tremblant et faible.

— Pas comme ça. Je veux voir ton visage.

— Ta peau est à vif sur ta hanche, David. Cela va faire mal.

— Pas si tu t'allonges et que je te chevauche.

Jackson garda le silence pendant un moment avant de répondre.

— Nous pouvons faire cela, dit-il enfin.

Il se glissa ensuite sous son compagnon en se mettant sur le dos. David souleva un genou, l'enjamba, puis se plaça au-dessus de son aine. Il se pencha et enroula ses doigts autour de l'épaisse queue de Jackson, positionna le gland contre son intimité et poussa vers le bas, commençant lentement à s'abaisser. Ils avaient attendu que deux séries de tests reviennent négatives avant d'avoir des rapports sexuels non protégés et que la peau nue sous leurs mains soit quelque chose qui ressemblait davantage à un vœu tacite, à une promesse. Il eut besoin d'un moment pour pouvoir accepter la tête arrondie, mais une fois qu'elle eut dépassé les muscles serrés de l'anneau, il fut capable de s'abaisser doucement, sentant l'étirement, la brûlure lente qui l'essouffla et fit se révulser ses yeux. Il se souleva légèrement et descendit à nouveau, et Jackson fit glisser ses mains vers le haut de ses cuisses.

— Bébé, c'est si bon. Si chaud, si serré...

David l'entendait comme s'il était loin ; ce qui se passait à l'intérieur de son corps mobilisait toute son attention. L'épais et bel arc de chair de son amant le remplissait tant qu'il avait l'impression qu'il touchait le fond de sa gorge. Surtout lorsqu'il réussit à s'abaisser jusqu'à ce que ses fesses touchent l'aine de Jackson. David poussa un soupir rauque et Jackson tendit son bras entre eux, enroulant sa main glissante autour du sexe de son amant, caressant la chair sensible d'un geste délicat de la base à la pointe, puis inversement. David se battit pour reprendre son souffle, puis il ouvrit les yeux et fixa ceux de Jackson, s'apercevant que celui-ci le regardait attentivement.

— Es-tu prêt pour plus, bébé ? demanda-t-il, ses doigts autour de la hampe tendue de David, attendant la prochaine caresse ferme. Es-tu prêt pour moi ?

Il s'étouffa à la double sensation du sexe de Jackson pressant contre sa prostate et de sa main caressant sa longueur rigide avant de répondre.

— Tout ce que tu veux, réussit-il à dire.

— Mets-toi à genoux, l'exhorta Jackson.

David s'exécuta, permettant à l'épaisseur chaude de la queue de son compagnon de glisser presque hors de lui. Les mains de Jackson sur ses hanches l'arrêtèrent avant qu'il soit complètement dehors et le maintinrent en place.

— Masturbe-toi.

David baissa la main sur son sexe. Il était tellement sur-stimulé qu'il peinait à y arriver, mais il réussit finalement à enrouler ses doigts autour de sa hampe et commença à se caresser sans grâce.

— Parfait, dit Jackson dans un grondement. Parfait.

Il planta ensuite ses pieds sur le lit et commença à se redresser, enfonçant son sexe dans la chaleur du corps de David. Le plaisir inonda le visage de Jackson, ses yeux s'adoucirent et sa bouche se détendit en un O doux. David se pencha légèrement en avant, une main se caressant toujours, l'autre appuyée contre la poitrine de son amant. Le changement d'angle amena le sexe de Jackson en contact direct avec sa prostate. David frissonna, trop loin pour être gêné par les bruits de besoin sortant de sa bouche. Jackson commença à se déplacer plus vite, poussant plus fort, et leurs peaux se giflèrent, le son du lit grinçant et leurs respirations haletantes étant les seuls bruits les accompagnant. Puis, Jackson saisit la main de David autour de sa queue, liant leurs doigts glissants, prenant la hampe gonflée dans sa propre main et la serrant durement autour de la base. David gémit de frustration et se balança dans chaque poussée ascendante à la recherche de l'angle parfait. Il cria lorsqu'il le trouva, son corps frissonnant.

— Là? demanda Jackson, poussant plus fort, le caressant plus vite. Là, bébé?

David acquiesça d'une voix rauque, se balançant en arrière sur chaque poussée et en avant dans la main de Jackson. La peau de son sexe était si serrée qu'elle lui faisait mal et, chaque fois que la queue de son amant touchait la petite boule de nerfs en lui, David s'approchait de plus en plus près de l'effondrement complet. Puis, ce fut trop. Le martèlement de sa prostate, la sensation de Jackson se déplaçant, épais et dur, en lui… Il cria, chaque muscle de son corps se serrant et se raidissant alors qu'il jouissait, déversant d'épais filets blanc opalescent sur les doigts, la peau bronzée et les poils noirs du ventre de Jackson. Il se tint là, tremblant, totalement tendu; puis, il se détendit et s'effondra sur la poitrine de Jackson, étalant la semence entre eux, son visage pressé contre la gorge de son compagnon.

Jackson enroula ses bras autour de lui, le serrant fort, et il le prit jusqu'à ce qu'il jouisse avec un gémissement étouffé. Puis, ses bras se relâchèrent et le tinrent tendrement contre sa poitrine.

Ils restèrent ainsi pendant plusieurs minutes, reprenant leur souffle, avant que Jackson les fasse rouler sur le côté, s'assurant que David n'appuyait pas sur le nouveau tatouage sur sa hanche, alors qu'il se retirait de son corps. Il quitta le lit et David resta là où il était, si bien qu'il doutait de pouvoir bouger s'il le voulait. Jackson revint quelques instants plus tard avec un gant de toilette chaud et David resta sans bouger, les yeux fermés, alors que Jackson le nettoyait tendrement.

— Ça fait du bien, réussit-il à dire d'une voix rauque.

Il ne se souvenait pas d'avoir crié, mais c'était comme s'il l'avait fait.

— Bien, dit Jackson en frottant le tissu sur l'estomac et la poitrine de son amant, avant de nettoyer tendrement ses fesses. Quand il eut fini, il ramena le gant à la salle de bains et tira les couvertures vers le haut avant de se glisser à côté de David. Il passa ses bras autour de lui, attira son corps détendu plus près et David baissa la tête sous le menton de Jackson, posant sa joue contre sa poitrine. Le cœur de son compagnon battait calmement, même si le sien essayait encore de ralentir afin de retrouver un rythme normal.

— C'était incroyable, commenta finalement Jackson.

Sa voix était un grondement profond sous l'oreille de David. Il enroula ses doigts autant qu'il le put autour du biceps de Jackson et le serra.

— Oui.

— Est-ce que ça va ?

— Je suis toujours en train de redescendre.

— D'accord.

Jackson caressa les flancs et le dos de David jusqu'à ce qu'il respire lentement et régulièrement et soit au bord du sommeil.

— Bébé ?

— Humm ?

— Je n'ai jamais aimé qui que ce soit autant que je t'aime.

— Je t'aime aussi, répondit David en plaçant un baiser juste au-dessus du cœur de son compagnon, son propre cœur débordant.

Ils s'endormirent paisiblement pendant que la neige continuait à tomber.

JACKSON ÉTAIT déjà debout et prenait une douche lorsque le téléphone portable de David sonna le lendemain matin. Il le débrancha de son chargeur et plissa les yeux afin de lire le texto, puis il abandonna et attrapa ses lunettes. Il sortit du lit une fois qu'il l'eut lu et il enfilait un sous-vêtement propre lorsque Jackson rentra dans la chambre.

— Bonjour, Belle au bois dormant, dit-il en souriant avant de l'embrasser rapidement. Je pensais que tu pourrais vouloir dormir pendant que je dégageais l'allée.

— Je viens de recevoir un texto de ma mère, dit David tandis qu'il enfilait un Levi's. Ta mère et elle aimeraient que nous venions chez ta mère dès que possible.

— Qu'est-ce qui ne va pas? demanda Jackson en se figeant, les sourcils froncés.

— Elles n'ont pas dit que quelque chose n'allait pas, elles veulent juste que nous venions.

Ce fut suffisant pour que Jackson se dépêche aussi de s'habiller. David réussit à s'habiller et à se brosser les dents, mais le reste de sa toilette devrait attendre jusqu'à ce qu'il revienne. Ils s'emmitouflèrent, enfilant plusieurs couches de vêtements, laissèrent Scooter faire ses besoins, puis la rentrèrent dans la maison avant de monter dans le pick-up de Jackson. David n'était pas particulièrement à l'aise assis et il grimaça alors qu'il essayait de trouver une position confortable. Jackson tendit la main par-dessus la console et saisit celle de David, une fois qu'il eut démarré le moteur et mis le chauffage.

— Je suis désolé. Je ne voulais pas te faire mal.

— Tu ne m'as pas blessé, assura David en souriant.

— Mais lorsque tu t'es assis, cette expression sur ton visage...

— Oh, j'ai mal. Mais, j'ai participé avec enthousiasme, affirma-t-il en s'installant sur une hanche avec un doux soupir. Ça ira. Pour être honnête avec toi, cela ne me dérange pas. Cela me rappelle que tu as été là. Je peux te sentir pendant des heures après et j'aime ça.

— Je vais te croire sur parole, répondit Jackson en conduisant le lourd camion sur les routes enneigées avec une habileté experte.

— As-tu déjà été passif?

David s'était posé la question, mais il aimait tellement cela et son compagnon semblait satisfait de leur arrangement actuel qu'il n'en avait jamais été question.

— Une fois, il y a longtemps, admit doucement Jackson. L'autre homme ne savait pas ce qu'il faisait et il m'a déchiré. J'étais jeune et déterminé à tout essayer. J'ai été sacrément chanceux de ne rien avoir attrapé.

David voulait retrouver celui qui lui avait fait du mal et lui tordre le cou.

— Ne le sommes-nous pas tous? dit David en regardant la neige à travers le pare-brise.

— Donc, en réponse à ta question, je n'ai pas beaucoup d'expérience en tant que passif, dit Jackson avec hésitation après s'être raclé la gorge. Cependant, si tu veux que je... J'essayerai pour toi.

— Peut-être, un jour, répondit-il en le regardant. J'aime ce que nous vivons en ce moment.

— Moi aussi, répondit Jackson en lui souriant.

Il serra la main de David et conduisit jusque chez sa mère, les doigts enlacés avec les siens.

Lorsqu'ils eurent tourné dans la rue où vivait Shirley, David vit la voiture de sa mère garée dans l'allée. Il y avait aussi une pancarte « À vendre » de Coldwell Banker au milieu de la cour enneigée. Jackson fronça les sourcils en la voyant.

— C'est quoi, ça ?

— Je ne sais pas, répondit David en haussant les épaules. Nous sommes chez ta mère. Pourquoi ne pas lui demander ?

Jackson se gara et ils descendirent du véhicule alors que Shirley et Beverley sortaient sur le porche avant. David avait vu la mère de son compagnon quelques jours auparavant, lorsqu'ils avaient tous déjeuné ensemble, et elle était vraiment plus forte qu'elle ne l'avait été. Elle se déplaçait sans le déambulateur aujourd'hui. Ses cheveux étaient coiffés et son visage était lumineux et alerte. Jackson traversa la cour enneigée et s'arrêta près des marches.

— Maman, c'est quoi cette pancarte « À vendre » ?

— Oh, j'ai décidé de vendre la maison, chéri, répondit-elle en mettant ses gants, un sourire aux lèvres.

— Avais-tu prévu de me le dire ? demanda-t-il, l'air un peu confus. Où vas-tu aller, si tu vends la maison ?

David remarqua avec satisfaction qu'il ne demandait pas où lui irait.

— Eh bien, dit Shirley en croisant les bras. Au début, j'envisageais d'emménager dans un centre d'aide à l'autonomie. Un endroit où si ma sclérose en plaques progressait, il y aurait des gens pour s'occuper de moi. Mais, ma chère amie, ici présente, m'a convaincue que je pourrais obtenir le même niveau de soins, peut-être même meilleur, en emménageant avec elle. Ainsi, je n'aurai pas de médecins et d'infirmières autour de moi à moins que j'en aie besoin.

— Tu vas emménager avec Beverley et vendre la maison de grand-mère et grand-père ? demanda son fils, semblant encore un peu interloqué.

— Chéri, ce n'est pas plus ma maison que la monstruosité qui importait tant aux yeux de ton père, dit doucement sa mère. C'est la maison de ma mère et je ne veux plus vivre ici. En emménageant avec Bev, je peux avoir ma propre chambre et ma propre salle de bains, et nous entendons bien toutes les deux. La seule chose que je regretterai en partant, ce sont les roses. Mais, nous pouvons planter des roses dans le jardin de Bev. Tu nous aiderais, n'est-ce pas, Jackson ?

— Je… bien sûr, maman. Si c'est ce que tu veux.

— Ça l'est, dit-elle en lui tendant une main qu'il prit en montant les marches. Tu sais combien je t'aime, chéri. Ce n'est pas le bon moment dans ta vie pour vivre avec ta mère. Tu dois vivre ta vie, tout comme j'ai besoin de vivre la mienne.

— Ça ne me dérange pas, maman.

— Je sais, mon chéri. Mais ne préférerais-tu pas vivre avec David ?

Jackson regarda David derrière lui. Il était encore debout dans la cour, des flocons de neige flottant doucement autour de lui. Leurs regards se croisèrent et se soutinrent.

— Bien sûr, bien sûr. Si cela ne le dérange pas.

Puis, ils le regardèrent tous.

— Je ne peux pas imaginer quelque chose qui me rendrait plus heureux, répondit-il, son cœur encore plus plein.

— Oui ? dit Jackson, avec un sourire en coin.

— Oh, oui.

— J'ai une idée, intervint Beverley, lumineuse. Pourquoi n'irions-nous pas tous chez Perkins pour le petit déjeuner et nous pourrions régler les détails.

Elle regarda les deux hommes avant de poursuivre.

— Vous avez mangé ?

— Non, en fait. Nous avons eu votre texto et nous sommes venus tout de suite.

— Bien, bien. J'aimerais vraiment des pancakes. On se retrouve là-bas ? Nous commanderons pour vous.

— Maman, nous pouvons commander notre propre petit déjeuner, protesta David.

— Tu ne veux pas de pancakes ? répondit-elle avant de sourire au fils de Shirley. Tu ne veux pas de pancakes, Jackson ?

— Allez-y et commandez pour moi, Bev, répondit celui-ci en levant les mains. J'adore les pancakes.

— Lèche-cul, murmura David.

Jackson haussa les épaules, mais il n'avait pas l'air repentant.

— Allez, les garçons, chantonna presque Beverley alors qu'elle se dirigeait vers sa berline, une Shirley ahurie dans son sillage. Les pancakes attendent.

— Je veux une omelette, maman, dit David en échangeant un regard amusé avec Jackson. Une omelette de Denver, bien piquante.

— Je ne t'entends pas, répondit-elle en montant dans sa voiture.

— Une omelette de Denver? demanda Jackson en tendant la main vers lui.

David la prit et ils s'avancèrent vers le camion.

— Oh, je vais manger des pancakes. C'était juste ma tentative d'affirmer ma masculinité.

Jackson lui lança un regard amusé et David le frappa à l'épaule.

— Tais-toi, s'exclama-t-il.

Ils passèrent devant le panneau dans la cour et Jackson fit un geste en direction de celle-ci.

— Ceci est une surprise.

— Ça l'est, confirma David en ouvrant la portière du camion et s'installant dans la cabine.

Jackson contourna le véhicule et s'assit derrière le volant. Il attacha sa ceinture, les yeux fixés sur son compagnon.

— Pourquoi ai-je l'impression que c'est moins une surprise pour toi que pour moi?

David ne lui mentirait pas.

— Shirley parle à ma mère depuis un certain temps de s'installer dans un centre d'aide à l'autonomie. Cela a un peu bouleversé ma mère.

— Pourquoi?

— Parce qu'elle n'a pas l'impression que Shirley est prête pour l'un de ces endroits et les dépenses sont astronomiques. Elle a peur que ça anéantisse les économies de ta mère.

— Ce qui serait probablement le cas, répondit-il, l'air réfléchi.

Il tomba ensuite dans l'un de ses silences jusqu'à ce qu'il ait démarré et que David ait mis sa ceinture.

— Cela ne te dérange pas que ma mère avec ses problèmes de santé emménage avec la tienne?

— Non, pas du tout, assura-t-il. Ma mère sait ce qu'elle fait. Elle s'est occupée de mon père et elle était incroyable. Honnêtement, je pense qu'elle se sent seule sans lui. Elles sont assez jeunes pour voyager un peu et elles adorent toutes les deux jardiner. Franchement, je suis content que maman ne soit pas seule à la maison.

— Et moi emménageant avec toi? C'est un pas que tu es prêt à franchir?

— Absolument, répondit-il en étudiant le profil fort de son amant.

— Tu as l'air sûr de toi.

— Je n'ai jamais été aussi sûr de quoi que ce soit d'autre, dit-il avant de faire une pause. Sauf si tu n'es pas…

Jackson saisit sa main avant qu'il puisse dire un autre mot et il la tint fermement. Il laissa le véhicule tourner au ralenti contre le trottoir, même lorsque Beverley quitta l'allée et disparut au coin de la rue. Finalement, il se tourna vers David, le regard calme.

— J'en suis sûr, David. J'en suis sûr depuis longtemps. Je ne savais pas ce que je devais faire pour ma mère. Mais on dirait qu'elles ont résolu ce problème à elles deux.

— Tu sais qu'elles vivront juste au bas de la rue, maintenant, dit David en se mordant les lèvres afin d'éviter qu'un sourire n'apparaisse, essayant d'avoir l'air renfrogné. Ça veut dire des barbecues avec ma sœur et des déjeuners du dimanche à la maison.

— Si tu essayes de me convaincre que c'est une mauvaise idée, la cuisine de ta mère n'est pas la solution, répondit-il en souriant.

— Nous devrons fermer les portes et éteindre nos téléphones si nous voulons faire l'amour sans être interrompus, dit David en souriant.

— Rien d'insurmontable, assura Jackson en inclinant la tête. Alors, qu'en dites-vous, monsieur Snyder? Cela vous intéresse-t-il de faire de moi un homme entretenu?

— Cela me semble être un bon plan pour moi, répondit David, incapable de dissimuler son sourire même s'il avait essayé.

— Excellent. Nous ferions mieux d'y aller avant que nos mères envoient une patrouille de police à notre recherche.

David était d'accord. Connaissant sa mère, il trouvait le scénario un peu inconfortablement probable.

Jackson conduisait dans les rues enneigées et David se sentait en sécurité, comme dans un cocon, dans la chaleur de la cabine avec l'homme qui était sur le point de partager sa maison, son lit, sa vie.

Il n'avait pas voulu que Jackson se sente obligé d'emménager avec lui et il ne semblait pas en avoir l'air. Ils en discuteraient plus tard, mais pour l'instant, il suffisait qu'il semble heureux de cette idée. Après tout ce qu'il avait vécu avec Trevor, il n'avait pas été sûr de pouvoir à nouveau prendre ce genre d'engagement. Puis, Jackson était entré dans sa vie et son cœur n'avait pas demandé la permission. Il s'était ouvert pour laisser entrer cet homme et David avait fait la seule chose qu'il pouvait faire : il l'avait suivi.

David jeta un coup d'œil à travers la cabine et vit un sourire apparaître sur les lèvres de son compagnon.

— Pourquoi ce sourire ?

— C'est juste excitant, tu sais ? répondit-il, ses yeux bleus brillant. Un nouveau départ, pour nous tous.

— Oui, ça l'est, acquiesça David.

Un nouveau départ et des pancakes les attendant.

Il n'existait rien de mieux que cela.

DIANA COPLAND a commencé à écrire en cinquième, lorsqu'elle a combiné sans vergogne des éléments de *Jane Eyre* et *Dark Shadows* pour produire un conte gothique exalté qui lui a valu un A en écriture créative grâce à la générosité de son professeur.

Née et élevée dans le sud de la Californie, Diana a déménagé dans le Nord-Ouest Pacifique après le décès de son épouse, atteinte du SIDA en 1995.

Elle vit dans l'est de Washington avec quatre chats odieux, près de ses deux merveilleux enfants adultes.

Par Diana Copland

Le réveil de David

Publié par Dreamspinner Press
www.dreamspinner-fr.com

AVALANCHE
SUR LA
MONTAGNE

P.D. SINGER

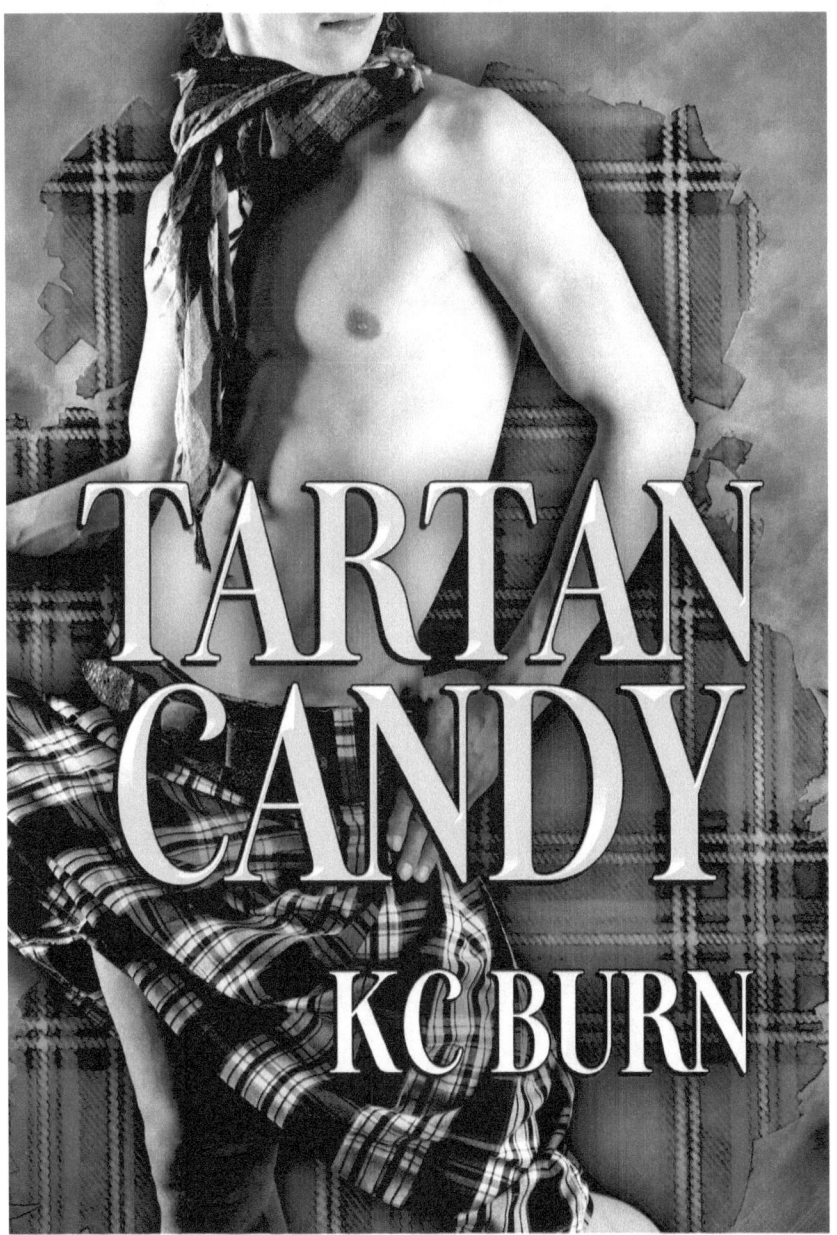

TARTAN CANDY

KC BURN

www.ingramcontent.com/pod-product-compliance
Lightning Source LLC
Chambersburg PA
CBHW031210260626
47169CB00007B/2007